Secretos de verano

AF274845

Esperando un hijo tuyo
Maureen Child

HARLEQUIN™

Editado por Harlequin Ibérica.
Una división de HarperCollins Ibérica, S.A.
Avenida de Burgos, 8B - Planta 18
28036 Madrid

© 2024 Harlequin Ibérica, una división de HarperCollins Ibérica, S.A.
N.º 65 - 5.7.24

© 2006 Maureen Child
Esperando un hijo tuyo
Título original: Expecting Lonergan's Baby
Publicada originalmente por Harlequin Enterprises, Ltd.

© 2006 Maureen Child
Seducida por el jefe
Título original: Strictly Lonergan's Business
Publicada originalmente por Harlequin Enterprises, Ltd.

© 2006 Maureen Child
Ahora y siempre
Título original: Satisfying Lonergan's Honor
Publicada originalmente por Harlequin Enterprises, Ltd.
Estos títulos fueron publicados en español en 2006

I.S.B.N.: 978-84-1074-023-5
Depósito legal: M-11869-2024
Impreso en España por: BLACK PRINT
Fecha impresión para Argentina: 1.1.25
Distribuidor exclusivo para España: LOGISTA
Distribuidor para México: Distibuidora Intermex, S.A. de C.V.
Distribuidores para Argentina: Interior, DGP, S.A. Alvarado 2118. Cap. Fed./
Buenos Aires y Gran Buenos Aires, VACCARO HNOS.

MIXTO
Papel procedente de fuentes responsables
FSC® C159065

Capítulo Uno

Sam Lonergan había esperado encontrar un fantasma en el lago. Lo que no había esperado era encontrar una mujer desnuda.

Pero si hubiera podido elegir, habría elegido esto último. Sabía que, por educación, debería apartar la mirada, pero no era capaz. En lugar de alejarse, se concentró en la mujer que cruzaba el lago, dirigiéndose a la orilla.

Incluso a la pálida luz de la luna su piel brillaba, bronceada y suave, y apenas desplazaba agua mientras nadaba. Por una parte la veía como alguien que estaba rompiendo la paz de un sitio sagrado, por otra se alegraba de que estuviera allí.

Mientras la observaba, se decía a sí mismo que no debería haber ido allí. Aquel lago, aquel rancho, guardaban demasiados recuerdos. Demasiadas imágenes aparecían en su cabeza, encogiéndole el corazón.

Cerrando los ojos, Sam respiró profundamente y exhaló antes de abrirlos otra vez.

Ella había dejado de nadar y ahora estaba flotando en el agua, mirándolo, seguramente con gesto de sorpresa, aunque desde allí no podía verle la cara.

—¿Ha visto suficiente? —le preguntó.

—Eso depende —contestó Sam—. ¿Tiene algo más que enseñarme?

—¿Quién es usted? —preguntó ella entonces, más enfadada que preocupada.

—Yo podría preguntarle lo mismo.

—Esto es propiedad privada.

—Sí, claro que sí —asintió Sam, cruzándose de brazos—. Por eso me pregunto qué hace usted aquí.

—Yo vivo aquí —replicó ella, apartándose el pelo de la cara; una cascada de pelo oscuro que provocó un arco de gotas de agua alrededor de su cara.

Sam tardó un par de segundos en entender lo que estaba diciendo.

—¿Vive usted aquí, en el rancho Lonergan?

Un rancho que había pertenecido a su familia durante generaciones. Desde los días de la fiebre del oro, cuando el tatarabuelo o lo que fuera de Sam había decidido que la fortuna estaba en California, no en los riachuelos en los que sólo de vez en cuando y con mucha suerte se podía encontrar una pepita de oro.

Los Lonergan se habían instalado allí para criar caballos y formar una familia. Una familia que ahora consistía en un viejo, un fantasma y tres Lonergan, primos entre ellos: Sam, Cooper y Jake.

Su abuelo, Jeremiah, había vivido solo durante los últimos veinte años desde que su mujer, la abuela de Sam, murió. Pero ahora, si tenía que creer a aquella nadadora desnuda, tenía una compañera.

—Eso es —dijo ella—. Y el propietario de este rancho es muy protector. Y tiene muy malas pulgas, se lo advierto.

A Sam le dieron ganas de soltar una carcajada. Su abuelo era el hombre más bueno que había conocido nunca. Y aquella mujer quería hacerle creer que Jeremiah era un perro rabioso...

—Pero él no está aquí ahora mismo, ¿no?

—No.

—Entonces, sólo estamos usted y yo. Y ya que estamos charlando tan amigablemente... ¿le importaría decirme si suele bañarse desnuda a menudo?

—¿Suele usted espiar a las mujeres?

—Siempre que puedo.

Ella se pasó una mano por el pelo, con gesto airado. Luego se hundió un poco más en el agua, y Sam pensó que debía de estar cansándose de dar pataditas para mantenerse a flote.

—No parece usted avergonzado de sí mismo.

Sam sonrió.

—Señorita, si no mirase a una mujer desnuda cuando tengo oportunidad, sería una vergüenza.

—Pues su madre debe de estar muy orgullosa de usted.

Él rió. Su madre no, pero su abuelo seguramente sí.

Ella miró alrededor, y Sam supo lo que estaba viendo: nada. Salvo los robles que parecían hacer guardia sobre el lago, estaban solos. El rancho estaba a dos kilómetros de allí, y la carretera, a más de quince.

—Mire, hace frío y estoy cansada. Me gustaría salir del agua, si no le importa.

—¿Y qué la detiene?

Ella lo miró, con los ojos muy abiertos.

—¿Perdone? No pienso salir del agua mientras usted está mirando.

Sam se sintió un poco avergonzado. Pero poco. Sí, debería apartar la mirada, pero ¿un hombre hambriento rechazaría un filete sólo porque fuese robado?

—Podría ponerse de espaldas —sugirió ella.

—Pero si hago eso, ¿cómo sabré si va usted a darme un golpe en la cabeza con algo?

—¿Cree que llevo un arma escondida en alguna parte?

Sam se encogió de hombros.

—Nunca se sabe.

—Perfecto. Yo estoy desnuda, pero es usted el que se siente amenazado —replicó ella, hundiéndose un poco más en el agua.

Un golpe de viento llegó entonces de ninguna parte, sacudiendo las hojas de los robles hasta que sonaba como si estuvieran rodeados por una multitud. La joven volvió a hundirse en el agua, y Sam pensó que debería dejarla en paz. Pero sólo lo pensó. Luego miró el cielo, cubierto de estrellas.

—Hace una noche estupenda. Es posible que acampe aquí.

—No será capaz.

—¿No? —Sam, que empezaba a pasarlo bien, fingió pensárselo un momento—. Es posible que no. Pero la cuestión es, ¿piensa salir de ahí o puede dormir mientras flota?

Ella golpeó el agua con la mano.

—Voy a salir.

—Me parece muy bien.

—Es usted un imbécil, ¿sabe?

—Me lo han dicho antes, sí.

—No me sorprende.

—Sigue usted en el agua —Sam descruzó los brazos y metió ambas manos en los bolsillos del pantalón—. Y supongo que debe de hacer mucho frío ahí dentro.

—Sí, pero...

–Ya le he dicho que no pienso irme a ninguna parte.

Ella volvió a mirar alrededor, como buscando una salida o esperando que llegase el Séptimo de Caballería.

–¿Cómo sé que no va a atacarme en cuanto salga del agua?

–Podría darle mi palabra –contestó él–. Pero como no me conoce, eso no valdría de mucho.

La joven lo estudió durante unos segundos, y Sam tuvo la extraña sensación de que estaba viendo más de lo que a él le gustaría que viese.

–Si me da su palabra, le creeré.

Frunciendo el ceño, Sam sacó una mano del bolsillo y se la pasó por el cuello. Una mujer guapísima y desnuda confiaba en él. Estupendo.

–Muy bien. De acuerdo.

Ella asintió, pero pasó más de un minuto antes de que empezase a nadar hacia la orilla. El corazón de Sam se aceleró. ¿Anticipación? ¿Deseo? Había pasado mucho tiempo desde la última vez que sintió alguna de esas dos emociones. Pero el momento llegó y se fue a tal velocidad, que no pudo ni explorarlo ni disfrutarlo.

Lo que no hizo fue ponerse de espaldas.

La luz de la luna hacía brillar su piel mientras salía del agua para recoger su ropa, colocada en un montoncito a la orilla del lago.

Mientras la observaba, Sam sintió una oleada de deseo tan poderosa que estuvo a punto de hacerlo perder pie.

Era de estatura media, esbelta, con pechos pequeños pero firmes, caderas delgadas y una marca del bikini que dejaba claro que no solía bañarse desnuda. Afortunadamente, había decidido hacerlo aquella noche. Porque esas marcas del bikini hacían su desnudez más excitante. Los pálidos retazos de piel en contraste con el resto del cuerpo, bronceado, tentaban a un hombre.

Aquella mujer tenía un aspecto mágico a la luz de la luna, y tuvo que hacer un esfuerzo para no atraparla entre sus brazos. Era como ver a una sirena salir del mar.

—Eres increíble.

Ella levantó la barbilla, orgullosa, sin vacilar. Sam sabía que debería sentirse avergonzado por estar mirándola cuando había dado su palabra de que no lo haría...

Pero no podía apartar los ojos mientras se ponía una camiseta y una falda de algodón. Luego vio que se inclinaba para ponerse las sandalias.

Debería darle las gracias, pensó. Le había hecho olvidar el pasado, había conseguido que aquel lago y los recuerdos fueran mucho más fáciles de asimilar de lo que había esperado.

—Mira, siento habértelo hecho pasar mal, pero verte aquí me sorprendió y...

Ella le dio un puñetazo en el estómago.

No le dolió mucho, pero como no lo esperaba se quedó sin aire.

—¿Yo te he sorprendido? Qué gracioso —Maggie Collins se puso la melena a un lado para escurrirla sobre la hierba.

Increíble. La había llamado increíble.

Mientras la miraba, no había podido evitar sentir un calorcito por dentro. Y, durante un segundo, había querido que la tocase, sentir sus manos sobre su piel mojada.

Y eso la ponía furiosa. Maggie lo miró de arriba abajo y luego levantó de nuevo la barbilla, orgullosa.

—Eres un miserable, un canalla, un cerdo, un... —cómo odiaba quedarse sin adjetivos cuando más los necesitaba.

Respirando profundamente, intentó calmarse. Casi le había dado un ataque al corazón al verlo en la orilla del lago, mirándola en la oscuridad. Pero el inicial momento de pánico había desaparecido en cuanto lo miró.

Maggie llevaba sola el tiempo suficiente como para haber desarrollado una especie de radar que le decía cuándo estaba en peligro y cuándo estaba a salvo.

Y con aquel hombre no se había puesto en marcha ninguna alarma... a pesar de que no había sido un caballero. Maleducado y fresco podía ser, un peligro, no.

No, no era peligroso.

Al menos para su integridad física.

Emocionalmente... eso podría ser otra historia. Era alto y guapo y tenía un curioso brillo en los ojos. Pero no era el brillo de deseo que había visto mientras salía del agua, sino algo triste y vacío. Ella siempre se había sentido atraída por los hombres heridos. Los de ojos tristes y corazones solitarios.

Pero después de que le hubieran roto el suyo un par de veces, decidió que a veces había razones para que los hombres estuvieran solos. Y lo que tenía que hacer era recordar eso.

Maggie se quedó donde estaba, fulminando con la mirada al hombre que había interrumpido su baño nocturno. Unos años antes habría salido corriendo, pero ya no. En los últimos dos años las cosas habían cambiado para ella. Había encontrado un hogar. El rancho Lonergan era su casa y nadie, ni siquiera aquel extraño, iba a asustarla.

–Tienes un buen gancho de derecha –admitió él.

–Se te pasará –replicó Maggie, dirigiéndose al camino que llevaba al rancho.

11

El hombre la detuvo tomándola del brazo, pero ella se apartó de un tirón.

—Bueno, bueno... No pasa nada. Tranquilízate.

—No me toques.

Sam levantó las manos en señal de rendición.

—No te preocupes, no volveré a hacerlo.

Maggie respiró profundamente, intentando calmarse. Lo que la había alterado no era sólo que la tocase. Al sentir el calor de su mano había sentido... no sabía qué. Un deseo absurdo que no había sentido nunca por un desconocido y que no le gustaba nada.

Sería mejor alejarse de aquel hombre. Rápido.

—Tardaré diez minutos en volver a la casa. Y sugiero que uses esos diez minutos para desaparecer.

Él negó con la cabeza.

—No puedo hacer eso.

—Será mejor que lo hagas. Porque en cuanto llegue a casa pienso llamar a la policía para decirle que alguien ha entrado ilegalmente en la propiedad.

—Podrías hacerlo —asintió él, caminando a su lado entre los árboles—. Pero no serviría de nada.

—¿Por qué?

—Porque no —contestó Sam—. Fui al instituto con la mitad de los policías del pueblo. Además, a Jeremiah Lonergan no le haría ninguna gracia que me detuvieran por tu culpa.

Maggie se detuvo, con una premonición.

—¿Por qué no le gustaría?

—Porque yo soy Sam Lonergan, y Jeremiah es mi abuelo.

Capítulo Dos

Maggie sentía tal rabia que apenas podía respirar. Ella sabía que los tres nietos de Jeremiah irían al rancho ese verano, pero no había esperado que uno de ellos apareciese de repente en el lago y se quedase mirándola como... como un sinvergüenza.

–Si hubiera sabido quién eras te habría golpeado más fuerte –dijo entonces.

–Menos mal que no te lo he dicho antes.

–¿Cómo puedes hacerle esto? –le espetó Maggie, poniéndose las manos en las caderas.

–¿Hacer qué?

–No venir por aquí. Tú... todos vosotros. Ninguno de los tres ha venido a ver a Jeremiah en dos años.

–¿Y tú cómo lo sabes?

–Porque yo he estado aquí –contestó ella–. Llevo dos años cuidando de ese anciano maravilloso y no recuerdo haberme encontrado con ninguno de vosotros en dos años.

–¿Ese anciano maravilloso? –repitió Sam,

riendo–. Jeremiah Lonergan es un viejo con el corazón más blando...

–¡No le insultes! –gritó Maggie, furiosa por aquel comentario sobre un anciano que, cuando llegó al rancho, estaba más solo que ella–. Es una persona maravillosa. Y dulce y cariñoso. Y está solo. Su propia familia no se molesta en venir a verlo. Debería daros vergüenza. Especialmente a ti, que eres médico. Deberías haber venido antes para comprobar si estaba bien. Pero no. Has tenido que esperar hasta que el pobre está... –no podía ni decir la palabra «muriéndose».

No quería ni pensar en perder a Jeremiah. No podía soportar la idea de perderlo a él y a la casa que tanto significaba para ella. Y allí, a su lado, tenía a un hombre al que eso no le importaba en absoluto. Que no agradecía el cariño que otro ser humano podía ofrecerle. Un hombre al que su abuelo le importaba tan poco como para no haber ido a visitarlo en dos años.

–¿Se puede saber quién eres? –le preguntó él entonces.

–Me llamo Maggie Collins –contestó ella, estirándose–. Y soy el ama de llaves de tu abuelo.

Y había conseguido esa posición porque «el viejo de corazón blando» se había arriesgado con ella cuando más lo necesitaba. De modo que no pensaba dejar que nadie, ni siquiera su nieto, se metiera con él.

–Bueno, Maggie Collins, que hayas cuidado de Jeremiah no significa que sepas nada sobre mi familia.

Ella lo miró, en absoluto intimidada. En los últimos dos años había visto a Jeremiah hojeando álbumes de fotos, mirando vídeos de las reuniones familiares, perdiéndose en el pasado porque los nietos a los que tanto quería no eran capaces de ir a visitarlo.

Y la ponía furiosa que esos tres hombres, que tenían la casa y la familia que ella siempre había deseado, no pareciesen apreciar nada de eso.

–Sé que, aunque tiene tres nietos, Jeremiah está completamente solo –replicó, airada–. Sé que tuvo que contratar a una extraña para que le hiciese compañía. Sé que mira las fotografías de sus nietos y se le encoge el corazón –Maggie le golpeó el pecho con el dedo–. Sé que ha hecho falta que esté al borde de la muerte para que vinierais a verlo este verano. Sé todo eso, amigo mío.

Sam apartó la mirada, contando hasta diez. Luego, cuando volvió a mirarla, su furia había desaparecido.

–Tienes razón.

Maggie no había esperado eso, y la sorprendió.

—¿Tengo razón?

—Hasta cierto punto, sí —admitió Sam—. Es... complicado de explicar.

—No, no lo es —replicó ella, asqueada—. Es tu abuelo, os quiere y vosotros lo tratáis como si no existiera.

—Tú no lo entiendes.

—Sí, claro, tienes razón —contestó Maggie, cruzándose de brazos—. Desde luego que no lo entiendo.

—No tengo por qué darte explicaciones, Maggie Collins, así que no esperes una.

No, eso era cierto, aunque ella querría que se la diera. No podía entender cómo alguien que tenía una casa y una familia podía despreciarlas de ese modo.

—Muy bien. Es verdad que no tienes por qué darme explicaciones, pero desde luego se las debes a tu abuelo.

—Estoy aquí, ¿no?

—Por fin. ¿Has ido a verlo ya?

—No —admitió Sam, metiendo las manos en los bolsillos del pantalón—. Antes tenía que venir aquí. Tenía que ver este sitio antes de nada.

Y así, de repente, a Maggie se le encogió el corazón. Sabía lo que aquel hombre veía cuando miraba el lago. Sabía lo que estaba recordando porque Jeremiah se lo había contado todo sobre sus nietos. Lo bueno, lo malo, lo trágico.

–Perdona –dijo entonces–. Sé que esto no es fácil para ti, pero...

–No, tú no sabes nada –la interrumpió él–. No puedes saberlo. Así que... ¿por qué no vas a la casa y le dices a mi abuelo que yo iré pronto?

Luego se alejó hacia la orilla del lago y se quedó mirando las aguas oscuras.

Maggie no quería sentir pena por él, pero así era. No quería otorgarle el beneficio de la duda, pero tenía que hacerlo.

Sin embargo, aunque tuviera razones para no ir al rancho Lonergan, pensó, no visitar a un abuelo que lo quería tanto y que estaba tan mayor no tenía perdón de Dios.

Su simpatía se evaporó y Maggie lo dejó solo, entre las sombras.

Jeremiah apenas tuvo tiempo de esconder bajo la colcha la novela de terror que había estado leyendo antes de que Maggie entrase en su habitación. Pero al ver a la chica a la que ya casi consideraba su nieta, tuvo que sonreír. Tenía el pelo mojado, su falda estaba arrugada y manchada de hierba y el agua que había entrado en sus sandalias de cuero las hacía chirriar un poco.

–Has estado en el lago, ¿eh? –sonrió, mientras ella se acercaba para colocarle las almohadas.

Maggie sonrió, pero no podía ocultar el brillo de tristeza que había en sus ojos.

—¿Qué pasa, hija? —le preguntó Jeremiah, alargando una mano... y fingiendo cierto temblor—. ¿Te ha pasado algo en el lago?

—No, estoy bien —contestó ella, dándole un golpecito cariñoso—. Pero he conocido a tu nieto.

El corazón de Jeremiah dio un vuelco pero, afortunadamente, recordó a tiempo que debía hacerse pasar por un moribundo.

—¿Cuál de ellos?

—Sam.

—Ah —sonrió el anciano—. ¿Y dónde está? ¿No ha venido contigo?

—No —contestó Maggie, apagando una de las lamparitas—. Me dijo que quería quedarse un rato en el lago.

El corazón del anciano se encogió de pena, pero sabía que no era ni una fracción de la que debía de sentir su nieto Sam en aquel momento. Pero, maldición, habían pasado quince años. Había llegado la hora de que los primos hiciesen las paces. Y si tenía que mentir para hacer que los tres fueran al rancho de una vez, mentiría. Aunque era por una buena razón.

—¿Cómo está?

Maggie volvió a colocar la almohada y luego se incorporó, con las manos en las caderas.

19

–Solo. Es el hombre más solitario que he visto en toda mi vida.

–Sí, supongo que así es –suspiró Jeremiah, dejándose caer sobre las almohadas. Debería sentirse culpable por mentir a sus nietos, pero no era así. Demonios, si uno no podía contar mentiras de viejo, ¿cuándo iba a contarlas?

Esperó un momento, pensativo y luego dijo, suspirando:

–No va a ser fácil para ninguno de ellos. Pero los tres son hombres fuertes. Pueden con todo.

Maggie volvió a estirar la colcha y le dio un beso en la frente.

–No son ellos los que me preocupan.

–Eres una buena chica, Maggie. Pero no tienes que preocuparte por mí. Cuando mis chicos lleguen a casa me pondré bien.

Sam entró en la casa sin hacer ruido, casi esperando que la «guardaespaldas» de su abuelo saltara sobre su cuello. Pero al no ver a Maggie Collins miró la habitación por la que una vez correteó con sus primos.

Había dos lámparas encendidas, iluminando una habitación que podría haber recorrido con los ojos cerrados. Nada había cambiado: suelos de roble llenos de arañazos provocados por las carreras de los niños, cubiertos por alfombras indias, cuatro sofás de piel marrón situados formando un cuadrado, con una mesa tan grande como una puerta en el medio. Había revistas colocadas ordenadamente en un lado y un jarrón con rosas amarillas en el centro.

Tenía que ser cosa de la guardaespaldas, pensó, ya que a Jeremiah nunca se le habría ocurrido cortar flores frescas. El rostro de Maggie Collins apareció en su cabeza mientras miraba alrededor, familiarizándose de nuevo con la casa.

Una chimenea de piedra tan grande que dentro cabría un hombre dominaba una de las paredes. Estaba encendida, pero sólo quedaban rescoldos tras una pantalla de hierro forjado. Las paredes estaban adornadas con fotografías familiares y paisajes pintados por una mano joven, aunque llena de talento.

Sam hizo una mueca y apartó la mirada. No estaba preparado para dejarse atrapar por el fantasma. Tendría que tragar el pasado poco a poco si no quería ahogarse.

Dejando la bolsa de viaje en el suelo, se dirigió a la escalera, en una esquina del salón. Cada peldaño era un tronco cortado por la mitad, pulido y barnizado después hasta dejarlo brillante, la barandilla parecía un tronco petrificado. Sam fue pasando la mano mien-

21

tras subía al piso de arriba, despacio, como quien teme chocar con algo desconocido.

Sus pasos sonaban como los latidos de su corazón. Cada uno de ellos lo llevaba más cerca de unos recuerdos con los que no quería encontrarse. Pero no había forma de volver atrás. Ya no podía evitar aquello.

Al final de la escalera se detuvo y miró el largo pasillo. Lo único que veía eran unas puertas cerradas, pero conocía las habitaciones que había detrás como la palma de su mano. Él y sus primos habían compartido esas habitaciones cada verano durante casi toda su vida. Bajaban deslizándose por la barandilla y corrían alegremente por el rancho familiar...

Hasta aquel último verano.

El día en el que todo cambió para siempre.

El día en que se separaron.

Sam hizo una mueca para apartar de sí esos recuerdos, como si apartara una nube de mosquitos, y se dirigió a la habitación de su abuelo. Un hombre al que no había visto en quince años.

Una oleada de vergüenza lo invadió entonces. Maggie Collins tenía razón en una cosa: no deberían haber estado alejados del viejo durante tanto tiempo. Deberían haber ido a visitarlo a pesar de los dolorosos recuerdos.

Pero no lo habían hecho.

En lugar de eso, se habían castigado a sí mismos y, al hacerlo, habían castigado a un hombre que no se lo merecía.

Suspirando, llamó a la puerta y esperó.

—¿Sam?

La voz de su abuelo era más débil de lo que había esperado, pero seguía sonando familiar. Aparentemente, la guardaespaldas–ama de llaves le había dado la noticia de su llegada. Sam abrió la puerta, entró en el cuarto... y se le encogió el corazón.

Jeremiah Lonergan. El hombre más fuerte que había visto nunca parecía... viejo. Había perdido casi todo el pelo y su calva bronceada brillaba a la luz de la lámpara. Su cara estaba surcada de profundas arrugas y parecía pequeño en aquella cama grande, cubierta por una colcha de ganchillo que había hecho su esposa décadas atrás.

Sam sintió pena. Había pasado tanto tiempo. Demasiado tiempo. Y, por un momento, lamentó no haber visitado en tantos años al hombre al que tanto quería. Por alguna razón, no había esperado que Jeremiah hubiese cambiado tanto. A pesar de que lo había llamado su médico para decirle que a su abuelo no le quedaba mucho tiempo de vida, estaba convencido de que Jeremiah Lonergan no habría cambiado.

—Hola, abuelo.

—Pasa, pasa —lo animó Jeremiah, moviendo débilmente una mano—. Siéntate, chico. Deja que te mire.

Sam se acercó a la cama y le dio un abrazo. Estaba más delgado, pero sus ojos brillaban con la misma inteligencia de siempre. No parecía tan moreno como antes, pero tampoco estaba pálido. Tenía las manos retorcidas por la artrosis y la edad, pero no le temblaban.

Todo eso eran buenas señales.

—¿Cómo te encuentras? —preguntó Sam, poniendo una mano en su frente.

Pero Jeremiah la apartó.

—Bien, estoy bien. Y ya tengo un médico que me pincha y me molesta. No necesito que también lo haga mi nieto.

—Perdona —dijo Sam, encogiéndose de hombros—. Gajes del oficio.

Como médico, podía respetar el territorio de otro colega. Como nieto, quería comprobar por sí mismo que su abuelo estaba bien. Aparentemente, eso no iba a ser tan fácil como creía.

—Hablé con el doctor Evans después de hablar contigo el mes pasado. Me dijo que tu corazón estaba un poco cansado.

Jeremiah hizo una mueca.

—Médicos. No hay que hacerles ni caso.

–Ah, gracias.

–No me refiero a ti, hijo –se corrigió el anciano–. Estoy seguro de que tú eres un buen médico. Siempre he estado orgulloso de ti, Sam. De hecho, estaba diciéndole a Bert Evans el otro día que a lo mejor tú podrías comprarle la consulta.

Sam se metió las manos en los bolsillos del pantalón. Aquello era lo que había temido. Temía que su abuelo creyera que esa visita era algo más de lo que era en realidad. Temía que esperara que se quedase... porque él no podía quedarse.

Pero o su abuelo no se percató de su incomodidad o le dio igual. Porque siguió hablando. Y con cada palabra, Sam se sentía un poco más culpable.

–Bert es un buen médico, desde luego. Pero es tan viejo como yo, y está dispuesto a cerrar la consulta –su abuelo le guiñó un ojo, con gesto conspirador–. Este pueblo necesita un médico, hijo, y como tú no tienes una casa propia...

–Abuelo, no voy a quedarme –lo interrumpió Sam.

No quería hacerle daño, pero tampoco quería darle falsas esperanzas. Sin embargo, al ver que lo miraba con los ojos brillantes, el sentimiento de culpa se lo comía por dentro.

–He venido sólo a pasar el verano. Pero

cuando termine me marcharé otra vez –le explicó, intentando que le entendiera.

–Pero yo pensé... –Jeremiah se dejó caer de nuevo sobre las almohadas–. Pensé que una vez de vuelta aquí verías que éste es tu sitio. Tu casa.

Sam apretó los labios para controlar la pena que encogía su corazón por oleadas. Hubo un tiempo, cuando era un niño, en el que habría dado lo que fuera por vivir allí para siempre. Por ser parte de aquel pueblo que una vez le había parecido perfecto, por saber que aquella casa sería siempre la suya.

Pero esos sueños murieron un soleado día de verano, quince años atrás.

Ahora no tenía casa en ningún sitio.

–Lo siento, abuelo –murmuró, sabiendo que no era suficiente.

El viejo lo miró durante unos segundos antes de cerrar los ojos, con un suspiro de cansancio.

–El verano es muy largo, hijo. Puede pasar cualquier cosa.

–No hagas planes por mí, Jeremiah –le advirtió Sam, aunque le dolía tener que hacerle daño–. No voy a quedarme. No puedo. Y tu sabes por qué.

–Sé que lo crees, pero estás equivocado, hijo. Todos lo estáis –suspiró su abuelo–. Pero un hombre tiene que encontrar su propio camino. Y ahora estoy cansado. ¿Por qué no vienes a verme mañana para hablar otro ratito?

–Jeremiah...

–Venga, baja a la cocina y hazte algo de cenar. Yo seguiré aquí por la mañana.

Cuando su abuelo cerró los ojos, Sam no tuvo más remedio que obedecer. Salió de la habitación y cerró la puerta suavemente. Llevaba en la casa menos de quince minutos y ya había conseguido disgustar a su abuelo.

Buen trabajo.

Pero no podía dejar que Jeremiah pensara que iba a quedarse. No podía hacerle ninguna promesa de futuro cuando el pasado parecía tan cercano que apenas podía ver el presente.

Llevaba mucho tiempo acostumbrado a vivir con unos recuerdos que lo perseguían. Pero nunca podría vivir allí otra vez... donde podía ver un fantasma en cada esquina.

Capítulo Tres

Maggie estaba sentada en su cuarto de estar, mirando la casa grande por la ventana. No la separaban más que diez metros, pero en aquel momento le parecían kilómetros.

En los dos años que llevaba en el rancho Lonergan, nunca se había sentido como una extraña. Nunca se había sentido tan sola como aquel día, cuando su coche por fin decidió que no podía más.

Estaba al borde de las lágrimas. No tenía dinero ni medio de transporte... Aunque no tenía ningún sitio al que ir, hasta cinco minutos antes podría haber llegado a cualquier parte.

Mirando la solitaria carretera, con campos abiertos a ambos lados, luchó contra la ola de desesperación que amenzaba con ahogarla. El sol de la tarde era tan despiadado que la carretera parecía un horno. No había árboles que dieran sombra, y la última indicación que había visto decía que Coleville estaba a cuarenta kilómetros de distancia.

Sólo pensar en recorrer esos cuarenta kilómetros

a pie con aquel calor la dejaba agotada. Pero sentarse y ponerse a llorar no la llevaría más cerca del pueblo. Y auto compadecerse sólo serviría para acabar con la nariz como un pimiento. No. Maggie Collins no tenía tiempo que perder sintiendo pena de sí misma. En lugar de eso seguía adelante. Seguía buscando. Sabiendo que algún día, en alguna parte, encontraría su sitio. Un sitio en el que podría echar raíces, las que había querido desde que era niña.

Pero para echar esas raíces, tenía que salir de allí. Resignada, abrió la puerta del coche y sacó la mochila...

—Parece que ese coche ya no puede más.

Maggie se golpeó la cabeza contra el techo del coche al intentar sacar la mochila y estirarse al mismo tiempo. El viejo que había hablado estaba al otro lado de la carretera, apoyado en un viejo cartel de madera que decía Rancho Lonergan. Ni siquiera lo había oído acercarse, de modo que o estaba más en forma de lo que parecía o ella estaba más cansada de lo que había pensado.

Probablemente lo último.

No era muy alto. Tenía la piel tan morena como las personas que trabajan todo el día al sol, y llevaba un viejo sombrero que escondía sus ojos. Sus vaqueros estaban muy gastados y las botas parecían más viejas que él.

—¿Se ha quedado sin gasolina? —le preguntó.

—No, el motor está hecho polvo —suspiró ella—.

29

Y no me sorprende. Lleva haciendo ruidos raros los últimos trescientos kilómetros.

Él la miró de arriba abajo, no de forma amenazante o grosera, sino como un hombre miraría a un niño perdido, pensando qué podía hacer para ayudarlo.

Por fin le dijo:

—No puedo hacer nada por ese coche suyo, pero si quiere venir a mi casa, puedo darle algo de comer.

Maggie miró la carretera vacía, interminable, y luego al anciano. Había aprendido desde pequeña a confiar en su instinto, y el instinto le decía que aceptase la oferta. ¿Qué podía perder? Además, si el viejo resultaba ser un tipo raro, estaba segura de que podría salir corriendo.

—No puedo pagarle por la comida. Pero podría hacer algunas tareas a cambio.

El anciano sonrió.

—Sí, supongo que podríamos llegar a un acuerdo.

Maggie suspiró, apoyando la cabeza en el respaldo del sillón, mirando la casa que había sido su hogar durante aquellos dos años. Jeremiah se la había ofrecido el primer día. Después de comer, le había dado un trabajo y aquella casita. Y durante dos años se habían llevado a las mil maravillas.

Entonces volvió la cabeza y, por primera vez, vio una luz en una habitación que no era la de Jeremiah brillando en la oscuridad. Y se preguntó qué iba a ser de su vida tras la llegada de Sam Lonergan.

El olor a café lo despertó.

Sam se volvió en la cama y se quedó mirando el techo. Durante un minuto no sabía dónde estaba. Pero eso no era algo nuevo. Un hombre que viajaba tanto como él se acostumbraba a despertar en sitios extraños.

Pero luego una sensación familiar se coló en su corazón. La habitación no había cambiado casi nada desde que era un niño. Frente a él, paredes forradas de madera pintada de blanco con carteles de héroes deportivos... y el de una chica de pechos imposibles. Al otro lado, sobre el escritorio, seguía el modelo de plástico del cuerpo humano. Las estanterías estaban llenas de novelas de misterio, compartiendo espacio con libros de medicina y diccionarios.

Sam se puso un brazo sobre los ojos para contener el dolor de los recuerdos. Casi esperaba oír voces del pasado de un momento a otro. Sus primos, llamándole desde sus habitaciones o desde el pasillo. Siempre había sido así durante los veranos que pasaban juntos.

Los cuatro primos mantenían una relación muy estrecha. Habían crecido viéndose allí todos los veranos y, mientras sus padres no tenían intención de volver a vivir en el rancho Lonergan, sus hijos estaban enamorados de él.

Aquello era completamente diferente a su vida diaria. Había kilómetros y kilómetros de campos abiertos, invitando a los chicos a hacer excursiones en bicicleta. Había ferias en el pueblo, atracciones, fuegos artificiales y partidos de béisbol. Podían trabajar en el campo, ayudar con los caballos de su abuelo y nadar en el lago...

Al pensar en eso, Sam experimentó una especie de vértigo, una sensación que parecía dejarlo sin aire. Era más difícil de lo que había creído. Todo era lo mismo y, sin embargo, tan diferente.

—No debería haber venido —murmuró para sí mismo, con voz ronca.

Pero ¿cómo podía no ir? El abuelo estaba enfermo y necesitaba a sus nietos. No había forma de negar eso.

Habían pasado quince años, pero para su habitación era como si hubieran pasado quince minutos. Era duro para un hombre volver a la habitación en la que había vivido de niño. Especialmente, cuando había dejado esa habitación bajo una nube de dolor y culpabilidad.

Pero esos recuerdos no se lo estaban poniendo más fácil.

—Yo sabía que no iba a ser fácil —murmuró, apartando la colcha para enfrentarse al primer día del que prometía iba a ser el verano más largo de su vida.

Del piso de abajo le llegaba el sonido de sartenes y cacerolas. El aroma a café parecía más fuerte, aunque debía de ser porque tenía hambre.

Tenía que ser la ninfa del agua.

El ama de llaves de Jeremiah.

La mujer a la que había visto desnuda.

La mujer con la que había soñado toda la noche.

Demonios. Debería darle las gracias por eso también. Pensando en ella su mente no había podido torturarlo formando la imagen de otra cara. De otro momento de su vida.

Después de ponerse los vaqueros, sacó una camiseta de la bolsa de viaje y, sin calzarse siquiera, salió al pasillo. Se detuvo un momento frente a la puerta de la habitación de su abuelo, pero decidió esperar.

Necesitaba un café.

Y quizá necesitaba algo más. ¿Otra miradita a la sirena?

Sin hacer ruido, bajó a la cocina y se quedó en la puerta, mirando. El sol de la mañana se colaba por las cortinas blancas, cayendo sobre la mesa de madera. Todo estaba brillante, y debía admitir que, como ama de llaves, aquella chica sabía hacer su trabajo. Las encimeras estaban inmaculadas, el suelo brillante e incluso los viejos electrodomésticos parecían nuevos de puro limpios.

Pero era la mujer lo que más llamaba su atención. Como la noche anterior. Se movía por la cocina con una familiaridad que le gustaba y lo irritaba a la vez.

No era algo racional, naturalmente. Pero era muy temprano, se dijo. En parte se alegraba de que su abuelo tuviera a aquella mujer allí. Y por otra parte, una absolutamente ilógica, le molestaba que ella pareciese estar en su casa cuando él se sentía tan... fuera de lugar.

Llevaba el pelo oscuro recogido en una primorosa trenza que terminaba en una cinta roja, en contraste con la camiseta azul y los vaqueros más gastados que había visto en toda su vida. Pelados en las rodillas y el trasero, los vaqueros se ajustaban a sus piernas como un amante desesperado.

Una vieja canción de los Rolling Stones sonaba en la radio, y la sirena movía las caderas al ritmo de la música mientras hacía el desayuno.

A Sam se le quedó la boca seca. Rezaba para que alguna de esas zonas peladas se abriera del todo y poder así ver un trozo de piel.

Luego se dio una vueltecita, lo vio en la

puerta... y la sonrisa desapareció de sus labios.

—¿Siempre apareces cuando la gente no está mirando o yo soy especial?

Sam se pasó una mano por la cara, como si eso fuera suficiente para despejar la niebla que se había instalado en su cerebro.

—No quería interrumpir el espectáculo —contestó, dirigiéndose a la cafetera.

Cuando la canción de los Rolling se convirtió en una pieza de jazz, Sam llenó una taza de café y se volvió hacia ella mientras tomaba un sorbo.

—¿Siempre bailas en la cocina?

—Sólo cuando estoy sola.

—Como nadar desnuda, ¿eh?

—Un hombre como Dios manda no recordaría eso.

—Y un hombre como Dios manda no habría mirado —asintió Sam—. Pero yo miré, ¿te acuerdas?

—No creo que se me olvide.

—A mí tampoco.

Maggie abrió la boca para decir algo, pero luego volvió a cerrarla. Casi podía imaginarla contando hasta diez para no darle un sartenazo en la cabeza. Ahora que la veía a la luz del día, se daba cuenta de que no tenía los ojos tan oscuros como había pensado. No, eran más bien del color del whisky de malta.

Sam tomó otro sorbo de café, diciéndose a sí mismo que debía pensar en otra cosa.

—Estás intentando buscar pelea. ¿Por qué?

—Porque no soy una persona agradable —contestó él.

—Eso no es lo que dice tu abuelo.

—Jeremiah cuenta muchas historias. No te creas ni la mitad.

—Me ha dicho que eres médico. ¿Es verdad?

—Sí, lo soy.

—¿Anoche lo examinaste?

Sam rió, y esa risa sorprendió a Maggie tanto como a él. Porque lo transformaba. Le daba una expresión alegre, juvenil. Borraba esa máscara de tristeza, de soledad.

—¿Yo? No, qué va, no me dejó. Jeremiah sigue pensando que soy el crío de trece años que le puso una escayola a su golden retriever.

—¿En serio?

—Pues sí, en serio. La hice de papel maché. Para practicar —le contó Sam, recordando al paciente perro de su abuelo, Storm—. Pero Jeremiah se la quitó antes de que se secara.

Maggie estaba sonriendo y sus ojos... brillaban. Y Sam sintió algo por dentro, algo raro.

—Bueno, el caso es que mi abuelo no me dejó examinarlo. Pero hablaré con su médico para ver qué me dice.

36

–Me alegro. Es que estoy preocupada. El pobre parece tan...

–¿Qué?

–No sé cómo explicarlo. Pero no es el mismo últimamente. Parece más cansado, más frágil.

–Tiene casi setenta años –le recordó Sam. Y se regañó a sí mismo al percatarse de cómo había pasado el tiempo.

–Y hasta hace dos semanas no le habrías conocido. Se levantaba al amanecer, hacía las tareas del rancho, iba al pueblo a comer con el doctor Evans, a bailar los viernes por la noche...

–¿A bailar? –repitió Sam, perplejo.

–Tiene unos amigos con los que va al Centro de mayores del pueblo todos los viernes –contestó Maggie, sacando unos huevos de la nevera–. Al menos, eso es lo que solía hacer hasta ahora.

–A lo mejor no es nada –dijo Sam. Pero no estaba seguro de a quién intentaba consolar.

–Eso espero.

–Le tienes mucho cariño, ¿no?

–Sí, mucho –contestó ella.

–Me alegro.

–Sí, bueno... Mira, Sam, tú has venido a ver a tu abuelo, y yo me alegro. Por él.

–¿Pero?

–Pero... creo que deberíamos alejarnos el

uno del otro mientras estés aquí –contestó Maggie, echando los huevos en una sartén.

–¿Ah, sí?

Él no tenía intención de acercarse al ama de llaves. Hasta que ella había sugerido que se alejase, claro.

Maggie estaba moviendo los huevos en la sartén hasta que quedaron bien hechos, como a Jeremiah le gustaban. Intentaba concentrarse en el trabajo, pero con Sam tan cerca no era fácil.

Había decidido por la noche que la única manera de proteger su sitio en el rancho era marcharse durante el verano. No quería que los Lonergan pensaran que su abuelo estaría mejor atendido por otra persona.

Había estado despierta casi toda la noche, pensando en aquel sitio y en lo que significaba para ella. En aquel anciano que se había convertido en su familia.

Y si era sincera del todo, al amanecer también había pensado en Sam. En lo que había sentido cuando él la miraba mientras salía desnuda del agua...

–Los huevos se están quemando.

–¿Eh? Ah, sí... –instintivamente, Maggie intentó apartar la sartén del fuego, pero era de hierro y había olvidado ponerse el guante, de modo que se quemó la mano–. ¡Maldita sea!

–¿Qué haces?

–¿Cómo que qué hago? ¡Me he quemado la mano!

–A ver, déjame... No te muevas.

Su tono de voz había cambiado por completo. El antipático Lonergan se había convertido, de repente, en un médico.

–No es nada –dijo entonces–. Ponla bajo el grifo y date algo de pomada, si tienes. Pero no creo que te salga ampolla.

–Mejor –contestó Maggie.

Pero Sam no soltaba su mano. Y ya no la tocaba como si fuera un médico, sino de otra manera. Y la miraba de una forma...

Tenía unos ojos preciosos, oscuros, aterciopelados. Y el calor de su mano la hizo tragar saliva.

¿Tanto calor hacía en la cocina?, se preguntó. Porque ella estaba ardiendo. Debía de ser la quemadura, pensó.

–Deberías tener más cuidado.

–Suelo tenerlo –contestó ella, apartando la mano–. Es que estaba despistada.

–Ya. Oye, sobre lo de anoche...

–¿Qué?

–Nada. Da igual. Probablemente sería mejor que nos olvidáramos del asunto.

–Sí, probablemente.

–Y creo que tienes razón –dijo Sam entonces–. Sería mejor que nos alejáramos el uno del otro este verano.

—Muy bien —contestó Maggie, haciendo un esfuerzo para que su corazón volviese a latir al ritmo normal.

Aparentemente, Sam Lonergan se recuperaba mucho más rápido. Podía disimular todo lo que quisiera, pero ella sabía que había sentido algo también.

—Entonces estamos de acuerdo —murmuró Sam, mirando alrededor como si no supiera dónde estaba. Luego recordó que había dejado la taza de café sobre la encimera y se acercó para volver a llenarla—. Voy a darme una ducha y después iré a Coleville. Quiero hablar con el médico de mi abuelo.

Maggie asintió, pero Sam ya estaba saliendo de la cocina a paso de marcha.

Aparentemente, ella no era la única que se había puesto nerviosa.

Había pensado que Sam Lonergan podría ser una amenaza para su estancia en la casa a la que tanto cariño tenía.

Pero no había esperado que fuese una amenaza para su corazón.

Capítulo Cuatro

Sam se dio una ducha fría.

Y no sirvió de nada.

Como si las cosas no fueran a ser suficientemente difíciles ese verano, ahora además debía contar con la guapa ama de llaves de ojos color whisky y manos delicadas.

Sam se miró al espejo mientras se ponía crema de afeitar en la cara. Pero aún podía sentir la mano de Maggie en la suya. No había esperado eso. No había esperado encontrar una mujer que lo hiciera sentir... así de incómodo.

Después de afeitarse se echó agua fría en la cara para salir de aquel estupor. El agua caía por su cuello y su torso, pero apenas se dio cuenta, agarrado como estaba al borde del lavabo, apoyando la cabeza en el espejo.

Volver a casa estaba siendo más duro de lo que había pensado.

***

Jeremiah esperó hasta que oyó que el jeep se alejaba por el camino. Veinte minutos después oyó el motor de la camioneta del rancho, conducida por Maggie que, unos segundos más tarde, desaparecía por la carretera. Entonces apartó la colcha y se puso en pie.

Mientras se estiraba, dejó escapar un suspiro de placer al verse fuera de la cama. Los sábados por la mañana en el rancho podía contar con una cosa: Maggie estaría fuera por lo menos dos horas. Iba a comer con su amiga Linda, que trabajaba en la peluquería del pueblo, y luego haría la compra para toda la semana.

–Gracias a Dios que Sam ha decidido ir a hablar con Bert –murmuró, mientras hacía unas flexiones–. Una hora más en la cama y me habría convertido en un inválido.

Un hombre activo, Jeremiah odiaba estar sin hacer nada. Y estar tumbado no era lo suyo. A punto de cumplir los setenta años, sabía perfectamente que pronto tendría toda la eternidad para estar tumbado. No tenía sentido acelerar el asunto.

Sonriendo, se acercó a la puerta y echó el pestillo. Por si acaso. Luego se acercó a la estantería, sacó un ejemplar de *Guerra y Paz* y buscó algo que había detrás.

–Ah, aquí está –murmuró, sacando uno de

los tres puros que tenía guardados, junto con una caja de cerillas. Un par de chupadas lo hicieron suspirar de placer. Luego, para no olvidarlo, se acercó a la mesilla y marcó un número de teléfono.

–¿Bert? Soy Jeremiah. Oye, mi nieto Sam va ahora mismo a tu consulta.

–Maldita sea, Jeremiah –se quejó el médico–. Esto no me gusta nada. Cuando se te ocurrió ese absurdo plan te dije que era una tontería, y sigo pensando lo mismo.

Era una vieja canción, y Jeremiah se la sabía de memoria, de modo que no le hizo ni caso. Bert estaba en contra de su plan desde el principio. Sólo por su antigua amistad lo había convencido para que hiciera lo que le pedía.

Jeremiah se colocó el puro a un lado de la boca y siguió hablando:

–No podemos echarnos atrás, Bert. Además, ya sabes que no tengo alternativa.

–¿Decirle a tus nietos que te estás muriendo es la única manera de que vayan a verte?

Jeremiah abrió la ventana para que el humo del puro se disipara un poco. ¿Creía Bert que hacerse el moribundo era tan fácil? Pues no. No hacer nada todo el día y estar tumbado en la cama era horrible. Y fingirse viejo y endeble lo sacaba de quicio. Además, tampoco le gustaba nada saber que la pobre Maggie estaba preocupada por él.

Pero él sabía que era para bien. Porque, por muy triste que pareciese, la única forma de que sus nietos fueran al rancho era haciéndoles creer que se estaba muriendo.

—Ya sabes que los chicos no han vuelto desde...

No terminó la frase. No hacía falta. Los dos conocían bien la tragedia que había alejado a sus nietos del rancho.

—Sí, lo sé, lo sé. En fin, qué se le va a hacer; de perdidos al río.

Jeremiah sonrió, intentando recordar dónde había metido la botella de whisky. Era temprano, pero le apetecía tomar un trago. Las cosas, al fin y al cabo, iban como él esperaba.

—Gracias, Bert. Te debo una.

—Desde luego que sí, viejo loco.

Cuando colgó, Jeremiah dio una larga chupada a su puro y soltó el humo, formando un círculo perfecto.

Coleville no había cambiado mucho.

Sam condujo por las calles del pueblo mirando los escaparates de las tiendas. Aunque era temprano, las calles estaban llenas de gente.

Coleville estaba a cien kilómetros de Fresno, la ciudad más grande de la zona. Pero tenían un supermercado, un cine e incluso unos almacenes en los que uno podía encontrar casi de todo. Y en algún momento, una famosa franquicia de cafés había abierto sus puertas allí también.

Los colegios seguían teniendo patios pequeños, como siempre, llenos de niños que vivían en el pueblo o en los ranchos y granjas de alrededor. Y sólo había un médico. A los pacientes se los atendía allí y, en caso de emergencia, los llevaban en ambulancia o en helicóptero a Fresno.

Sam detuvo el jeep de su abuelo frente a la consulta y apagó el motor.

Bert Evans, Doctor en Medicina decía el cartel de letras doradas que empezaba a pelarse por los lados. La consulta necesitaba una buena mano de pintura, pero había tiestos de terracota llenos de flores a ambos lados de la puerta y el porche estaba barrido y limpio.

Sam saltó del jeep y se guardó las llaves en el bolsillo. Mientras iba hacia la puerta, los recuerdos lo acompañaban...

Se veía a sí mismo de niño, corriendo a la clínica del doctor Evans con mil preguntas. El médico de Coleville nunca perdía la paciencia con él, todo lo contrario. Siempre respondía a sus preguntas y le prestaba libros de medicina para que pudiera descubrir cosas por su cuenta.

Había sido en aquella consulta donde Sam había decidido convertirse en médico. Incluso de niño sabía que quería curar a la gente. Ayudar. Entonces tenía grandes planes. Quería ser la clase de médico que era Bert Evans. Un hombre que conocía a sus pacientes tan bien como a su propia familia. Un hombre que era parte de la comunidad.

En fin, las cosas habían cambiado. Ahora hacía lo que podía, cuando podía, e intentaba no involucrarse.

La campanita de la puerta anunció su entrada. Una mujer con tres niños esperaba sentada en las sillas de plástico verde. Al verlo sonrió... mientras dos de los niños intentaban asesinarse el uno al otro.

Tras el mostrador de recepción, una chica estaba escribiendo algo en el teclado de un ordenador. Sam casi había esperado encontrar a la antigua enfermera del doctor Evans. Pero la mujer debía de tener por lo menos cien años cuando él era un niño.

—¿Tiene cita con el doctor Evans? —le preguntó la joven.

—No, pero me gustaría verle un momento, si es posible. Soy Sam Lonergan.

Ella se levantó, pasándose las manos por el pantalón de color beige y, al mismo tiempo, consiguiendo llamar la atención sobre sus pechos.

–Siéntese un momento, por favor.

Sam no se sentó. Se puso a pasear por la sala de espera, mirando las fotografías que había en las paredes. Lo que el doctor Evans había llamado siempre «sus trofeos». Recién nacidos, niños a los que había curado resfriados y piernas rotas, adultos a los que había tratado en vida y acompañado en la muerte. Docenas, centenares de caras le sonreían, pero Sam sólo veía una.

Aquella sonrisa, tan familiar, fue como un puñetazo en el estómago, pero no podía apartar la mirada. El chico de la foto tenía sólo dieciséis años... y nunca cumpliría ninguno más.

Sam apretó los puños. El ruido de los niños que se peleaban en la sala de espera se esfumó, y él se perdió en los recuerdos mientras miraba la cara de la única persona a la que debería haber salvado y no pudo hacerlo.

–El doctor Evans dice que pase –oyó la voz de la joven, a su espalda.

–¿Qué? Ah, gracias.

Sin mirarla, Sam abrió la puerta que daba al pasillo y se dirigió directamente al despacho del médico, que conocía tan bien. Como el resto de la consulta, aquello parecía haberse detenido en el tiempo. Nada había cambiado con los años.

Las paredes seguían tapadas por estanterías con libros de medicina y, en el centro del escritorio del médico, seguía estando aquel bote de cristal lleno de caramelos para los pacientes más pequeños.

–¡Sam! –el anciano médico se levantó para darle un abrazo. Sus ojos azules seguían siendo amables, como siempre, pero su pelo era ahora blanco como la nieve–. Me alegro de volver a verte, chico. Ha pasado mucho tiempo.

–Sí, es verdad –admitió Sam.

–Siéntate, siéntate. Bueno, dime, ¿has estado en la casa? ¿Has visto a tu abuelo?

–Sí, llegué anoche.

–Eso está bien. Entonces, supongo que has conocido a Maggie.

–Sí, yo...

–Es una chica estupenda. Ha sido la mejor medicina para Jeremiah durante estos dos años, te lo aseguro. Ahora el viejo no para de sonreír. Sí, es una chica estupenda.

–Sí, parece... agradable –asintió Sam.

Tenía que decir algo y no podía contarle al viejo doctor Evans que estaba estupenda desnuda. Además, no había ido allí para hablar de Maggie. De hecho, hacía lo que podía para no pensar en ella.

–Es más que agradable. Ha sido un milagro para Jeremiah.

–Ya, bueno... Pero a mí me gustaría saber

cuál es exactamente la condición de mi abuelo.

El doctor Evans murmuró algo ininteligi-
ble y luego se apoyó en el respaldo del sillón,
tocándose la barbilla como si aún tuviera la
barba que se había afeitado veinte años antes.

–Bueno, verás... ¿has dicho que has hablado con Jeremiah?

–Sí, he intentado hablar con él –contestó
Sam, mirando con suspicacia al buen doctor,
el mejor amigo de su abuelo–. Pero me dijo
que no me molestase, que usted se encargaba de todo.

–Sí, bueno... me parece un buen consejo.
No tiene sentido que te preocupes.

–Pero...

–Sí, desde luego me alegro mucho de verte, hijo. Ya era hora de que volvieras por aquí.

–Ajá –murmuró Sam, inclinándose un poco hacia delante para mirarlo a los ojos. No
le sorprendió nada que el médico mirase al
techo, luego al suelo y más tarde a la ventana–. ¿Hay algo que no quiere contarme, doctor Evans?

–Sam, tú sabes que la confidencialidad sobre los pacientes es sagrada...

–No le estoy pidiendo que me dé detalles
sobre su estado. Pero de un colega a otro, podría decir algo, darme una pista... ¿Le ha hecho radiografías, un TAC? ¿Tiene problemas

con el colesterol, la tensión alta? ¿Ha estado estresado últimamente, debería hacer ejercicio?

El doctor Evans se levantó para darle un golpecito en la espalda, como si fuera un crío que hubiese aprobado un examen.

–Todas ésas son buenas preguntas, hijo. Me alegra saber que te has convertido en la clase de médico que siempre quise que fueras.

–Gracias –dijo Sam, dejando que el doctor Evans prácticamente lo empujase fuera del despacho–. Pero no ha contestado a ninguna de mis...

–Tú no te preocupes por nada, Sam. Tu abuelo está en buenas manos.

–Eso no lo dudo, pero...

–Lo mejor para todos es que paséis algún tiempo con Jeremiah. Os echa muchísimo de menos.

–Lo sé –dijo él, sintiéndose horriblemente culpable–. No queríamos que el pobre...

–Lo sé, lo sé. Jeremiah también lo sabe. Pero los años pasan y un hombre necesita tener a su lado a la familia.

–¿Pero su corazón...?

El doctor Evans volvió a apartar la mirada.

–Llevo curando a la gente más tiempo del que tú llevas en este mundo, hijo. No te preocupes por el tratamiento de Jeremiah. Yo me encargo de todo –contestó–. Gracias por pasar por aquí. Me alegra mucho volver a verte.

Sam puso una mano en el quicio de la puerta para evitar que le diera con ella en las narices.

–¿Por qué tengo la impresión de que intenta librarse de mí?

–¿Yo? –exclamó el doctor Evans con la expresión más inocente del mundo–. No, no, eso no es así. Es que tengo pacientes esperando. Soy un hombre ocupado, hijo. Muy ocupado.

–Ya –Sam no sabía qué estaba pasando allí, pero definitivamente estaba pasando algo–. Si no le importa, me gustaría examinar a mi abuelo personalmente.

El médico lo miró, molesto.

–No, eso no será necesario. Además, no creo que Jeremiah te lo permitiera. Entiendo tu preocupación, hijo, pero tendrás que confiar en mí. Las cosas están como deben estar. Y ahora, si me perdonas...

Sam dejó que cerrase la puerta y se quedó allí, parado, perplejo, hasta que, sacudiendo la cabeza, se alejó por el pasillo.

En el despacho, Bert Evans se apoyó en la puerta y dejó escapar un largo suspiro. Luego metió la mano en la bata y sacó un pañuelo para secarse el sudor de la frente. No había podido engañar a Sam, estaba seguro. Pero había hecho lo que pudo.

Mentir no le resultaba fácil, nunca se le había dado bien. Su mejor amigo, por otro lado, parecía tener un gran talento para ello.

—Jeremiah, viejo asno. Esta vez me debes una... y gorda.

Maggie caminaba a paso rápido por la calle Mayor, saludando a la gente con la que se cruzaba... pero no estaba pensando en eso. Estaba distraída y se alegraba de que Linda hubiera tenido una cliente de última hora y no pudiesen comer juntas.

Mejor así, se decía a sí misma. No le gustaba dejar solo a Jeremiah durante mucho tiempo. Y al pensar en Jeremiah, pensó en Sam y en lo que podría decirle el doctor Evans.

Jeremiah se negaba a contarle qué le pasaba. Según él, no era nada grave, aunque tenía que permanecer en cama.

Maggie frunció el ceño al pensar en su nieto. Lo había conocido menos de veinticuatro horas antes y ya ocupaba demasiado espacio en sus pensamientos.

Pero ¿cómo podía no pensar en él?

—Por Dios bendito —murmuró—. Tranquilízate de una vez. Ya habéis acordado mantener las distancias, ¿no? No va a pedirle a su abuelo que te despida ni nada parecido.

Pero podría hacerlo si quisiera.

Y no era justo que tuviera que preocuparse por la salud de Jeremiah y por su propio empleo.

Maggie miró a un lado y otro de la calle antes de cruzar para entrar en el supermercado donde, afortunadamente, había aire acondicionado. El sol en verano era inflexible, y el hombre del tiempo había prometido temperaturas más altas.

Tomando un carro, echó dentro su bolso de piel marrón y se dirigió a la sección de productos frescos, murmurando una palabrota cuando las ruedas delanteras del carro, como casi siempre, empezaron a torcerse hacia un lado.

–¿Es que fabrican estas cosas rotas?

Maggie se volvió, sobresaltada, al oír la voz de Sam Lonergan.

–Qué susto me has dado. ¿Es que siempre tienes que aparecer así, sin avisar?

–Te he llamado tres veces, pero estabas tan perdida en tus pensamientos que no me has oído.

–No, no te he oído.

Porque estaba demasiado ocupada pensando en él.

–Eso está claro.

–¿Qué haces tú aquí?

–Comprar comida, por lo visto –contestó Sam, echando dos lechugas en el carro.

—Puedo hacer la compra yo solita, si no te importa.

—Te pones muy territorial por unas simples lechugas, ¿no?

Maggie respiró profundamente. Sí, se mostraba territorial. Porque Sam estaba entrometiéndose en su vida. Llevaba dos años cuidando de Jeremiah y le molestaba que su nieto diese a entender que no sabía hacerlo.

Pero quizá ponerse antipática con el nieto de su jefe no era la mejor forma de llevar el asunto.

—Muy bien. Podemos hacerlo juntos. Y, por cierto, a tu abuelo no le gustan las judías verdes.

Sam soltó la bolsa de judías verdes que tenía en la mano.

—Es verdad. Se me había olvidado. Mi abuela solía hacerlas para nosotros, pero mi abuelo no las probaba.

Maggie sonrió.

—Pero le gusta la coliflor.

—¡Y el brécol, es verdad! —rió Sam entonces. Y como cada vez que reía de esa manera, se convertía en un hombre distinto.

—Deberías hacer eso más a menudo.

—¿Qué debería hacer?

—Sonreír.

Sam dejó de hacerlo inmediatamente.

—Vengo de la consulta del doctor Evans.

Maggie se mordió los labios. No se atrevía a preguntar... Jeremiah no había hablado mucho sobre su repentina enfermedad y ella no había querido insistir. Cobarde o no, sencillamente no quería enfrentarse con ninguna realidad que pudiera romperle el corazón.

—¿No vas a preguntar qué me ha dicho?

Maggie se tragó sus miedos. No podía esconderse de la verdad durante mucho tiempo.

—¿Qué es? ¿Qué tiene tu abuelo?

—No tengo ni idea.

—¿Qué?

Una mujer muy gruesa con vestido de flores apareció a su lado, mirando de uno a otro.

—Si no les importa, tengo que comprar unas naranjas.

—Perdone —se disculpó Sam, tomando a Maggie del brazo para apartarla un poco—. El doctor Evans no ha querido decirme nada.

—Oh, no —murmuró ella, cubriéndose la boca con la mano. Si el médico no quería decirle nada a su nieto... eso sólo podía significar una cosa: que Jeremiah estaba gravemente enfermo—. No habrá querido preocuparte.

Sam se cruzó de brazos.

—Podría ser. Pero yo no estoy tan seguro. No. Yo creo que aquí está pasando algo raro.

—¿Qué quieres decir?

—Que mi abuelo y el doctor Evans han tramado algo y quiero saber lo que es.

—¿Intentas decir que Jeremiah no está enfermo? —le espetó Maggie, indignada—. Porque eso es ridículo. Tu abuelo no haría eso.

—Es posible —dijo Sam, pero no parecía convencido.

—Jeremiah es un hombre maravilloso. Él no preocuparía a su familia innecesariamente. Tú deberías saber eso igual que yo.

—Podrías tener razón. Pero quiero que lo vigiles.

—¿Qué?

—Que quiero que vigiles a mi abuelo.

—¿Estás pidiéndome que espíe a Jeremiah?

—Espiar es una palabra muy fuerte.

—Pero apropiada —dijo ella, dando un paso atrás cuando un hombre se acercó para meter unos plátanos en su carro.

Sam volvió a tomarla del brazo para llevarla hacia el pasillo.

—No te estoy pidiendo que lo traiciones. Sólo te pido que me ayudes.

—Hace menos de dos horas acordamos mantener las distancias, ¿no te acuerdas?

—Sí, pero...

—Y ahora me pides que espíe a un hombre que ha sido como un padre para mí.

Sam se pasó una mano por la cara.

–Las cosas cambian, Maggie. Y lo que estoy diciendo es que necesito tu ayuda. Yo también estoy preocupado por mi abuelo –dijo, atrayéndola hacia sí para hablarle al oído–. La cuestión es si estás dispuestas a ayudarme a descubrir qué está pasando aquí.

Capítulo Cinco

Tres días después habían declarado una tregua. Maggie intentaba no cruzarse en el camino de Sam Lonergan, pero él no dejaba de meterse en su vida.

Muy bien, de modo que la tregua era sólo por su parte.

Aquel hombre aparecía en los sitios más insospechados. Si salía al jardín para regar las plantas, él estaba apoyado en la pared, observándola. Si estaba cocinando, lo encontraba en la cocina, interrogándola sobre la dieta de su abuelo. Si estaba limpiando, aparecía por detrás, como si quisiera comprobar que no estaba robando la plata.

Y en cada ocasión sentía su mirada clavada en ella... como si estuviera tocándola.

De hecho, sólo dejaba de sentirse observada por las noches, cuando estaba en su casa. Pero incluso allí no encontraba paz. Porque Sam aparecía en sus sueños.

Soñaba con sus ojos oscuros. Con su bien

formada boca, con sus largos dedos y su cuerpo fibroso. En sus sueños, Sam Lonergan hacía algo más que mirarla. En sus sueños la besaba, la acariciaba, exploraba su cuerpo con el suyo... y cada mañana despertaba un poco más tensa que el día anterior.

Había una tensión en su interior que hacía difícil hasta respirar cuando él estaba cerca.

Maggie suspiró mientras secaba una cacerola y la colocaba en la encimera.

—Sólo han pasado tres días. Si sigo así, para el final del verano estaré muerta.

—¿Qué?

Ella dio un salto, llevándose una mano al corazón.

—¡Tienes que dejar de aparecer así, de repente!

Sam sonrió.

—Me habrías oído si no estuvieras hablando sola.

—Ya, seguro. Y antes de que lo preguntes, Jeremiah ha desayunado muy bien: huevos, beicon, una tostada y zumo de naranja.

—Ah, una dieta rica en colesterol. Bien pensado.

—Ya hemos hablado de esto antes. Es beicon de pavo, un revuelto de claras de huevo y tostadas con fibra. Absolutamente sano.

—Ah, perdón.

—Vaya, una disculpa. Eso es nuevo.

—Supongo que te debo más de una disculpa, ¿no? —sonrió Sam, apoyándose en el quicio de la puerta.

—Llevas días siguiéndome. Es como si estuvieras intentando averiguar si hago las cosas mal. Y me gustaría saber por qué.

—Porque esto me está volviendo loco —admitió él—. Mi abuelo no quiere contarme lo que le pasa. Dice que no tiene nada que decir hasta que Cooper y Jake lleguen al rancho.

Más primos Lonergan para vigilarla. Estupendo.

—¿Y cuándo será eso?

Sam metió las manos en los bolsillos de su pantalón.

—No lo sé. Jake estaba en un rally en España cuando mi abuelo lo llamó. Y Cooper... cuando está trabajando no se puede contar con él. Ni siquiera sé si ha recibido el mensaje.

—He leído un par de libros suyos —dijo Maggie entonces.

—¿Y qué te han parecido?

—Aterradores —confesó ella. La última novela de Cooper Lonergan la había obligado a dejar la luz encendida por la noche durante toda una semana. Las imágenes que creaba eran tan reales, tan aterradoras, que no sabía cómo podía él pegar ojo—. Debe de ser un hombre terrorífico... tiene una imaginación muy retorcida.

Una sonrisa triste apareció en el rostro de Sam.

–Antes no era así. Cooper siempre era el más divertido, el que nunca se enfadaba por nada. Hasta que... –Sam se quedó mirando a lo lejos, recordando el pasado– las cosas cambiaron.

Maggie conocía la historia y sentía por ellos. Por los tres.

Aunque le habría gustado gritarle que eso había ocurrido quince años antes. Habían tenido tiempo suficiente para aceptar la tragedia.

–Podrías intentar hablar con el doctor Evans otra vez.

–Sí, como que eso iba a servir de algo.

–¿Por qué no?

–Porque volverá a decirme lo de la confidencialidad. No. No sé qué está pasando aquí, pero el doctor Evans y mi abuelo se han puesto de acuerdo. Y es imposible sacarles nada, son unos cabezotas de mucho cuidado.

–Sí, puede que la cabezonería sea algo de familia.

–¿No me digas?

–Bueno, acabas de admitir que tu abuelo no quiere contarte nada, pero tú sigues intentando averiguarlo. ¿Eres cabezota o no? –sonrió Maggie, echándose el paño al hombro.

–También podría ser... persistente.

Ella soltó una carcajada que lo hizo sonreír. Y esa sonrisa hizo que a Maggie le temblasen las manos. Entonces un ruido la hizo mirar por la ventana...

–¿Quién es? –preguntó Sam.

Era su vecina, Susan Bateman, corriendo hacia la casa, con su hija de cuatro años, Kathleen, en brazos.

–Es Susan –contestó Maggie, dirigiéndose a la puerta–. Vive en un rancho cerca de aquí. Y debe de haber pasado algo.

Abrió la puerta, y Susan entró en tromba en la cocina, con expresión tensa y pálida como una muerta. Tenía sangre en el cuello de la blusa y la niña que llevaba en brazos estaba llorando a gritos.

–Es usted médico, ¿no?

–¿Cómo sabe...?

–Me lo han dicho en el pueblo. ¿Es usted médico?

–Sí, sí... ¿Qué ha pasado?

–Gracias a Dios. Katie se ha cortado con un hierro, y como usted está mucho más cerca que el pueblo...

La niña se volvió entonces hacia ellos, con los ojitos azules llenos de lágrimas.

–Me he cortado con un clavo y me sale sangre...

–Pobrecita mía –murmuró Maggie, apartando el pelito de su frente–. No pasa nada, ya verás como Sam te cura enseguida.

–¿Y me va a doler?

Él hizo una mueca.

–Debería llevarla a la consulta del doctor Evans. Tendrá que ponerle la inyección antitetánica...

–¡No, una inyección no! –gritó la niña, abrazándose al cuello de su madre.

Maggie hizo una mueca cuando los chillidos de Kathleen llegaron a decibelios que, probablemente, sólo podrían oír los perros.

–Iré después, se lo aseguro –insistió Susan–. Pero está sangrando, y necesito que la cure ahora mismo. Por favor.

Maggie vio, sorprendida, que Sam vacilaba. Podía verlo acercarse instintivamente a la niña, pero en sus ojos había una distancia que no podía disimular.

–Muy bien –dijo él abruptamente–. Maggie –murmuró luego, examinando el corte que la niña tenía en el antebrazo–. Por favor, baja mi maletín de la habitación.

–Sí, enseguida –Maggie salió corriendo de la cocina y volvió en menos de un minuto.

Kathleen estaba sentada en la encimera y Sam había abierto el grifo para limpiar la herida.

–Sigue sangrando –protestaba la niña, golpeando el armario con los pies.

—Porque tienes una sangre muy lista —sonrió Sam.

—¿Ah, sí?

—Sí. Tu sangre está limpiando la herida. Es una sangre listísima.

—Mamá, soy muy lista —dijo la niña.

—Claro que sí, cariño. Eso ya lo sé

—Aquí está tu maletín —dijo Maggie entonces.

Después, observó a Sam limpiando la herida mientras intentaba calmar a la niña hablándole en voz baja. Llevaba tres días en el rancho y era la primera vez que veía a Sam Lonergan de verdad, pensó.

—Katie, no te muevas. Enseguida vamos a curarte esa herida tan tonta.

—Bueno.

—Esto son una vendas especiales, ¿ves? Se llaman vendas de mariposa.

—¿De mariposa? —murmuró Katie, mirando con más curiosidad que miedo cómo Sam unía ambos lados de la herida antes de aplicar la venda adhesiva.

—Ya está. Has sido muy valiente.

—Y lista —insistió la niña, moviendo la cabeza arriba y abajo de tal forma, que se le cayó una horquilla al suelo.

—Sí, y lista —sonrió Sam—. Muy lista.

Entonces Katie le sonrió, y esa sonrisa le llegó al corazón. Y Sam tuvo que recordarse a sí mismo que debía dar marcha atrás. Siempre eran los niños quienes más lo afectaban. Los pobres niños que no podían defenderse. Los que tenían lágrimas en los ojos y total confianza en el corazón.

Sam la tomó en brazos para bajarla de la encimera y luego cerró el maletín.

—Debería ir a la consulta del doctor Evans para ponerle la... lo que hemos hablado antes.

—Lo haré —le prometió Susan, tomando a su hija en brazos—. Muchísimas gracias, doctor Lonergan. Es usted maravilloso, en serio.

—No ha sido para tanto.

—Es mi niña, así que todo lo que le pase es importante para mí.

—Sí, lo entiendo.

Y así era. Entendía a aquella mujer muy bien. Y por eso necesitaba la distancia emocional que, en aquel momento, parecía esquivarlo.

Cuando se fueron, Katie diciéndole adiós con la manita, Sam sintió la curiosidad de Maggie como si la hubiera expresado en voz alta.

—Se te dan muy bien los niños.

—Es que casi nunca muerdo —contestó él, bromeando para quitarle importancia al asunto.

Ella inclinó a un lado la cabeza para estudiarlo.

—Jeremiah me dijo que habías estado con Médicos Sin Fronteras.

–A veces.

–Y también me contó que cuando no hacías eso trabajabas en el departamento de Urgencias... en varios hospitales.

Cierto. Nunca se quedaba mucho tiempo en ningún sitio para no formar lazos con la gente a la que trataba. Nunca conectaba con nadie, nunca se arriesgaba a poner el corazón en sus pacientes porque sabía que, con el tiempo, eso sólo serviría para partirle el corazón.

–Mi abuelo habla demasiado.

–¿Por qué? Está orgulloso de sus nietos, es lógico que cuente esas cosas. Lo que no entiendo es por qué alguien cómo tú no quiere quedarse en algún sitio. Abrir una clínica...

Por supuesto que no lo entendía. Aquella mujer llevaba en el rancho menos de dos años y ya había dejado su sello en la casa.

Pequeños toques: flores, velas, decoraban las habitaciones. La casa siempre olía a limón y a rosas, y los muebles brillaban por la cera que les daba. Había hecho su nido allí. Había echado raíces en la tierra que él tanto amaba desde que era un niño. Claro que no lo entendía.

Y si las cosas hubieran sido diferentes, seguramente también él habría querido todo eso. Pero Sam había aprendido pronto en la vida que querer a alguien sólo significaba que uno estaba arriesgando el corazón, que un golpe ciego del destino podía destrozarlo todo y dejarte... vacío, sin fuerzas, sin nada a lo que agarrarte. De modo que había elegido apartarse, mantener su corazón en una sola pieza cerrándose a todo.

—Me gusta ir de un sitio a otro —contestó.

Pero allí, en esa cocina, le gustaría que las cosas fueran de otra manera. Le gustaría ser de otra manera.

Sin embargo, ni todos los deseos del mundo podían hacer que uno volviese atrás en el tiempo.

—Eres un buen médico.

—Sí, bueno, es posible.

—Y una buena persona —insistió Maggie.

—No, me temo que eso no es verdad.

—Sí es verdad.

Estaba mirándolo a los ojos, y a Sam le habría gustado advertirle que lo que iba a ver en su alma no merecía la pena.

—Es la verdad —insistió ella—. No sé por qué dices que no lo eres.

—No me conoces, Maggie —murmuró Sam, apartando la mirada para romper el hechizo.

—No, es posible que no te conozca. Pero a lo mejor tampoco tú te conoces tan bien como crees.

***

–No deberías venir aquí sola.

Maggie dejó de nadar para mirar al hombre que la observaba desde la orilla del lago. Bajo la luz de la luna llena tenía un aspecto... formidable.

Había estado todo el día pensando en él. Aunque apenas se habían visto porque Sam estaba ocupado haciendo tareas en el rancho. Había reparado las cercas, los escalones del porche y limpiado los establos donde Jeremiah solía tener a los caballos.

Y cuando no se daba cuenta de que lo estaba mirando, Maggie tuvo la oportunidad de observarlo a placer. Trabajaba como un hombre que intentaba no pensar en nada... u olvidarse de algo. Como hacía mucho calor, se había quitado la camiseta, y Maggie se quedó helada al ver aquellos bíceps que no parecían los de un médico.

Durante todo el día estuvo pensando en ellos... y en esa espalda tan ancha. Se sentía confusa. No confusa por el deseo que sentía por él, eso estaba claro. Era un hombre muy atractivo, de voz grave, manos suaves y ojos tristes. ¿Qué mujer no se volvería loca por él?

Se sentía confusa porque sabía que Sam la deseaba también... y, sin embargo, hacía todo lo posible por evitarla. Pero claro, habían firmado un pacto. Debían mantener las distancias.

Entonces, ¿qué hacía en el lago?

Maggie movió los brazos para mantenerse a flote.

—Llevo dos años viniendo a nadar por las noches. Aquí no puede pasarme nada.

—Yo vine aquí todos los veranos de mi vida. Pero sólo hizo falta un día.

—Sam... —empezó a decir Maggie. Si iban a tener esa conversación no pensaba tenerla a gritos, de modo que nadó hasta la orilla. Luego salió del agua y caminó hasta llegar a su lado.

—Ah, ¿ya no te bañas desnuda?

Maggie miró el bañador negro que llevaba y luego levantó la mirada.

—Ahora tengo más cuidado.

De inmediato, Sam dejó de sonreír y la tomó por los hombros.

—Espero que sea cierto. No te tirarás de cabeza, ¿verdad? ¿Desde ese risco de ahí?

—No —contestó ella, respondiendo al miedo que había en su voz más que al tono autoritario—. Sólo vengo a nadar un rato.

Cuando miró hacia el lago intentó verlo con sus ojos, pero ella sólo podía ver sus aguas tranquilas, su belleza. Como siempre, estar allí la relajaba, la tranquilizaba más que ninguna otra cosa. El sonido del viento entre los árboles, el roce del agua fresca sobre su piel, la luz de la luna colándose por las ramas de los robles...

—Este sitio es precioso.

—Sí, es verdad –asintió él–. Se me había olvidado.

—Sam, sé lo que pasó aquí hace quince años. Sé por qué tus primos y tú dejasteis de venir al rancho.

Sam apretó sus hombros con más fuerza, pero Maggie no sabía si lo hacía para mantenerla a su lado o para mantener él mismo el equilibrio.

—Tú no puedes saberlo. Tú no puedes saber lo que es ser tan joven y perderlo todo.

Ella levantó una mano para acariciar su cara

—Pero sé lo que es no tener nada que perder. Y sé que tú aún tienes muchas cosas... pero estás empeñado en no verlo.

Sam la atrajo hacia sí, y Maggie tuvo que tragar saliva al sentir el contacto de su torso.

—Me gustas –admitió él entonces–. Y si pudiera evitarlo, lo haría.

—Lo sé.

No era tonta. Sabía que era un error sentirse atraída por un hombre cuya sola presencia podía ser una amenaza para su estancia en el rancho. Pero había pasado tanto tiempo desde la última vez que sintió algo así por un hombre. Y nunca había sentido lo que sentía estando cerca de Sam Lonergan. Era una conexión casi eléctrica, un deseo profundo de tocarlo, de apoyar la cabeza en su pecho y...

–Ya te dije que no soy una buena persona. Tienes que creerme.

–Pero no te creo.

Sam cerró los ojos y apoyó la frente en su cabeza.

–Lo harás, Maggie. Tienes que creerme.

Luego buscó sus labios y ella dejó de pensar. No quería hacerlo. Sólo quería sentir. Sam la envolvió en sus brazos, apretándola con desesperación contra su pecho, y Maggie casi podría haber jurado que de ellos se desprendía vapor.

Cuando él se apartó, se sintió... sola, perdida y deseando más. Todas las células de su cuerpo estaban en alerta.

–Esto es un error.

–Probablemente.

–Te deseo –admitió Sam–. Más de lo que debería.

Maggie consiguió sonreír, aunque le faltaba el aire.

–Yo también te deseo, Sam. Sea un error o no.

–Gracias a Dios.

Capítulo Seis

Campanas de alarma sonaban en el cerebro de Sam. Y el sonido era tan fuerte que debería haberles prestado más atención. Debería haber dado un paso atrás y luego pasar el resto de la noche intentando olvidar el sabor de sus labios. El olor de su piel.

Pero eso no iba a ocurrir.

Porque siguió besándola, sintiendo el temblor de su cuerpo. Maggie le echó los brazos al cuello, acariciando su pelo con los dedos hasta que se estremeció de pies a cabeza.

Esas campanas de alarma se hicieron más ruidosas entonces, pero aún así Sam no podía apartarse. No podía alejarse de Maggie. No podía darle la espalda a aquel deseo, a aquel ansia que, de repente, era más fuerte que nunca.

Un golpe de viento pareció envolverlos mientras Sam la tomaba por la cintura para dejarla suavemente sobre la hierba.

Dejó de besarla por un momento para buscar su cuello, tan suave, tan femenino. Su pelo seguía oliendo a champú, y toda ella olía a las aguas frescas del lago.

Y, mientras la besaba, sentía que le ardían las entrañas.

Maggie suspiró, acariciando su espalda. Incluso a través de la tela de la camiseta podía sentir el calor de sus manos. Sam se estremeció de nuevo. La luz de la luna se reflejaba en sus ojos, y cuando tomó su cara entre las manos, se encontró con una ternura que no había esperado.

En los pocos días que llevaba en el rancho, Maggie Collins había invadido sus pensamientos, sus sueños. Mientras una parte de él se preocupaba por su abuelo y por las consecuencias de su regreso al rancho, otra parte no había podido dejar de pensar en ella. Desde que la conoció, había habido algo especial entre ellos. Algo que no había sentido antes.

Algo en lo que no quería pensar.

Por el momento, era suficiente con estar acariciándola, pasando la mano por su cuerpo por encima del bañador para descubrir sus curvas con las yemas de los dedos...

¿O no era suficiente?

El cuerpo de Maggie era delicioso, tan suave, tan... femenino.

No era suficiente.

Necesitaba más.

Quería más.

Ella seguía besándolo y, sin dejar de hacerlo, tiró de su camisa para sacarla del pantalón. Sam sintió que cada una de sus caricias lo marcaba de alguna forma, que dejaba una huella. Y deseaba que fuera así.

Excitado, se incorporó para quitarse la camisa. Quería estar piel con piel. Mientras lo hacía, Maggie empezó a bajarse las tiras del bañador... Podía ver el nacimiento de sus pechos apretados bajo la tela, como deseando escapar. Pero cuando iba a bajarlo del todo, él la detuvo.

Con el corazón acelerado sujetó su mano, y dijo con voz ronca:

—Déjame a mí.

Maggie se pasó la lengua por los labios y cerró los ojos hasta que quedó desnuda delante de él, bajo la luz de la luna.

—Hoy te has puesto un bañador.

—Pensé que sería más... seguro... por si te encontraba aquí.

—¿Quieres que me aparte?

—No, Sam.

—Me alegro de oírlo —dijo él, inclinando la cabeza para besar sus pechos.

—Sam...

—He estado pensando en esto desde la primera noche —le confesó él, deslizando la mano por su cuerpo para acariciar sus pechos, su estómago plano, el triángulo de rizos entre sus piernas.

—Yo también.

Sam intentaba conservar el control, pero con aquella mujer era imposible. Lo único que deseaba era hacerle el amor, enterrarse en ella y olvidarse de todo lo demás.

De modo que se levantó para quitarse las botas y los pantalones a toda prisa. No podía esperar.

—No te pares —dijo Maggie—. No te pares ni un segundo.

—No, no —murmuró Sam, tumbándose sobre ella. La miró a los ojos mientras la penetraba, despacio para no hacerle daño—. Eres muy estrecha.

—Sí... Oh, Sam...

Él se mordió los labios mientras empujaba, perdiendo la cabeza cuando Maggie levantó las piernas para enredarlas en su cintura.

Sam se enterró hasta el fondo y empezó a moverse, más excitado que nunca. Maggie se movía con él. El resto del mundo desapareció por completo. Estaban los dos solos... envueltos en un capullo de deseo que les robaba toda lógica, toda precaución.

Estaban perdidos en los besos, en las caricias, en los jadeos. La manta de hierba bajo sus cuerpos, el cielo lleno de estrellas, eran el escenario perfecto para aquel encuentro.

Maggie miraba los ojos de Sam mientras la poseía. La fricción de los dos cuerpos excitándola como nunca.

Sin aliento, se arqueaba hacia él para recibirlo mejor, luchando para no llegar al final enseguida, para esperarlo, para terminar a la vez.

–Sam, Sam...

–Córrete para mí –dijo él con voz ronca.

Maggie no podría explicar lo que sentía. Sólo podía disfrutar y rezar para sobrevivir a aquello. Pero un segundo después, cuando Sam metió la mano entre sus cuerpos para acariciarla entre las piernas, explotó de placer. Sentía como si estuviera rompiéndose en millones de fragmentos, como si fuera otra mujer.

Gritó el nombre de Sam, clavando las uñas en su espalda, temblando, estremecida. Se agarró a él como si su vida dependiera de ello mientras todo su cuerpo se convulsionaba.

Sam dejó escapar un gemido ronco mientras se vaciaba en ella, cayendo después sobre su pecho, agotado.

No podía moverse. Con el corazón acelerado, podía sentir los latidos del corazón de Maggie...

–¿Estás bien?

–Sí, sí... bueno, estaré bien cuando se me haya pasado esta parálisis.

–Sí, te entiendo –sonrió Sam.

Parecía una diosa con el pelo extendido sobre la hierba. La luz de la luna le daba un brillo cerúleo a su piel, un brillo especial a sus ojos.

–Maggie...

–Sam...

Él había vuelto a acariciarla, como si no pudiera evitarlo, como si no pudiera controlarse.

–Vamos a hacerlo otra vez, ¿verdad?

–Sí, otra vez.

Poniéndose de rodillas, Sam tiró de ella para colocarla sobre sus piernas. No tuvo que decir nada más, ninguno de los dos tuvo que hacerlo. Maggie se colocó encima y lo ayudó con la mano. Sam se enterró en ella más profundamente que antes... si eso era posible.

Echando la cabeza hacia atrás, miró el cielo cubierto de estrellas. Lo sentía tan dentro como si estuviera tocando su corazón. Él guiaba sus movimientos con las manos, con palabras pronunciadas en voz baja. Maggie lo miraba a los ojos sin dejar de moverse, perdiéndose a sí misma en aquel calor, en aquel silencioso y mágico encuentro.

Y aquella vez, cuando llegaron al final, llegaron juntos y se aferraron el uno al otro como los supervivientes de una fabulosa tormenta.

El tiempo pasaba, y Maggie no sabía si habían sido horas o minutos cuando por fin levantó la cabeza.

—Creo que ahora la parálisis es permanente.

—Espero que no —sonrió Sam—. Por la noche hace frío aquí. Incluso en verano.

—Pues sería un escándalo. Que algún vecino encontrase a dos personas muertas por congelación...

Él no respondió, y la sonrisa de Maggie desapareció de repente. No, no había elegido una broma adecuada.

—Deberías vestirte.

Ella arrugó el ceño mientras se ponía el vestido de algodón. Pero no dejaba de mirar a Sam, que estaba poniéndose los vaqueros.

—Lo siento. Me temo que la magia ha desaparecido.

—Maggie... —pasándose una mano por la cara, Sam sacudió la cabeza—. No quiero que pienses que...

—Espera un momento. Si ahora vas a decirme que esto no ha significado nada, no te molestes. No estoy esperando que pidas mi mano ni nada parecido.

A Maggie se le encogió el corazón. A ella no se le daban bien esas cosas. Había estado sólo con otro hombre en toda su vida, y eso porque creyó estar enamorada. Y cuando una pensaba que estaba enamorada, ¿no era lo mismo que estarlo de verdad?

Pero no había sentido el mismo deseo, la misma ansiedad por aquel hombre. Lo que había pasado aquella noche había sido inevitable. Que volviera a pasar después era otra cuestión.

—Sí, pero...

—Y no suelo acostarme con un hombre al que acabo de conocer. Pero es que...

—Lo sé. A mí también me gustas mucho.

—¿De verdad?

—Me vuelves loco desde que llegué.

Maggie tuvo que sonreír.

—Tú a mí también.

—Pero no he venido al lago para esto, de verdad. Quiero decir que ése no era el plan.

—¿Y cuál era el plan?

—No lo sé —suspiró Sam—. Supongo que quería verte.

—Pues me alegro de que lo hicieras.

—Yo también, pero...

—¿Pero?

—Es un poco tarde para preguntar, y como

médico debería haberlo pensado antes... La verdad es que no puedo creer que no haya pensado...

—¿Qué?

—Que no he usado un preservativo, Maggie.

—Ay, por Dios —murmuró ella, que también se había olvidado de eso por completo—. Es verdad. Yo tampoco...

—Por tu reacción, veo que no tomas la píldora.

—No hay ninguna razón para que la tome —contestó Maggie—. Hasta esta noche... en fin, había pasado mucho tiempo desde la última vez que estuve con un hombre.

Sí, desde luego se había dejado llevar, pensó. Lo que había ocurrido había ocurrido sin que ninguno de los dos pudiera reflexionar. Y, sin embargo, aquella noche podría haber quedado embarazada.

¿Qué tenía aquel hombre que la hacía olvidarse de todo?, se preguntó.

—Ha sido una estupidez. Yo he sido un estúpido —dijo Sam—. Lo siento mucho, de verdad. Debería haber tenido más cuidado.

—Los dos nos hemos portado como unos críos —reconoció ella—. Yo también estaba ahí, Sam, así que no es sólo culpa tuya. No te has aprovechado de mí ni nada parecido. Soy mayorcita y tomo mis propias decisiones.

–Ya, pero eso no lo hace más fácil.

–No, quizá no, pero esto es tanto culpa mía como tuya, así que vamos a dejar el asunto.

Luego intentó pensar, recordar en qué momento del ciclo estaba. Pero siempre se le había dado fatal hacer esos cálculos.

–En fin, seguro que no pasa nada.

–¿Estás segura? –preguntó Sam.

–Sólo ha sido una vez.

–Dos.

–Sí, es verdad –asintió Maggie–. Pero no pasará nada, ya lo verás.

–Espero que tengas razón. Pero me lo dirás, ¿no? Pase lo que pase.

–Sí, claro. No habrá nada que decir, pero... te lo diré de todas formas.

–Bien. Y para que lo sepas, yo estoy bien... no tengo ninguna enfermedad. Y me hice la prueba del SIDA hace poco.

–Por el amor de Dios... yo tampoco tengo nada.

Ojalá el sexo en el siglo XXI pudiera ser más divertido y un poco menos clínico. Aunque ellos lo habían pasado bien, desde luego.

«Y mira dónde estás ahora, bonita».

Después de un incómodo silencio que pareció alargarse hasta el infinito, oyeron un búho y los ladridos de un perro a lo lejos.

–No quiero hacerte daño –dijo Sam entonces, en voz baja.

Maggie se dio cuenta de que estaba alejándose un poquito más. En sus ojos había una tristeza, una soledad que le rompía el corazón.

–¿Por qué crees que vas a hacerme daño?

Sam miró hacia el lago, y Maggie tuvo la impresión de que estaba viéndolo no como era en aquel momento, sino como era quince años atrás, aquel infausto día de verano.

–Porque siempre ocurre lo mismo.

Capítulo Siete

Durante los días siguientes, Jeremiah notó que algo había cambiado en la relación entre su nieto y Maggie. No sabría decir qué era, pero estaba seguro de que entre ellos estaba pasando algo que no le habían contado. Cada vez que uno de los dos entraba en una habitación, el otro prácticamente daba un salto.

Era viejo.

Pero no tonto.

Cuando la puerta de su cuarto se abrió, Jeremiah se dejó caer sobre las almohadas, poniendo cara de enfermo, por si acaso. Pero cuando abrió un ojo y vio a su amigo Bert volvió a incorporarse.

—Ya era hora. ¿Lo has traído?

Bert hizo una mueca mientras cerraba la puerta de la habitación.

—Por favor, baja la voz. Sí, lo he traído... pero es la última vez.

—Venga, Bert, no es el momento de perder los nervios.

El otro hombre dejó el maletín sobre la cama y sacó de él una botella de whisky de malta.

—No son nervios, Jeremiah. Es que no me gusta mentirle a Sam.

—A mí tampoco, hombre. Pero tenía que traerlos a casa de alguna forma.

—Bueno, pues ya está aquí. Ya puedes contarle la verdad.

—No, aún no —dijo Jeremiah, luchando contra su propia sentimiento de culpa. No le gustaba preocupar a sus nietos, pero una vez que estuvieran todos allí, en su casa, les contaría la verdad—. Oye, Bert, cuando estabas abajo... ¿no has visto algo raro entre mi nieto y Maggie?

Bert parpadeó ante el abrupto cambio de tema.

—No, la verdad es que no me he dado cuenta de nada. Pero es que Maggie no estaba en la casa. Sam me ha abierto la puerta. He intentado convencerlo para que me compre la consulta, pero...

—¿Qué ha dicho?

—Lo mismo de siempre —suspiró el médico—. Que no le interesa quedarse por aquí. Quiere practicar la medicina a su manera.

—Una pena —dijo Jeremiah, mientras abría la botella de whisky—. Ese chico es un cabezota.

–¿Sí, verdad? A saber de quién lo habrá heredado.

Maggie estaba en el patio, descolgando la ropa del tendedero. Con cuidado, doblaba cada sábana y la colocaba en una cesta de mimbre que tenía a los pies. Cuando terminaba con una, empujaba la cesta con el pie y seguía con otra.

Sam estaba en el porche trasero, con un hombro apoyado en uno de los postes, observándola.

Con Bert arriba haciéndole compañía a su abuelo, él decidió ir donde lo llevaba el instinto. Y su instinto lo había llevado hasta Maggie.

Como siempre.

No le gustaba admitirlo, pero así era. Sin intentarlo siquiera, había encontrado una conexión especial con aquella mujer. Estaba acostumbrándose a verla cada día, a oírla canturrear mientras hacía las tareas. Incluso a oírla hablar sola cuando creía que nadie podía escucharla.

Y también estaba acostumbrándose a ver con qué cariño cuidaba de su abuelo.

Cómo echaba de menos aquel rancho, pensó entonces.

Cuando era pequeño, los veranos que pasaba allí eran más importantes que cualquier otra cosa en su vida. Aquel sitio, aquel rancho, había sido para él más importante que las bases militares en las que se había criado.

Sus padres siempre habían estado demasiado pendientes el uno del otro como para fijarse en él... de modo que los veranos con su abuelo y sus primos eran un recuerdo imborrable. Siempre había sabido que aquel sitio era para él. Aquel pueblo. Aquel rancho.

El establo necesitaba una mano de pintura... por no hablar de algunos caballos, y había malas hierbas creciendo a ambos lados de la cerca. En los viejos tiempos, las malas hierbas no tenían tiempo de crecer. Pero las cosas cambiaban.

Demasiadas cosas habían cambiado.

Entonces volvió a mirar a Maggie. Sin fijarse en él, seguía descolgando sábanas y guardándolas en la cesta. Llevaba unos pantalones cortos de color blanco y una camiseta amarilla que dejaba al descubierto su ombligo. Sus zapatillas blancas estaban muy usadas y llevaba el pelo recogido en una coleta que se movía como un metrónomo.

Y su trasero también.

Cuando descubrió que estaba sonriendo, empezó a preocuparse.

–Si vas a quedarte ahí mirando, lo mínimo que podrías hacer es echarme una mano.

Sam dejó escapar un suspiro.

—¿Cómo sabías que estaba aquí?

—Podía sentir tus ojos clavados en mi espalda.

Él levantó una ceja, irónico.

—Sí, bueno, además te he oído salir al porche. La mosquitera de la puerta cruje. Tengo que ponerle un poco de aceite... Y luego he oído el ruido de tus botas en el suelo... por no hablar de ese suspiro de viejo que acabas de soltar.

—Eres demasiado observadora —sonrió Sam.

—Desde luego que sí. Y he observado que llevas evitándome toda la semana.

Sí, era verdad. Había intentado evitarla desde aquella noche, en el lago. Porque no podía dejar de pensar en ella. Porque cada vez que respiraba la deseaba de nuevo. Cada vez que la miraba, el deseo de besarla, de tomarla entre sus brazos era casi irresistible.

Sacudiendo la cabeza, Sam dejó escapar otro suspiro. Haberse acostado con ella debería haber calmado su ansia. Pero no era así, todo lo contrario. Porque ahora sabía cómo era tenerla entre sus brazos y tenía que hacer un esfuerzo sobrehumano para no buscar sus labios, para no tomarla de la mano y llevarla al lago de nuevo.

—Como he dicho antes, muy observadora.

–¿Vas a decirme por qué estás intentando evitarme?

–No, mejor no –contestó él, ayudándola a quitar una sábana de la cuerda.

–¿Quieres que te lo diga yo?

–Maggie...

–Creo que no quieres hablar de lo que pasó esa noche porque significó algo para ti. Y eso te molesta.

–Ya te he dicho que no quería hacerte daño.

–Lo sé, lo sé.

–¿Y por qué no lo dejamos así?

–Porque no puedo.

–Ah, ya. No me sorprende.

–¿Tan difícil te resulta admitir que lo que pasó esa noche fue especial?

–No –contestó Sam–. Lo fue. Lo admito. Pero no puedo darte nada más.

–Yo no te he pedido nada más –le recordó ella.

–Sí, pero lo harás. Está en tu naturaleza.

–¿Ah, sí? ¿No me digas? –rió Maggie–. ¿Y tú cómo lo sabes?

–Porque tú eres de las que hacen nido. Mira esta casa... las cortinas que has colgado en las ventanas, las flores. Tú has hecho de ésta *tu* casa. En un sitio del que yo he querido alejarme durante quince años.

–Pero ahora estás aquí.

–Sólo durante el verano. Y luego me iré.

–¿Así, sin más?

–Sí.

–No puedes irte ahora que sabes cuánto te necesita tu abuelo.

–No puedo quedarme –murmuró Sam.

–No es que no puedas, es que no quieres.

–Bueno, eso da igual –contestó él, irritado.

–Muy bien. Pero aunque te vayas a finales del verano, ahora estás aquí –le recordó Maggie.

Sí, eso era verdad. Y la deseaba. A cada momento.

–No puedo hacerte ninguna promesa.

–Pero olvidas que yo no te he pedido que las hagas –replicó ella.– ¿Qué pasa? ¿Que sólo los hombres tienen aventuras?

–¿Y lo otro?

–¿Cómo?

–La posibilidad de un embarazo.

No podía creer que tuviera que recordarle aquello. Y no podía creer que hubiera tenido tan poca cabeza como para no usar preservativo. No le había pasado nunca.

–Aún no lo sé. Pero como por ahora no podemos hacer nada, no tiene sentido preocuparse, ¿no te parece?

–Sí, bueno, supongo que tienes razón.

Pero él estaría preocupado hasta que supiera qué había pasado. Si el resultado de aquella noche en el lago era un embarazo... nunca se lo perdonaría a sí mismo.

—Y podríamos tener cuidado a partir de ahora —dijo Maggie entonces.

Cuando lo miró a los ojos, Sam sintió que se rendía. Si tenían cuidado, si Maggie no esperase de él más de lo que podía darle...

Sería una locura.

Una estupidez.

Sería genial.

—En fin, de todas formas ahora tengo que seguir con la colada —dijo ella.

Con el abrupto cambio de tema, Sam sintió que había encontrado un camino seguro en un campo lleno de minas.

—¿Por qué no usas la secadora?

—Porque así las sábanas huelen mejor —contestó Maggie—. El viento, el sol... así es que como debe secarse la ropa. Por las noches puedes dormir entre sábanas que te hacen soñar con el verano.

Eso estaría bien, pensó Sam, metiendo las manos en los bolsillos del pantalón. Pero la verdad era que cualquier cosa sería mejor que los sueños que él solía tener.

—Cuando era pequeña, siempre quise tener un tendedero en el que colgar mi ropa limpia.

—¿Y eso?

–Había una casa al final de la calle en la que vivía... La vecina hacía la colada todos los días y todos los días la veía colgando sábanas, camisas, vestidos. Tenía un perro pequeñito que la seguía a todas partes. A veces sus hijos la acompañaban y jugaban al escondite entre las sábanas. Era tan... no sé, tan familiar, tan agradable.

–Tu madre no era de las que ponían la ropa a secar al sol, veo.

Maggie apartó la mirada.

–No sé qué hacía mi madre. No la conocí.

–Ah, perdona.

–No es culpa tuya. No lo sabías.

–¿Y tu padre?

Maggie se obligó a sí misma sonreír.

–Es un misterio también. Murieron cuando yo era una niña, así que me crié en un orfanato hasta los dieciocho años.

–Ah, lo siento.

–Esa vecina de la que te hablaba... vivía en la misma calle en la que estaba el orfanato.

–¿No te adoptaron?

–No. La mayoría de la gente quería adoptar niños muy pequeños. Pero no pongas esa cara de pena –le advirtió Maggie. Ella nunca había querido compasión de nadie y no la necesitaba en aquel momento–. Lo pasé bien.

–¿De verdad?

–Sí, claro. El orfanato no tenía nada que ver con los de los cuentos de Dickens. Además, durante una temporada tuve unos padres de acogida...

–¿De verdad lo pasaste bien?

–Sí, bueno... siempre echas de menos a tu familia y eso... –Maggie apartó la mirada–. Pero el caso es que ahora tengo un tendedero donde colgar mi propia ropa y estoy encantada.

Afortunadamente, Sam no le preguntó nada más sobre su infancia. Desde luego no había sido una infancia de cine, pero tampoco había sido horrorosa. Además, aquello era el pasado, y ella tenía que pensar en el presente y en el futuro.

–Pero esto te da más trabajo.

–No me importa. A veces hacer las cosas bien es más importante.

–La gente no suele tener esa actitud hoy en día.

–Yo no soy como todo el mundo –sonrió Maggie.

–No, eso es verdad. Pero te falta algo de ese sueño infantil.

–Sí, me faltan muchas cosas –rió ella.

Y eso lo asombró. Le asombraba que alguien pudiera reírse de algo tan triste, tan dramático.

–¿Qué me falta, Sam?

–El perro. Mi abuelo solía tener un perro.

–Lo sé. Murió el año pasado.

–¿El año pasado? Pero entonces debía de tener por lo menos veinte años.

–Casi. Y estuvo estupendamente hasta el final. A Jeremiah se le partió el corazón cuando murió, pobrecito. Me dijo que era uno de los pocos lazos que tenía con sus nietos.

Sam se llevó una mano al pecho, como si ella le hubiera lanzado un dardo directamente al corazón.

–No deberías haber estado lejos tanto tiempo.

–No podía volver. No podía estar aquí... rodeado de recuerdos. Sencillamente, no podía.

–Pero lo estás haciendo ahora.

–Sí, bueno...

–A lo mejor poco a poco resulta más fácil.

–No, eso es imposible.

–Podrías intentarlo. Por tu abuelo –insistió Maggie.

–Es sólo por él por lo que estoy aquí.

–No fue culpa tuya, Sam.

Lo había dicho sin pensar, pero en cuanto pronunció la frase supo que había sido un error.

Porque Sam se puso muy serio y apretó los dientes como si quisiera desgastárselos.

–Tú no sabes nada sobre eso.

–Podrías contármelo.

–Hablar de ello no cambiaría nada. Hablar de ello no me ayuda en absoluto. Sólo hace que recuerde...

–Sam, no tienes que recordar. Está contigo todo el tiempo.

–Sí, lo sé –suspiró él, pasándose una mano por el pelo–. Bueno, dime, ¿cómo acabaste aquí, trabajando para mi abuelo? Este rancho está muy lejos de todo.

Maggie asintió, aceptando el cambio de tema sin protestar.

–Mi coche me dejó tirada en medio de la carretera. Y tu abuelo me rescató.

–¿En serio?

–Sí. Apareció de repente, como un ángel...

Sam soltó una carcajada.

–No, en serio. Me invitó a comer y llamó al mecánico del pueblo. Y para cuando se llevaron el coche, tu abuelo me había ofrecido el puesto de ama de llaves del rancho Lonergan.

–Eso explica cómo llegaste aquí –dijo Sam–. Pero dime por qué *sigues* aquí.

–¿Por qué iba a marcharme? Este rancho es precioso. Me encanta el pueblo y me encanta tu abuelo... además, le debo mucho. Él me dio un hogar. Algo que no había tenido hasta ahora.

Un hogar.

Una palabra muy sencilla, pero que significaba tanto para Maggie... Seguramente significaba mucho más de lo que Sam podía entender. Nadie que hubiera tenido un hogar y una familia entendía el anhelo de aquéllos que nunca lo habían tenido.

—Además, trabajando para Jeremiah tengo tiempo libre para estudiar en la universidad de Fresno.

—¿Qué estudias?

—Enfermería. Me gusta cuidar de la gente.

—Según Jeremiah y el doctor Evans, eso también se te da muy bien.

—Gracias.

—De nada.

Los dos se miraron, incómodos. Pero quizá porque habían terminado de descolgar las sábanas y ya no tenían nada con lo que distraerse mientras hablaban. Lo único que podían hacer era mirarse el uno al otro.

El sol de la tarde se reflejaba en la hierba, en las piedras, en las sábanas blancas de la cesta, haciendo que casi tuvieran que guiñar los ojos para verse.

Y los segundos pasaban.

Cuando Sam la tomó por la cintura, sin decir nada, Maggie apoyó la cabeza en su pecho, como si lo hubiera estado esperando.

Como si aquello fuera inevitable. Como si tuviera que pasar.

—Vamos a cometer el mismo error otra vez, ¿verdad?

—Cada vez que tengamos oportunidad —suspiró ella.

Capítulo Ocho

Sam la envolvió entre sus brazos y deslizó las manos hacia abajo para apretar su trasero mientras buscaba sus labios con la misma desesperación que había sentido en el lago...

–¡Ejem, ejem! Lo siento, no quería interrumpir.

Los dos se apartaron de golpe al oír la voz del doctor Evans.

–Hola, doctor Evans –lo saludó Sam, pasándose una mano por el pelo, nervioso.

–Sólo venía a despedirme –sonrió el anciano.

–¿Cómo está Jeremiah? –preguntó Maggie. Y si parecía un poquito sin aliento, seguramente Sam fue el único en percatarse.

–Parece que está... un poco mejor.

–¿Sabe ya cuál es el problema? –preguntó Sam.

–No, aún no. Estamos haciéndole pruebas, ya sabes –contestó el médico, de nuevo apartando la mirada–. Pero no te preocupes, estamos en ello.

El instinto le decía que allí estaba pasando algo. Bert Evans y Jeremiah Lonergan habían sido amigos y compañeros de pesca durante toda la vida y harían cualquier cosa el uno por el otro.

Y eso incluía mentir.

–¿Hay algo que yo debería saber?

–No, nada en absoluto –contestó el doctor Evans, sacando un pañuelo del bolsillo para pasárselo por la frente–. Todo está bien.

–Ya –murmuró Sam, cruzándose de brazos.

El anciano doctor miraba a Maggie, el tendedero, la cerca... cualquier cosa salvo a Sam.

–Mi abuelo está fingiendo, ¿verdad?

Bert lo miró entonces con tal cara de susto, que no tuvo que decir nada. Porque tenía tal expresión de culpabilidad, que no habría engañado ni a un niño pequeño.

–¿Por qué dices eso?

–Porque se me ha ocurrido pensar que si Jeremiah estuviera tan mal como parece... o como todo el mundo intenta hacerme creer, lo habría enviado al hospital. O, al menos, habría contratado a una enfermera profesional para que cuidase de él.

—Maggie está aquí.

—Sí. Y es estupenda con mi abuelo, pero no es una enfermera profesional. Aún no, al menos. Así que tengo que preguntarme... ¿mi abuelo está mintiendo, doctor Evans? ¿O es usted?

El hombre volvió a pasarse el pañuelo por la frente.

—Doctor Evans, ¿Jeremiah está enfermo o no? —preguntó Maggie.

El médico dejó escapar un largo y doloroso suspiro.

—Yo no quería mentir, de verdad. Ni a ti ni a Sam, pero...

—¡No me lo puedo creer!

—Pues yo sí —dijo Sam—. El viejo nos ha engañado para que volviéramos al rancho.

De inmediato, Bert se irguió como si le hubieran insultado personalmente y señaló a Sam con el dedo.

—Es una vergüenza que «el viejo» tenga que inventarse una mentira para que sus nietos vengan a visitarlo. No habéis vuelto desde aquel verano, hace quince años... ¿y eso te parece bien? ¿Tú crees que lo lógico era dejar solo a tu abuelo, un anciano que no os tiene más que a vosotros?

—No, pero... —Sam metió las manos en los bolsillos del pantalón y dio un paso atrás.

—Nada de peros, amigo mío —lo interrumpió el médico–. Vosotros tres sois lo más importante para ese «viejo». Es lógico que haga lo que tenga que hacer para volver a veros.

Tenía razón. Y si su objetivo era hacer que Sam se sintiera avergonzado, lo había conseguido. Pero nadie podría entender lo difícil que era para Sam volver a Coleville. A aquel sitio que una vez lo fue todo para él. Nadie podía entender que volver allí era como olvidar lo que había pasado aquel verano.

Y él no quería olvidar. Mac no merecía eso.

–Fue un accidente, Sam –siguió el doctor Evans–. Pero vosotros tres habéis hecho que Jeremiah pague por ese accidente dejándole completamene solo. Y eso no está bien.

Sam no podía hablar porque tenía un nudo en la garganta. Era cierto. Jeremiah había sido castigado por sus nietos cuando el pobre no tenía culpa de nada. Sam y sus primos lo habían dejado fuera de sus vidas para poder soportar lo que pasó aquel verano. Pero sabían que estaba solo, sabían que los echaba de menos y que no tenía a nadie que lo cuidase...

¿En qué clase de gusanos se habían convertido?

Como no era capaz de soportar la expresión acusadora del viejo doctor, Sam se dio la vuelta y se dirigió a la cerca. Delante de él había millas y millas de campo abierto, de hierba, de pastos. La brisa movía su pelo, pero el sol caía a plomo, haciéndole sentir a las puertas del infierno.

Muy apropiado.

Tras él, oyó que Maggie le daba las gracias al doctor Evans por haber ido a visitar a Jeremiah, y luego el sonido de sus pasos en el porche. Se sentía avergonzado y no sabía qué hacer...

—¿Estás bien?

Sam se volvió al oír la voz de Maggie.

—No, no estoy bien.

—Lo que ha hecho tu abuelo es terrible. No debería haberos preocupado... ni a mí tampoco. Pero...

—Sí, lo sé, es lo único que ha podido hacer, el pobre. Nos hemos portado como unos auténticos cerdos.

—No seas tan duro contigo mismo...

—¿No eres tú la que dice que deberíamos haber venido a visitarlo más a menudo?

—Sí, pero Jeremiah sabía lo que sentíais...

—No —la interrumpió Sam entonces—. Porque mi abuelo no sabe todo lo que pasó.

—Pues cuéntamelo. Cuéntame que pasó —dijo ella entonces, tocando su brazo.

—No puedo.

—Sam...

Él apartó la mirada. Pero tenía que con-

101

tarlo. Tenía que contárselo a alguien. Tenía que quitarse aquel peso que llevaba sobre los hombros desde los dieciséis años y que había arruinado su vida.

—Veníamos aquí todos los veranos. Los cuatro primos Lonergan... Nuestros padres eran hermanos y nosotros nos sentíamos más hermanos que primos, la verdad —empezó a decir Sam, mirando al infinito, como perdido en los recuerdos—. Cooper, Jake, Mac y yo. Yo era el mayor, Mac el más joven. Era un chico muy inteligente, muy espabilado. Sólo tenía catorce años, pero siempre se le ocurrían unas ideas estupendas —Sam tuvo que sonreír al recordarlo—. Ese año, Mac se había inventado una idea que, según él, nos haría ricos a todos.

—¿Ah, sí? ¿Qué idea?

—No me acuerdo bien. Mac y Jake tenían una moto y estaban siempre poniéndole piezas nuevas. Según Mac, se le había ocurrido algo que mejoraría las prestaciones del motor y nos haría millonarios. Pero no vivió para verlo.

—Cuéntame qué pasó.

Sam se apartó un poco, no sabía si para distanciarse de ella o del pasado.

—Era un concurso de los que hacíamos todos los veranos. Hacíamos turnos tirándonos al lago desde el risco. Conseguíamos puntos por lo lejos que llegáramos y por cuánto tiempo estuviéramos bajo el agua.

Maggie tragó saliva. Intentó tocarlo, pero Sam sacudió la cabeza.

–Deja que... te lo cuente todo. Cuando llegó el turno de Mac, Jake ya nos había ganado a todos. Era el mejor nadador y aguantaba mucho tiempo bajo el agua, pero Mac no soportaba perder. De modo que dio una carrerita, se tiró de cabeza y cayó mucho más lejos que nadie. Jake estaba cabreado pero, para ganar, Mac tenía que permanecer bajo el agua más tiempo que él.

–Dios mío... –murmuró Maggie.

Sabía lo que seguía. Sabía que Mac había muerto ese verano y que su muerte había separado a los primos, que sus vidas habían cambiado para siempre.

–Yo estaba controlando el tiempo con el reloj de mi abuelo. Mac llevaba casi dos minutos bajo el agua y empezábamos a preocuparnos.

–¿Dos minutos? Pero eso es mucho tiempo.

–Para él no. Lo había hecho otras veces. Pero esta vez... me parecía diferente, no sé por qué. Le dije a Cooper que deberíamos tirarnos para ver qué pasaba, pero Cooper quería que Mac ganase e insistió para que esperásemos unos segundos más. Y esperamos

–murmuró Sam–. Deberíamos habernos tirado para sacarlo del agua, pero esperamos... No, ellos no, yo. Yo era el mayor, Maggie. Yo debería haberme tirado para sacarlo. Además, intuía que pasaba algo, sentía que algo había ido mal.

–Sam...

–Esperé, de pie en el risco, mirando el reloj mientras Mac estaba muriéndose.

–Por favor, Sam, tú no tuviste la culpa.

–¿No me has oído? Algo me decía que mi primo Mac tenía problemas, pero no hice nada.

–Tenías *la sensación* de que podía pasar algo, pero no lo sabías. No eras más que un crío, Sam.

Él hizo un gesto con la mano.

–Era el mayor. Debería haber reaccionado, debería haber hecho algo. Por supuesto, era una estupidez tirarse de aquel risco de cabeza y hacer un concurso para ver quién aguantaba más bajo el agua, pero... Después de dos minutos y quince segundos no pude soportarlo mas y me tiré. Cooper y Jake se lanzaron detrás de mí. El agua del lago estaba llena de fango... –Sam guiñó los ojos, como si siguiera intentando encontrar a su primo bajo el agua–. Tardamos mucho tiempo en encontrarlo. Demasiado tiempo. Estaba tumbado en el fondo, y tiramos de él a toda prisa para sacarlo del agua. Lo colocamos sobre la hierba e intentamos hacer que volviese a respirar, pero ya era demasiado tarde. Estaba muerto. Mac estaba muerto.

Maggie apretó su brazo, tenso como una barra de hierro.

–Lo siento muchísimo, Sam, pero no fue culpa tuya.

–Eso es lo que dice todo el mundo –suspiró él–. El doctor Evans examinó el cadáver. Dijo que Mac se había roto el cuello al caer al agua y que se ahogó mientras estaba inconsciente. Después de eso, nada fue lo mismo. Nunca volverá a ser lo mismo.

–Tú elegiste no volver aquí, Sam. Tú y los demás. Pero no teníais por qué hacerlo. Nadie os culpa de nada.

–Yo me culpo a mí mismo. Mac se ahogó, Maggie. Mientras yo estaba en el risco, mirando un reloj...

–Tú no sabías que eso iba a pasar, por el amor de Dios. No podías saber que tu primo se partiría el cuello...

–Debería haber sabido que ocurría algo. Había pasado demasiado tiempo. Si me hubiese tirado inmediatamente, Mac seguiría vivo.

–Se había roto el cuello...

–Sólo tenía catorce años.

–Lo sé, lo sé. ¿Pero no volver a Coleville lo hace todo más fácil?

–Nada lo hace más fácil.

–Entonces, ¿por qué no has vuelto al rancho? ¿No crees que volver aquí para estar con tu abuelo sería una forma de... no sé, honrar a Mac? A él le gustaba tanto el rancho como a ti, ¿no? Podrías ser el médico de Coleville. Vivir tu vida y ser feliz.

Un brillo de esperanza apareció en los ojos de Sam... pero desapareció enseguida. Nada le gustaría más que estar de acuerdo con ella. Decirle que sí, que se quedaría en Coleville y volvería a vivir en el rancho, rodeado de las cosas que tanto echaba de menos.

Pero no podía hacerlo.

Le había fallado a Mac.

Su primo había perdido la vida, sus sueños, todo.

Y él no tenía derecho a ser feliz.

–¿De verdad crees que Mac quería que fuerais desgraciados toda la vida por lo que pasó? ¿Que no volvierais al sitio al que tenéis tanto cariño?

–No, no lo creo –suspiró Sam–. Pero eso no importa. Ni a mí ni a los demás.

–Entonces, cuando acabe el verano te volverás a marchar.

–Sí.

–Y no volverás nunca.

–No.

–Por mucho que corras, Sam –dijo Maggie entonces en voz baja– nunca podrás escapar del pasado. Lo sé porque yo he intentado hacerlo muchas veces.

Capítulo Nueve

—Estás enfadada conmigo, ¿verdad?

Maggie, que estaba guardando unas camisetas en los cajones de la cómoda, se volvió. Jeremiah parecía preocupado. Y tan culpable como un niño que hubiese robado una galleta.

Se le encogió el corazón al verlo con esa cara. Por muy enfadada que estuviera, no quería disgustarlo más...

—¿Enfadada? No, ya no. Pero lo estuve. Cuando el doctor Evans nos contó la verdad.

—Lo siento mucho, Maggie —se disculpó Jeremiah, agachando la cabeza... para mirarla luego como un crío, con los ojos brillantes—. A ti no quería mentirte. Ya sabes que te quiero mucho.

El corazón de Maggie se llenó de amor por aquel anciano bueno y generoso que lo era todo para ella. ¿Cómo podía enfadarse con él?

—Me alegro muchísimo de que no estés

enfermo, Jeremiah. Pero me has dado un susto de muerte.

—Lo siento, de verdad. Es que... no se me ocurrió otra cosa para hacer que mis nietos volvieran al rancho.

En realidad, ella entendía la desesperación del anciano.

—Pero ahora todos están preocupados por ti.

—Lo sé.

—Y enfadados.

—Lo sé, lo sé. Pero Sam está aquí. Eso es lo importante. Y estará aquí todo el verano. Como los demás. Me han dado su palabra.

—¿Por qué lo hiciste, Jeremiah? Sé que los echas de menos, pero ¿por qué ahora? ¿Por qué este verano precisamente?

Jeremiah sonrió entonces, levantándose de la cama.

—Aún no puedo decirte eso, Maggie. Voy a esperar hasta que todos mis chicos estén aquí para desvelar el secreto.

—Eres tan cabezota como Sam —protestó ella.

—Te gusta mi nieto, ¿verdad?

—Jeremiah...

—Sólo era una pregunta. No es que quiera meterme en tu vida, pero os he estado observando... y no soy tan viejo como para no ver que cada vez que estáis juntos saltan chispas.

Maggie, colorada, se volvió enseguida para seguir guardando sus cosas en el cajón.

—Eso da igual. Después del verano se marchará otra vez.

—¿Y tú vas a dejar que se marche?

—¿Qué puedo hacer, atarlo con una cuerda al porche? —replicó ella—. Jeremiah, Sam me ha contado lo de Mac.

El viejo dejó caer los hombros como si le pesaran una tonelada.

—Fue algo horrible, desde luego. Pero ya es hora de que sigan adelante con sus vidas. No quiero que se olviden de Mac, pero sí que sigan viviendo... con su recuerdo.

—No sé si Sam puede hacer eso —murmuró Maggie.

—Espero que te equivoques, hija.

—Yo también.

Horas más tarde, Sam miraba la casa de Maggie desde el porche. La noche era muy clara porque había luna llena, y el viento movía las ramas de los árboles... pero pronto se desataría una tormenta.

Había luz en su cuarto de estar, de modo que debía estar despierta. Y no podía dejar de pensar en ella.

Y en su abuelo.

Le había echado una buena bronca antes

de cenar por hacer lo que hizo. Y la respuesta de su abuelo fue:

—Siento mucho haberte hecho sufrir, hijo, pero el día que Mac murió murieron también mis otros tres nietos. Os perdí a los cuatro. No puedes enfadarte conmigo por intentar recuperaros. No tengo a nadie más.

Y la verdad era que Sam no podía culparlo. Ni siquiera podía estar enfadado de verdad. Porque la verdad era que echaba de menos aquel rancho, a su abuelo, al chico que había sido antes de la tragedia. Echaba todo eso de menos desesperadamente.

Después de cenar, salió al porche y cerró la puerta para ahogar el sonido de la televisión... y los ronquidos de su abuelo.

Y se puso a pensar en Maggie. Ojalá fuera verdad lo que ella le había dicho. Ojalá pudiera seguir adelante con su vida. Nunca olvidaría a Mac, pero...

Era cierto, cuando su primo murió, cuatro vidas quedaron destrozadas. Ninguno de los tres podía perdonarse a sí mismo por lo que pasó. No sabían cómo hablar el uno con el otro. Como un perro con tres patas, intentaban hacerlo, pero fracasaban miserablemente y, al final, dejaron de intentarlo.

Y también habían destrozado la vida de su abuelo, que estaba completamente solo. Como él.

111

Llevaba solo todos esos años, pero nunca se había sentido tan solo como en aquel momento.

Y, por primera vez, odiaba esa sensación...

En ese momento se abrió la puerta de la casa de Maggie.

—¿Piensas quedarte ahí toda la noche?

—Estaba pensándolo.

Maggie miró a cielo.

—Parece que va a haber tormenta.

—Sí, eso parece —contestó Sam, aunque no podía dejar de mirarla. Parecía una bailarina con aquella camiseta rosa y el pelo suelto. Entonces se movió, salió al porche y dejó que se cerrase la mosquitera.

—Si te quedas ahí, te vas a mojar.

Una ducha fría de la naturaleza.

No era mala idea.

—Probablemente.

—Se está mejor aquí.

—Pero no más seguro —dijo él. Aunque la idea de entrar en su casa, de abrazarla, de acostarse con ella, era suficiente como para hacer que cayese de rodillas.

—¿Tanto te preocupa tu seguridad?

—La mía y la tuya, Maggie.

—Y luego dices que no eres una buena persona...

—No lo soy, de verdad.

En ese momento, un trueno hizo retumbar los cristales de la casa.

–No te creo.

–¿Qué es lo que no crees?

–Que seas una mala persona.

–¡Maldita sea!

¿No se daba cuenta? ¿No entendía que no quería hacerle daño? Furioso consigo mismo, Sam atravesó los diez metros que lo separaban de la casa cuando empezaban a caer las primeras gotas.

–Estoy intentado alejarme de ti, Maggie. Por tu bien.

–¿Y quién te ha pedido que hagas eso? Yo sé cuidarme solita.

–Tú deberías pedírmelo.

–Pues yo no lo creo.

–¿Se puede saber por qué?

–Porque creo que eres mucho mejor persona de lo que dices ser.

–Tú no me conoces.

–Yo creo que sí te conozco, Sam –suspiró Maggie entonces–. Por ejemplo, sé que te fuiste voluntario con Médicos sin Fronteras... para ayudar a niños que no tenían a nadie que los ayudase. Sé que esos médicos apenas ganan dinero, que lo hacen por vocación...

–Porque puedo ayudar y marcharme –replicó él.

–Por favor...

–No es un gesto noble, es un gesto egoísta –insistió Sam–. Hago mi trabajo y me voy.

No me quedo, no hago amigos. No quiero que me importe nadie.

–Pero sí te importa la gente. Te importa mucho más de lo que dices.

–Te equivocas. Viajo de país en país, trabajo en diferentes hospitales durante unos meses y luego me marcho a otro. No me quedo en ninguna parte, Maggie. No quiero tener lazos, no quiero que nadie me importe. Es la única manera...

–¿De qué?

–De no sufrir otra vez.

–¿Tú sabes lo que estás diciendo? Por algo que pasó hace quince años, algo de lo que tú no fuiste responsable...

–¡Pero es que fui responsable!

–Tenías dieciséis años, Sam –suspiró Maggie.

–Eso no importa. Yo podría haber hecho algo. Sabía que Mac tenía que haber salido del agua y me quedé esperando...

–Si quieres protegerte a ti mismo, hazlo –lo interrumpió ella–. Pero no tienes que protegerme de ti porque yo no necesito protección –dijo Maggie entonces, tomando su cara entre las manos–. Soy una mujer, no una niña. Y sé lo que hago.

–Si tuvieras un poco de sentido común...

–Tengo todo el sentido común que me hace falta –lo interrumpió ella.

–Si tuvieras un poco de sentido común –siguió Sam, suspirando– me pedirías que me alejase de aquí ahora mismo.

–¿Y por qué iba a hacer eso si lo que quiero es que te quedes?

–No puedo. No puedo quedarme, Maggie. No cuentes con eso.

–Me refería a esta noche. Quédate conmigo esta noche.

Sin poder evitarlo, Sam la abrazó. Un hombre no recibía ese tipo de invitación muy a menudo. Y ella, de alguna forma, le daba esperanzas. Unas esperanzas por completo absurdas, claro. La vida nunca volvería a ser lo que había sido. Y aquel rancho estaba lleno de recuerdos...

Pero aquélla era la casa del capataz. Cuando eran pequeños, el capataz vivía en el rancho, y sus primos y él entraban y salían de allí como si fuera su propia casa.

Había cambiado, pensó, mientras Maggie lo llevaba al dormitorio. Las paredes estaban pintadas en colores suaves y en ellas había colgados carteles de países exóticos. Además, olía a rosas. En realidad, Maggie siempre olía a rosas. Y a... felicidad. A perdón.

–Te necesito, Maggie –dijo entonces, con voz ronca–. Te necesito ahora mismo.

No sabía por qué encontraba tal consuelo en aquella mujer. Por qué, cuando estaba con ella, lograba olvidarse de todo... aunque fuera sólo por un momento. Pero así era.

Maggie sonrió. Había habido tan pocos momentos perfectos en su vida, que tenía que guardarlos como un tesoro. Y estar con Sam Lonergan era uno de ellos. No sabía por qué, quizá porque era un hombre tan herido, tan incapaz de ver, que la cura para ese dolor estaba dentro de sí mismo.

Y cuando se fuera del rancho, podría recordar aquellos momentos para siempre.

—Te deseo más que la primera vez —le confesó Sam, quitándole la ropa a toda prisa.

—Yo siento lo mismo.

Cuando estuvieron desnudos, Sam la tumbó sobre la cama y buscó sus labios. Sus manos estaban por todas partes, y Maggie cerró los ojos para concentrarse en esas caricias.

Pero entonces él se detuvo.

—¿Qué ocurre?

—Un preservativo. No llevo un preservativo... ¡Maldita sea!

—Yo tengo en el cajón —dijo ella, con una sonrisa en los labios—. Compré una caja el otro día.

Sonriendo también, Sam abrió el cajón de la mesilla y sacó un paquetito, que rasgó con los dientes.

—Me gustan las mujeres previsoras.

–Deja de hablar, vaquero. Y demuéstrame cuánto me deseas.

–Encantado –contestó él.

Maggie dejó escapar un gemido al sentirlo dentro. Levantó las piernas y envolvió su cintura con ellas, empujando hacia arriba para sentirse una con él, como si así pudiera borrar su pena, sus amargos recuerdos. Él también dejó escapar un gemido de placer, cerrando los ojos mientras sus cuerpos conectaban de la forma más íntima posible.

Sam inclinó la cabeza para mordisquear sus pechos, chupando fuertemente uno de los pezones, sin dejar de embestirla, de sentir que lo envolvía.

Se miraban a los ojos, y cuando llegó la primera explosión se apretaron el uno contra el otro antes de lanzarse al abismo.

Capítulo Diez

Durante la semana siguiente, el rancho Lonergan volvió a su rutina normal.

Sam pasaban los días explorando los prados que conocía tan bien y las noches en los brazos de Maggie. Había dejado de preocuparse sobre lo que pasaría cuando se fuera de allí... Maggie estaba decidida a disfrutar del tiempo que tuvieran juntos y parte de esa decisión se le había contagiado.

Y ahora que la pantomima de Jeremiah había terminado por fin, Sam y él pasaban horas explorando el rancho. Habían pasado muchos años, pero la tierra seguía siendo la misma... con algunos cambios.

–¿Verduras? –exclamó Sam, cuando su abuelo le pidió que detuviera la camioneta ante un campo recién plantado.

Jeremiah se encogió de hombros.

–Como ahora casi no tengo ganado, le alquilo esta parcela a una familia de por aquí. Me da buenos dividendos. Dave Hemmings

118

me alquila los pastos para sus vacas, además. Soy un viejo, Sam. Y este rancho es demasiado grande para llevarlo solo.

Sam tragó saliva. Ninguno de sus hijos había estado interesado en vivir allí, y sus nietos, incluyéndole a él, habían desaparecido quince años antes, dejando que aquel próspero rancho se convirtiese en... parcelas de alquiler. Y también había vendido los caballos que tanto le gustaban de pequeño...

No le sorprendía que su abuelo hubiese tenido que tomar una medida tan drástica para que volvieran a Coleville. Pero le dolía verlo tan apenado. Y lo estaba. Él era un hombre de campo que siempre se había sentido orgulloso del rancho Lonergan, un rancho que había levantando su padre. Aún podía ver los rebaños de vacas pastando por el prado... los caballos siendo entrenados por el capataz en el corral...

Pero las cosas cambiaban.

—Lo siento. Siento no haber estado aquí para echarte una mano.

Jeremiah le dio un golpecito en el hombro.

—No esperaba que tú llevaras el rancho, hijo. Siempre quise que fueras médico. Pero sí te he echado de menos. A todos vosotros. No sabes cuánto.

—Lo sé, lo sé. Ojalá hubiera sido de otra

manera, abuelo... No sabes cuántas veces he deseado que las cosas fuesen de otra manera.

–No es culpa tuya, hijo. No fue culpa de ninguno de vosotros. La vida es así.

–Ojalá pudiera creer eso –suspiró Sam–. Y yo también te he echado mucho de menos, por cierto.

–Me alegra saberlo –contestó Jeremiah, sacando un pañuelo del bolsillo para sonarse sospechosamente la nariz.

–¿Te alegras tanto como para contarme para qué has montado todo este teatro precisamente este verano? –sonrió Sam.

–No –contestó su abuelo–. Cuando Cooper y Jake lleguen al rancho lo sabrás.

–Pero...

–¿Qué tal si vamos al pueblo a visitar a Bert?

Sam miró a su abuelo con expresión suspicaz.

–No pienso comprar la consulta del doctor Evans, abuelo.

–¿Quién ha dicho nada de comprar la consulta? Yo sólo digo que vayamos a visitar a un buen amigo.

–Ya –Sam no lo creía, por supuesto, pero no se le ocurría ninguna razón para no ir. De modo que arrancó la camioneta y tomó la carretera que llevaba al pueblo.

Maggie colocó tres tubitos de plástico sobre el lavabo y tragó saliva, esperando el resultado.

–Tres intentos –murmuró–. Tres puntitos de color rosa.

Tenía que estar segura del todo. Para algo tan importante no podía confiar sólo en su instinto. Aunque ese instinto no le fallaba nunca y le decía que... ella nunca tenía retrasos. Si podía contar con algo en la vida, era con la regularidad de su ciclo menstrual.

Hasta aquel mes.

Maggie levantó la cabeza y se vio reflejada en el espejo. No quería ver el brillo de preocupación que había en sus ojos, de modo que se concentró en la alegría. Durante toda su vida, lo único que había deseado era tener una familia. Tener a alguien a quien amar. Alguien que la quisiera a ella.

Allí, en el rancho de Jeremiah Lonergan, había encontrado su sitio.

Y ahora había encontrado una familia.

–Estoy embarazada.

Decir esas palabras en voz alta la hizo sonreír.

Poniendo ambas manos sobre su abdomen en un gesto protector, murmuró:

–No te preocupes por nada, ¿eh? Todo irá bien, ya lo verás.

Mientras lo decía, sintió cierta angustia al pensar que tendría que contárselo a Sam. A él no le haría feliz, desde luego. Estaba tan decidido a mantener su corazón guardado bajo cuatro llaves, que para él ese niño sería un problema.

Maggie dejó escapar un suspiro mientras admitía algo que no había querido admitir hasta entonces.

Estaba enamorada de Sam Lonergan.

De su fuerza, de su ternura, de sus miedos, de su sentido de la responsabilidad. Incluso de su mal carácter.

Todo en él le parecía maravilloso, único, aunque sabía que no podría retenerlo. Pero al menos tendría a su hijo.

Y nunca volvería a estar sola.

La sala de espera estaba llena de gente.

Había niños llorando, madres desesperadas intentando calmarlos y una cansada enfermera gritando el nombre del siguiente paciente, intentando hacerse oír sobre esa cacofonía de ruidos.

Y el instinto de Sam le obligaba a echar una mano.

Jeremiah cruzó la sala de espera y abrió la

puerta que llevaba al despacho del doctor Evans, pero en lugar de seguirlo, Sam se detuvo al lado de un niño que lloraba sobre el regazo de su madre.

—¿Cómo te llamas?

—Toby. Y me duele la *gaganta*.

—Tiene fiebre desde ayer —le explicó su madre—. He pensado que lo mejor sería venir al médico, pero...

Sam vio que el niño tenía los ojos brillantes, pero aun así puso una mano sobre su frente. Tenía fiebre, pero no demasiada. Luego puso dos dedos en su garganta.

—Parece que es una pequeña inflamación de amígdalas. Se le pasará con un analgésico infantil, pero debe beber muchos líquidos.

La mujer sonrió, sorprendida.

—Perdone, ¿quién es usted?

—Soy Sam Lonergan. No se preocupe, soy médico.

—¿Ya no me duele la *gaganta*? —preguntó el niño.

—Dejará de dolerte enseguida, ya verás —sonrió Sam, volviéndose hacia su madre—. Voy a decirle al doctor Evans que están aquí.

—Gracias. Yo soy Sally Hoover. Y éste es mi hijo Toby.

—Ya nos conocemos.

—Tú eres el nieto de Jeremiah, ¿verdad?

—Sí.

–Ah, pues no sabes qué alivio –siguió Sally–. Como el doctor Evans se retira, pensábamos que nos íbamos a quedar sin médico en el pueblo y tendríamos que ir a Fresno. Que tú te hayas quedado con la consulta es maravilloso.

–No, lo siento, yo...

–¿Es usted el nuevo médico? –le preguntó otra mujer, con un bebé en brazos–. Yo soy Victoria Sánchez, encantada de conocerlo.

–Gracias, pero...

–Yo soy Donna Terrino –dijo otra, detrás de él. Tenía dos gemelos aferrados a sus piernas de tal manera que era sorprendente que pudiese caminar–. Esto es genial. Qué alegría que esté usted aquí. No sabe lo que significa para el pueblo.

Sam no sabía qué decir.

Todos los pacientes de la sala de espera se levantaron para saludarlo, y su corazón empezó a latir con violencia.

Se sentía... atrapado.

Todos lo miraban como si fuera un regalo de Navidad. No le dejaban hablar, no le dejaban explicar que era un error, que él no iba a quedarse con la consulta del doctor Evans. No quería ver la desilusión en esos rostros, no quería que le importase lo que dejaba detrás cuando se fuera del rancho...

No era responsabilidad suya.

La salud del pueblo de Coleville no dependía de él.

Entonces, ¿por qué se sentía culpable?

—¿Cuándo piensa abrir la consulta? —le preguntó alguien.

—¿Es usted el médico nuevo? —sonrió una niña.

«No», le habría gustado decir. Pero nadie parecía prestar atención; todos estaban encantados con la idea, y un anhelo que no había esperado se apoderó de él. Pero daba igual. No importaba que una parte de él quisiera instalarse en algún sitio, ser el hombre que todos querían que fuera.

La puerta del pasillo se abrió entonces, y Sam se volvió para buscar una salida.

Pero el hombre que salía de la consulta, con una niña de la mano, se dirigió directamente hacia él.

—¿Sam? ¿Sam Lonergan?

—¿Mike Haney?

—Por supuesto que sí —contestó el hombre—. Encantado de volver a verte. Hace siglos que no vienes por Coleville. ¿Cooper y Jake también han venido?

—No, aún no —contestó Sam. Mike Haney y él habían sido muy amigos durante aquellos veranos, y era una de las personas de Coleville a las que más había añorado—. Pero llegarán dentro de unos días.

—Ésta es mi hija —dijo Mike entonces.

–¿Tu hija? –repitió Sam, sorprendido.

Mike Haney y los demás chicos de Coleville seguían teniendo dieciocho años para él. Seguían robando cervezas de la nevera de sus padres para encontrarse en el lago y mentir sobre sus conquistas.

–Barb y yo... ¿te acuerdas de Barb?

–Claro que sí. ¿Te casaste con Barb?

–Sí, claro. Ahora tenemos tres niñas.

–¡Tres!

–Y todas son maravillosas. Bueno, ¿y tú que tal? ¿Tienes hijos?

–No –contestó Sam. Y al hacerlo sintió por primera vez la pena de todo lo que se había perdido en la vida por su empeño en evitar las relaciones serias–. No tengo familia.

–Ah, vaya. Bueno, te presento a Maxie... la llamamos así por Mac. Maxie, cariño, dile hola al doctor Sam. Es un viejo amigo de papá.

Sam miró los preciosos ojos azules de la niña, intentando sonreír. Pero tenía un nudo en la garganta que lo hacía imposible.

Mac. La razón por la que él no había vuelto a Coleville. La razón por la que tenía que volver a marcharse. Pronto.

–Es preciosa –consiguió decir por fin–. Encantado de volver a verte, Mike.

–Cuando Cooper y Jake lleguen al pueblo, llámame. Hablaremos de los viejos tiempos.

–Sí, claro. Buena idea.

Pero no iba a hacerlo. No quería hablar del pasado.

Y estaba seguro de que Cooper y Jake pensarían lo mismo.

Maggie esperó.

Durante la cena y después, mientras lavaba los platos, e incluso más tarde, mientras veían las noticias en televisión. Esperó guardando su secreto hasta que Jeremiah se quedó dormido y Sam y ella estuvieron a solas.

Y allí estaba, sin saber cómo decírselo.

Estaban sentados frente a la mesa de la cocina mirando los libros de contabilidad, con el sonido de la televisión de fondo.

Pero tenía que hacerlo, tenía que decírselo. Era lo más honesto.

–¿Sam?

–¿Sí?

–Tengo que hablar contigo.

–Dime –murmuró él, sin dejar de repasar los libros.

–Es importante.

–¿Ocurre algo?

–No... bueno, sí. No es un problema... o al menos yo no lo considero así.

–Ahora estoy intrigado –sonrió Sam–. ¿Qué pasa?

Maggie respiró profundamente.

–Llevo todo el día practicando para decirte esto, y ahora...

–Dímelo de una vez, Maggie.

–Sí, bueno...

Quería decirle cuánto lo amaba, cuánto lo querría siempre, pasara lo que pasara. Pero sabía que esa confesión no sería bienvenida, como no lo sería la noticia que tenía que darle.

Pero la verdad era innegable. Y había sido un error por parte de los dos, no sólo por su parte.

–Estás empezando a preocuparme.

–No te preocupes por mí. Estoy bien.. Mejor que bien.

Daba igual, pensó entonces. Daba igual que Sam Lonergan no la quisiera nunca. Era suficiente con que ella lo amase.

–Ven, vamos fuera –dijo, levantándose.

Sam la siguió hasta el porche pero, una vez fuera, Maggie siguió caminando por el jardín hasta quedarse parada bajo la luz de la luna.

–Muy bien, ya estamos fuera. Ahora dime lo que sea.

–Voy a hacerlo –suspiró ella–. Pero antes quiero que sepas que no espero nada de ti. Sólo te lo cuento porque es lo que debo hacer.

–Maggie...

–Estoy embarazada.

Capítulo Once

Para Sam aquello fue como un puñetazo. ¿Embarazada?

Nervioso, se pasó una mano por la cara e intentó decir algo, lo que fuera. Pero no se le ocurría nada... o más bien se le ocurrían mil cosas a la vez.

Embarazada. Iba a tener un hijo. Un hijo suyo.

Era como si un puño gigantesco apretase su corazón, y ese pensamiento lo avergonzó...

Había creado un niño con Maggie. Quisiera o no, ya estaba hecho.

–No tienes que decir nada –dijo ella entonces.

Parecía feliz. Allí, en el jardín, bajo la luz de la luna, su rostro reflejaba una felicidad que no podía disimular.

Ojalá él sintiera lo mismo.

Pero él sentía miedo, un miedo que le atenazaba la garganta. No le gustaba admitirlo, pero así era.

–¿Desde cuándo lo sabes?

–Desde esta mañana –contestó Maggie–. Sam, sé que esto es algo que tú no querías, pero yo me alegro. De verdad.

–Ya lo veo.

–No espero nada de ti. Sólo te lo he dicho porque era mi deber hacerlo. Tienes derecho a saber que vas a ser padre.

–Voy a ser padre... –repitió Sam. Una parte de él lo deseaba a pesar de todo. Por la esperanza, por el simple placer de tener un hijo. Un hogar. Y una mujer como Maggie a su lado.

–No tienes que poner esa cara de susto –dijo Maggie entonces, con una sonrisa un poco forzada–. No voy a ponerme de parto ahora mismo.

–Lo sé, pero es que...

El viento levantaba su pelo, desordenándolo, y Maggie intentó sujetarlo con una mano.

–Quiero que sepas que no tendrás que preocuparte por mí o por el niño. Yo me encargaré de todo.

–Lo sé –asintió Sam.

Maggie Collins era una mujer inteligente, capaz, divertida. Podría encargarse de cualquier cosa. Lo había demostrado sobreviviendo a pesar de sus circunstancias. De niña la vida le había puesto por delante un camino

130

muy duro, pero ella seguía siendo una persona positiva, viviendo la vida que quería vivir, sin amarguras, sin rencores.

No tenía duda de que también sabría cuidar de su hijo, del hijo de los dos, perfectamente.

Pero no debería tener que hacerlo sola.

—No puedo dejar que lo hagas sola, Maggie. Este niño también es responsabilidad mía.

—¿Qué quieres decir...?

—Quiero decir —contestó Sam, estirándose para hacer frente a su obligación— que quiero casarme contigo.

Maggie dio un paso atrás, mirándolo como si le hubieran salido dos cabezas. Estaba sorprendida, desde luego. Y también lo estaba él.

—¿Qué?

—Ya me has oído. Deberíamos casarnos. Como tú has dicho antes, es lo que hay que hacer, es nuestra obligación... por el niño. Es mi hijo también, Maggie. Y ese niño merece tener un padre.

La sorpresa que había visto en sus facciones se convirtió en desconsuelo.

—Oh, Sam, si pensara que eso es lo que realmente quieres, sería tan feliz...

—Pero lo es —insistió él. Aunque no sabía a quién estaba intentando convencer.

–No –dijo Maggie entonces, volviendo la cara para que no viese que sus ojos se habían llenado de lágrimas–. No es lo que quieres. Tú no quieres tener raíces. No quieres amor, no quieres responsabilidades. No me quieres ni a mí... ni a este niño.

–Maggie...

–No, Sam. No digas algo que no sientes de verdad.

Bajo la luz de la luna, vio pena, desilusión y *comprensión* en sus ojos. Y eso lo mataba.

–Los dos sabemos que si te quedaras en el rancho, nunca serías feliz. Algún día me odiarías por ello. Incluso odiarías a tu hijo por retenerte aquí.

Era difícil discutir esa simple verdad, pero le gustaría hacerlo. Le gustaría ser un hombre diferente. Le gustaría sentir de otra forma. Pero ¿cómo podía hacerlo?

–Me gustaría decir que te equivocas, pero la verdad es que no es así. Durante quince años he estado huyendo, yendo de un sitio a otro para huir de mis demonios. Quería mucho a Mac, pero le fallé y perdió la vida. Eso es algo que no puedo cambiar. Y si te fallara a ti y a nuestro hijo... no creo que pudiera soportarlo.

–Y por eso no puedo casarme contigo –dijo Maggie entonces–. Aunque te quiero.

Para Sam, esas palabras fueron como un

puñetazo en el plexo solar. Habría deseado abrazarla, saborear esas palabras que no volvería a escuchar nunca. Pero su expresión le advertía que se quedara donde estaba.

—Sí, te quiero. Pero no puedo casarme contigo. Porque quiero que nuestro hijo se críe rodeado de amor, no de miedo. Que tenga fe en la vida, que no se desespere, que no sea un amargado.

—Ojalá pudiera ser de otra manera —murmuró Sam.

Pero después de decirlo sabía que era una frase inútil. Porque decirlo, desearlo, no valía de nada.

—Eso es lo más triste —suspiró Maggie—. Que podría ser diferente. Pero tú no quieres que sea así.

—No es tan sencillo.

—Sí lo es. Tú dices que cambias de sitio continuamente porque te persiguen unos demonios personales... pero eso tampoco es verdad.

—¿Qué?

—No te persigue ningún demonio, Sam. Sólo es Mac. Y él te quería.

Sam apretó los dientes, mirándola con una intensidad que la asustó.

Maggie sabía que, esa frase, había hecho que volviera a apartarse emocionalmente. Estaba a su lado pero, en aquel momento, estaba más lejos que nunca.

Y en ese momento una parte de su corazón murió. Tragándose las lágrimas, se limitó a decir:

—No quiero un marido que piensa que es su deber casarse conmigo.

—Maggie...

—Creo que es mejor que te marches al final del verano, como habías pensado. No quiero que seas parte de la vida de mi hijo.

—También es mi hijo.

—Sí, pero tú no lo quieres, yo sí.

—Maldita sea, Maggie...

No pudo terminar la frase porque en ese momento vieron las luces de unos faros llegando a la casa. Un segundo después, los faros se apagaron, y un hombre alto y moreno como Sam salió del coche.

—Parece que estoy interrumpiendo algo —dijo, mirando de uno a otro—. Siempre llego en el peor momento.

—Hola, Cooper —dijo Sam, dándole un abrazo—. Cooper, te presento a Maggie Collins. Es... el ama de llaves del abuelo.

Maggie se alegró de la interrupción. Porque la conversación no habría llegado a ningún sitio. Habrían estado dando vueltas y vueltas para llegar a la misma conclusión: Sam no quería al niño, y ella, sí.

—Encantado —sonrió Cooper.

–Lo mismo digo. Bueno, me voy a dormir. Hasta mañana.

–Maggie...

–Buenas noches, Sam.

Unos segundos después entraba en su casa y cerraba la puerta.

Con las piernas vacilantes y el corazón encogido, Maggie cerró los ojos y se tapó la cara con las manos.

–¿Quieres contarme qué está pasando aquí? –preguntó Cooper cuando Jeremiah se había ido a la cama y estaban solos–. Sigo sin creer que el abuelo nos haya engañado a todos.

–Sí, yo también me llevé una buena sorpresa –suspiró Sam, abriendo la nevera para sacar dos cervezas. Después de darle una a su primo y tomar un trago, le explicó todo lo que sabía sobre la charada de Jeremiah y su supuesto estado de salud.

Cooper soltó una carcajada.

–No me lo puedo creer. Pero me alegro de que no se esté muriendo. Ni siquiera estoy enfadado con él.

–Lo mismo digo.

–¿Quién hubiera podido imaginar que el viejo era tan intrigante? ¿Y tan creativo?

–Debe de ser algo de familia –sonrió Sam.

Las novelas de terror de Cooper Lonergan habían asustado a todo el país durante los últimos cinco años. Cada una de ellas era más aterradora que la anterior. Y que Cooper fuera prácticamente un recluso añadía un poco más de misterio al asunto.

–He leído tu última novela.

–¿Ah, sí? ¿Y qué te parece?

–Terrorífica, como las otras.

–Gracias –sonrió su primo, mirando alrededor–. Vaya, parece que esto no ha cambiado nada, ¿eh? Es como volver atrás en el tiempo.

–Sí, es verdad. Por cierto, he visto a Mike Haney en el pueblo.

–¿Ah, sí? ¿Y cómo está?

–Bien. Se casó con Barb Hawkins y tiene tres niñas pequeñas.

–¿Tres niñas? Vaya, qué viejos somos.

Sam miró a su primo, al que no había visto en quince años. Además de haber crecido y haber ensanchado de hombros, Cooper era el mismo de siempre. Y en sus ojos oscuros reconocía las mismas sombras que veía en los suyos cada mañana, cuando se miraba al espejo.

La muerte de Mac los había afectado a todos.

–Bueno, ¿quieres contarme qué pasa con el ama de llaves? Está muy buena, por cierto.

Sam, que estaba echado hacia atrás en la silla, se echó de inmediato hacia delante.

—¿Qué quieres saber?

—Oye, no te pongas a la defensiva. Es que parecía como si estuvierais hablando de algo... importante.

Sam se levantó para abrir la puerta de la despensa, de la que sacó un bote de galletas.

—¿Quieres una?

—¿De qué son?

—De chocolate.

—¿Con cerveza?

—¿Qué pasa? A mí me gustan.

—No, si yo no digo nada —sonrió Cooper, mordiendo una y mirándola como si estuviera hecha de oro puro—. Oye, están riquísimas.

—Sí —murmuró Sam. Las había hecho Maggie, por eso estaban tan ricas. Pero no pensaba decírselo. La había visto haciéndolas por la mañana, moviendo la coleta mientras bailaba al ritmo de la música que sonaba en la radio, con la cara manchada de harina...

Cada vez que la veía moverse se encendía por dentro, cada vez que una de sus sonrisas iluminaban la cara de Maggie, algo le pasaba a su corazón. Sus labios eran de seda, su piel...

—¿Está casada?

—¿Quién?

–El ama de llaves.

–¿Por qué?

–Oye, no me pegues un tiro. Sólo estaba preguntado, hombre.

–Perdona.

–O sea, que tiene novio.

–Déjala en paz, Cooper.

–Muy bien, muy bien, lo que tú digas. Oye, si el abuelo está bien, ¿por qué estamos aquí?

–No quiere decirlo –contestó Sam–. Quiere que estemos todos reunidos. ¿Sabes algo de Jake?

–Hablé con él cuando recibí la noticia sobre el abuelo, y me dijo que vendría en cuanto le fuera posible. Pero estaba liado haciendo no sé qué...

–¿En España?

Cooper se encogió de hombros.

–Ya conoces a Jake. Si hay una carrera, allí está él.

Era noche cerrada, y el viento empezó a golpear los cristales de la cocina. La vieja casa estaba silenciosa, salvo por los crujidos de la madera, como los suspiros de una anciana dejándose caer sobre una silla.

–Me alegro de verte, Cooper.

–Yo también. Deberíamos haber vuelto por aquí... Os he echado de menos.

–Yo también –murmuró Sam, arrancando

con la uña la etiqueta de la botella. Una vez, sus primos habían sido lo mejor de su vida. Perderlos a todos le había costado más de lo que quería recordar.

—Bueno, será mejor que me vaya.

—¿Seguro que no quieres quedarte aquí?

—Sí, estoy seguro. Me alegro mucho de verte. Y al abuelo. Pero esta casa está llena de recuerdos...

—Sí, es verdad.

—Además, tengo que trabajar mientras estoy aquí, y con tanta gente no creo que pudiera concentrarme.

—No puedo creer que hayas alquilado la casa de los Hollis. La gente dice que está encantada.

—¿Por qué crees que la he alquilado? ¿Qué mejor para un autor de novelas de horror que una casa con su propio fantasma?

Sam tuvo que sonreír.

—Sí, claro, es verdad.

—Nos vemos mañana.

—Hasta mañana entonces.

Sam lo acompañó a la puerta y, cuando el coche desapareció por el camino, miró hacia la casa de Maggie. La luz estaba encendida, de modo que seguía despierta. Habría querido ir allí para charlar con ella un rato, pero dudaba que quisiera verlo. De modo que metió las manos en los bolsillos del pan-

talón y mantuvo la mirada fija en esa luz.
Como si así pudiera verla a ella.

La imaginaba en su cama, bajo la colcha
de flores, y se preguntó qué estaría pensando. Sintiendo.

¿Se sentiría tan vacía como él?

¿Se sentiría sola?

¿O el niño que crecía dentro de ella sería
suficiente para alejar todas las sombras?

Capítulo Doce

Durante los días siguientes, Jeremiah parecía haber rejuvenecido diez años. Su sonrisa era más amplia, sus ojos más brillantes y sus carcajadas más alegres.

Sam observaba al anciano sintiéndose más culpable que nunca. Había dejado de ir a visitarlo por razones completamente egoístas, pero nunca se había parado a considerar que estaba castigando a su familia por algo de lo que ellos no tenían culpa alguna.

No sólo había evitado ir al rancho Lonergan, no sólo había dejado de visitar a su abuelo, también había olvidado a sus padres en su deseo de no parar, de ir de un lado a otro, de no atarse a nada ni a nadie.

Y ahora era demasiado tarde para solucionarlo.

Sus padres habían muerto en un accidente de avioneta y sus tíos tampoco estaban ya en este mundo. Muertos en accidentes casi todos. Como si la familia Lonergan estuviera maldita. Los únicos parientes que le quedaban eran sus primos y su abuelo.

Y ahora empezaba a darse cuenta de lo importante que era la familia para él. Lo importante que era volver a *vivir*.

Todo por Maggie.

Sacudiendo la cabeza, se desprendió de los viejos guantes de cuero y los guardó en el bolsillo del pantalón antes de quitarse la camiseta. Hacía mucho calor y estaba sudando de la cabeza a los pies.

Le gustaba estar así.

Le gustaba estar parado en lugar de corriendo.

Le gustaba estar trabajando en un sitio que formaba parte de sus mejores recuerdos.

En las últimas semanas, aquel sitio había vuelto a meterse en su corazón, como cuando era niño. Y la idea de marcharse era más dolorosa de lo que había esperado.

Pero seguramente eso tenía más que ver con la persona a la que dejaría atrás. Sam miró la casa de Maggie. No estaba allí. Lo sabía. Y, sin embargo... algo de ella permanecía incluso cuando no estaba.

Durante unas semanas había encontrado la paz entre sus brazos.

Había encontrado calor y consuelo y una sensación de estar en casa que no había experimentado antes. Y, sin embargo, esos sentimientos lo aterraban. Porque no podía quedarse. No podía ser lo que él quería, lo que él necesitaba.

¿O sí?

—¿Cómo puede un hombre hacerse tantas preguntas y tener tan pocas respuestas? —murmuró, apartándose el pelo de la cara. Luego miró al cielo, cerrando los ojos para protegerlos del sol. Hacía mucho calor, pero seguía sintiendo frío.

Sentía frío hasta en los huesos.

Lo peor era la sensación de que todo aquello era culpa suya.

Entonces oyó el motor de un coche acercándose a la casa y se volvió, esperando que fuese Jeremiah, que había insistido en ir con Cooper al pueblo para que volviese a verlo después de quince años.

Pero no eran Jeremiah y su primo. Era la camioneta del rancho, con Maggie al volante.

De inmediato, su corazón se puso a latir con violencia. No podía verle la cara, pero sólo con saber que estaba cerca su cuerpo reaccionaba como si estuviera a su lado.

Ella saltó de la camioneta, echándose la melena hacia atrás.

—Hola, Sam.

Tenía una sonrisa tan bonita... Cómo iba

a echarla de menos. Echaría de menos hablar con ella, reírse con ella, charlar con ella.

Hacer el amor con ella.

—¿Ha vuelto Jeremiah?

—No, aún no.

—Había pensado hacer una tarta de chocolate... para celebrar que Cooper y tú estáis aquí —dijo ella entonces, sacando varias bolsas del asiento trasero.

—¡No hagas eso!

—¿Que no haga qué?

—No deberías cargar peso durante los primeros meses.

—Estoy bien, Sam. El niño esta bien. Y puedo llevar estas bolsas perfectamente. No soy una inválida, por favor.

De todas formas, Sam le quitó las bolsas de la mano.

—No vas a cargar peso mientras yo esté aquí.

—Pero cuando te marches tendré que hacerlo.

Sam tragó saliva. La idea de irse de allí cada día le parecía menos agradable. En otro momento habría estado deseándolo, pero ahora...

—Aún no me he ido —murmuró.

—En fin, como quieras. Sé que sólo intentas ser amable, pero...

144

—Maggie, esto es importante para mí. Quiero ayudar.

Eso sonaba absurdo. Quería ayudar a la madre de su hijo a llevar unas bolsas para luego dejarla completamente sola. Un plan genial, sí.

Entonces Maggie levantó una mano para acariciar su cara, y Sam inclinó la cabeza para recibir la caricia... pero ella bajó la mano enseguida.

—No, no puedo hacer esto.

—¿Qué?

—No puedo estar tan cerca de ti... y no quererte.

—Maggie...

—Y no puedo quererte y pensar que vas a marcharte. Lo siento. De verdad. Pero si quieres ayudarme, por favor... por favor, dame un poco de espacio.

Él asintió con la cabeza, avergonzado. Era como si una docena de cuchillos estuvieran cortándole el corazón en pedacitos.

—Tienes razón. Voy a seguir... arreglando la cerca. Pero, por favor, no levantes nada que pese demasiado.

—No lo haré.

—Gracias. Estaré fuera y...

En ese momento sonó el teléfono y fue Maggie quien contestó.

—¿Rancho Lonergan? Ah, hola, Susan. ¿Qué?

145

Ah, sí, se lo diré. Está aquí mismo. Bueno, dile a Katie que no se preocupe.

Cuando colgó, Sam le preguntó, preocupado:

—¿Ocurre algo?

—Era Susan Bateman. Su perra está de parto, y la pobre Katie está aterrorizada. Quiere que vayas tú a ayudarla.

—¿Yo? —rió Sam—. Katie sabe que soy médico de personas, ¿no?

—No lo sé, supongo que sí. Pero es una niña pequeña, y tiene miedo de que algo malo le pase a su perrita. Y confía en ti.

Confianza.

Una carga muy pesada.

Especialmente para un hombre que intentaba alejarse de la gente y de sus expectativas.

Maggie vio que se resistía, y le entraron ganas de llorar. Pero la verdad era que desde que descubrió que estaba embarazada lloraba mucho. No debería ser tan difícil, pensaba. Estar enamorada, tener un hijo... debería ser un momento feliz en su vida. Un momento de celebración.

En lugar de eso ya estaba de luto por la marcha de Sam Lonergan, el hombre que no podía o no quería ver lo que tenía delante de los ojos.

—¿No has dicho que querías ayudarme? Si

146

quieres hacerlo, irás a atender a la perrita de Katie. Los Bateman viven en la casa que hay al final del camino. Está muy cerca de aquí.

—Muy bien, lo haré —dijo Sam—. Volveré... cuando vuelva.

Y desapareció, dejándola sola en la cocina, deseando poder cambiar las cosas. Deseando que Sam pudiera ver que aquel rancho era su casa. Que ellos estaban hechos el uno para el otro. Que podrían ser muy felices.

Los tres.

La perra no estaba interesada en su ayuda.

Duchess, una golden retriever, miró a Sam como diciendo: «Si me dejas en paz, sólo tardaré un ratito».

Y eso hizo. Sentado en el suelo del porche al lado de Katie, Sam observó a la perra pariendo a sus cinco cachorros, el último de ellos más pequeño que los demás, pero más ansioso que ninguno.

—¿Le ha dolido? —preguntó Katie, que durante todo el proceso había estado apretando el dedo índice de Sam con todas sus fuerzas.

—Un poquito, pero a Duchess no ha parecido importarle, ¿verdad?

—No, es que es muy fuerte. ¡Mira, otro!

Así era, un sexto e inesperado cachorro acababa de asomar la cabecita, y unos minutos después apareció el número siete... y el ocho. Pronto todos los cachorros estaban limpios y mamando, mientras Duchess se echaba una más que merecida siesta.

—¡Mami, ya han nacido todos! –gritó Katie.

Susan Bateman asomó la cabeza, con una sonrisa en los labios.

—Gracias por venir, Sam. Es que estaba tan preocupada...

—No pasa nada.

—Puedes quedarte con un cachorro si quieres –le ofreció Katie entonces–. Jeremiah también quiere uno, y tú puedes quedarte con otro.

—Cariño, Sam no va a quedarse aquí. Y no tiene una casa fija, así que no puede tener perro.

Sam arrugó el ceño. No le había gustado mucho la explicación, pero ¿qué podía decir? Era cierto.

—¿No tienes casa? –le preguntó la niña.

—No.

—Sam es un hombre muy ocupado –le explicó su madre–. Es médico y ayuda a personas por todo el mundo.

—Pero podrías quedarte aquí. Podrías tener una casa y un perro y una niña para que yo jugara con ella y...

148

–Katie –la interrumpió su madre–. ¿Por qué no subes a tu cuarto y te lavas las manos? Vamos a cenar dentro de poco.

–Bueeeeeeno.

Claramente disgustada, Katie hizo lo que le pedían.

Cuando desapareció, Susan se encogió de hombros.

–Por lo menos no se ha puesto a protestar, como de costumbre. Sam, gracias por venir, de verdad. Para Katie ha sido importante tenerte a su lado.

–De nada. Encantado de ayudar.

Susan no parecía creerlo, pero sonrió de todas formas.

–Algunas personas creen que mimo mucho a mi hija, pero es que me resulta imposible no hacerlo.

–¿Es hija única?

–No, la verdad es que no –contestó ella, sin poder disimular un gesto de pena–. Tuvimos dos hijos, pero Jacob murió hace dos años.

–Ah, lo siento. No sé qué decir.

–No tienes que decir nada. Ven conmigo, quiero enseñarte una cosa –dijo Susan entonces, llevándolo al salón. Sobre una mesa había un montón de fotografías familiares, pero le mostró la de un niño rubio de unos tres años, con los mismos ojos azules de Katie.

149

—Éste era Jacob.

—Era un niño muy guapo —murmuró Sam, apenado por aquel crío que nunca cumpliría mas de tres años—. ¿Qué pasó?

Susan dejó escapar un suspiro.

—Cuando vinimos a vivir aquí pensábamos poner una cerca alrededor de la casa, pero no tuvimos tiempo de hacerlo. Un día, Jacob iba corriendo detrás de una pelota y salió a la carretera sin que nos diéramos cuenta... el conductor no tuvo tiempo de frenar.

—Vaya, qué horror.

—Sí, fue horrible. Tardamos mucho tiempo en superarlo, pero aún tenemos su recuerdo. Y tenemos a Katie... —Susan se llevó una mano al abdomen—. Además, estamos esperando otro niño.

Después de haber pasado por la horrible experiencia de perder a un hijo, Susan había encontrado la manera de seguir adelante con su vida. Emocionado por su valor, Sam le preguntó:

—¿Cómo has podido superar esa pérdida?

—No se supera. Pero se aprende a vivir con ella. Aunque supongo que eso tú ya lo sabes.

—¿Por qué dices eso?

—Jeremiah me habló de lo que le pasó a tu primo Mac.

«Algunos vivimos con ese dolor para siempre», pensó Sam.

Le avergonzaba reconocer que aquella mujer había demostrado más coraje en un solo día que él en aquellos quince años.

Y en ese momento, de repente, el mundo volvió a quedar enfocado para Sam Lonergan. Con el corazón acelerado y un nudo en la garganta, por fin lo entendió. Por fin entendió que huir no era curarse. Que esconderse del dolor no le protegía. Que a menos que encontrase la manera de volver a vivir, estaba tan muerto como Mac.

–Lo siento, Mac –dijo Sam, mirando las oscuras aguas del lago. Aunque pareciese extraño, casi podría jurar que *sentía* la presencia de Mac a su lado. Y la agradecía–. Siento haberte defraudado ese día. Siento haber tardado tanto en volver. Sigo echándote de menos cada día, ¿sabes? Pero creo que, por fin, todo va a ir bien. Sólo quería... que lo supieras.

Luego se quedó en silencio y, por primera vez desde aquel verano, tantos años atrás, se sintió... vivo.

***

Un golpecito en la puerta sobresaltó a Maggie de tal manera, que se tiró el té que estaba tomando sobre la blusa. Pero no podía ser Sam.

Sam no había ido por allí desde el día que le habló del niño. Y eso era lo que ella quería.

¿O no?

Nerviosa, dejó la taza sobre la mesa y fue a abrir la puerta.

Contra todo pronóstico, era Sam.

Pero era un Sam diferente al hombre al que había visto unas horas antes. Los ojos de aquel hombre estaban llenos de vida, llenos de esperanza, llenos de ilusión...

—¿Sam?

—¿Puedo pasar?

—Sí, no, no sé...

—Por favor, Maggie. Tengo tantas cosas que decirte... que preguntarte.

Ella asintió con la cabeza. ¿Qué había pasado? ¿Por qué, de repente, le parecía otro hombre?

—Entra.

—Maggie, he sido un idiota.

—Muy bien —murmuró ella, cerrando la puerta—. ¿Por qué dices eso?

—Hoy, por fin, he entendido algo muy importante.

—¿Qué?

–A ti, a nosotros, al niño –Sam soltó una carcajada que dejó a Maggie completamente perpleja–. Creo que he entendido la vida.

–¿De qué estás hablando?

–Te quiero, Maggie.

–¿Qué?

–Te quiero –repitió él–. Creo que te quiero desde aquella primera noche, en el lago. Pero he sido tan estúpido... y tenía tanto miedo... No quería ver lo que tenía delante de los ojos.

–Sam, no sé qué decir...

«Por favor, que sea verdad», rezaba Maggie en silencio.

–No digas nada, déjame hablar. Deja que te diga lo que me ha pasado –murmuró él, tomando su cara ente las manos–. Tú me has recordado lo que es estar vivo otra vez. Contigo me río, discuto, hago el amor... tú me has enseñado que una vida sin amor no merece la pena.

–Sam...

Maggie no pudo terminar la frase porque tenía los ojos llenos de lágrimas. ¿Sería posible? Pero no quería perderse aquello. No quería dejar de ver las emociones que había en los ojos de Sam Lonergan.

–Me he pasado quince años huyendo –siguió él–. Me he escondido de todo y de todos. He perdido a la gente que más quería y no he estado a su lado cuando debería haberlo hecho. Eso es algo que no podré recuperar nunca.

—Cariño...

—Me agarraba a la culpa porque pensé que no podía ser feliz, que no tenía derecho a serlo. Enterré mis sentimientos porque que alguien me importase significaba que me estaba arriesgando a sufrir otra vez.

—¿Y qué ha pasado para que...?

—Hoy me he dado cuenta de que no arriesgarse a amar a nadie sólo significa vivir en un perpetuo vacío. He estado solo estos quince años, y mi vida ha sido un vacío. Pero ya no quiero estar así, Maggie. Deseo quererte, quiero que tú me quieras. Quiero que criemos juntos a nuestro hijo... y a los otros hijos que tengamos.

—¿Otros hijos? —repitió ella.

—Sí, vamos a tener una docena por lo menos.

—Sam...

—Estoy dispuesto a arriesgarme otra vez, Maggie. Estoy dispuesto a tener fe. A creer. Y creo en ti.

Ella tragó saliva. ¿Sería posible o aquello era un sueño? Estaba tan perpleja, que si Sam la soltase en aquel momento, caería al suelo como un saco de patatas.

Aquello era mucho más de lo que había soñado. Muchísimo más.

–Oh, Sam...

–He hablado con el doctor Evans. Voy a comprarle la consulta en el pueblo y...

–¿De verdad? –lo interrumpió Maggie, abrumada por aquel nuevo Sam, por el futuro que iban a compartir.

–Pero si no te importa, me gustaría que viviéramos aquí, en el rancho. Mi abuelo está mayor y le vendría bien un poco de ayuda, ¿no crees?

–Claro que sí. Eso sería maravilloso y...

–Quiero volver a tener a mi familia a mi lado –siguió Sam, tan emocionado que no la dejaba terminar una frase–. Quiero mis raíces, este sitio.

Maggie rió, entre las lágrimas.

–Me parece genial. Ésta es mi casa también. Me encanta vivir aquí, y ya sabes que adoro a tu abuelo.

–¿Y a mí? –preguntó Sam entonces–. Por favor, dime que sigues queriéndome. Por favor, dime que no he esperado demasiado tiempo.

–Te quiero, Sam –dijo Maggie con el corazón en la garganta y los ojos llenos de lágrimas.

Pero ya no importababa porque sabía que podría verlo todos los días. A partir de aquel momento, podría ver el amor que había en sus ojos cada mañana, cada noche.

–Siempre te querré.

–Entonces, ¿te casarás conmigo?

–Sí, me casaré contigo –contestó ella–. Y juro que te querré para siempre. Pase lo que pase.

Sam la tomó por la cintura para buscar sus labios en un beso lleno de ternura y de promesas de futuro.

–Puede que ése no sea tiempo suficiente, Maggie.

Secretos de verano

Seducida por el jefe
Maureen Child

Capítulo Uno

—Es muy fácil —se dijo Kara Sloan a sí misma al tiempo que se lanzaba una rápida mirada en el espejo retrovisor—. Él abre la puerta, y tú le dices: «Dejo el trabajo».

Exacto.

De ser tan fácil se lo habría dicho seis meses atrás. Mejor dicho, un año atrás.

En el momento en que se dio cuenta de que había cometido el tremendo error de enamorarse de su jefe.

El problema era que, cada vez que su jefe, Cooper Lonergan, se le acercaba, el cerebro dejaba de funcionarle y era todo emoción. Se deshacía con sólo mirarle. Una mirada a los ojos negros de ese hombre y se derretía.

Aún no sabía cómo había ocurrido. No lo había planeado. Llevaba cinco años como ayudante de Cooper Lonergan y todo había ido bien durante los cuatro primeros años. Habían sido amigos y siempre se habían llevado bien en el trabajo. Hasta que, de repente, un año atrás, ella se había dado cuenta de que le amaba.

Y desde aquel fatídico día no hacía más que sufrir.

No podía echarle en cara a Cooper que no se hubiera dado cuenta del cambio de sus sentimientos hacia él. ¿Cómo iba a saberlo? Para Cooper, ella era algo a lo que estaba tan acostumbrado como al sofá de cuero rojo del cuarto de estar de su casa. E igualmente cómodo.

Sólo ella era la culpable de la situación en la que se encontraba. Había cambiado las reglas del juego, pero él no lo sabía.

Nada aconsejable.

—Por eso es por lo que tienes que dejar el trabajo —insistió Kara, contemplando el reflejo de sus ojos verdes en el espejo retrovisor—. Ármate de valor y dilo.

Respiró profundamente, soltó el aire y asintió. Podía hacerlo. Iba a hacerlo.

Murmurando para sí, se bajó del coche, cerró la portezuela con un golpe y se quedó contemplando la espaciosa casa victoriana que Cooper había alquilado para el verano. Era una casa acogedora que parecía estar esperándola para darle la bienvenida.

Era una tontería, pero sentía no poder quedarse allí. Sentía tener que marcharse y regresar a Nueva York en dos semanas.

Delante de la casa había un claro con césped y estaba rodeada de viejos árboles. Los paneles de cristal de las ventanas brillaban a la luz del sol, el porche estaba adornado con macetas de flores resplandecientes bajo el sol de la mañana estival.

Inhaló el perfume de las flores y del césped recién cortado, también le llegó el olor del mar a unos pocos kilómetros de distancia. Siempre se había considerado una mujer de ciudad; feliz en Manhattan, entre la multitud y el ruido del tráfico.

Pero también el campo tenía su encanto. La tranquilidad. Los colores. El ritmo lento de la vida allí.

Sin embargo, no tenía sentido acostumbrarse a ello.

Cuando sus altos tacones se tambalearon ligeramente en la grava del camino, pensó que eso mismo le pasaba a ella. ¿No llevaba tambaleándose un año entero en compañía de Cooper? Además, de no haber perdido el juicio, habría hecho el viaje con pantalones vaqueros y zapatillas deportivas. Pero no… tenía que estar *guapa* para ir a verle. Aunque, por supuesto, él no iba a prestar atención a su atuendo.

Apretando los dientes, Kara admitió para sí que, aunque fuera desnuda, Cooper no se fijaría en ella.

Y por eso precisamente era por lo que tenía que dejar su trabajo. Era demasiado duro. Demasiado doloroso estar enamorada de un hombre que sólo la veía como la ayudante más eficiente del mundo.

–Es culpa mía –murmuró ella mientras se volvía de espaldas a la casa y se acercaba al maletero del coche.

Pulsó un botón en la llave del coche de alquiler, y el maletero se abrió lentamente, como si fuera la tapa de un ataúd en una vieja película de Drácula.

Trabajaban bien juntos, se reían mucho, y ella había tenido la satisfacción de saber que hacía bien su trabajo y que Cooper no podía arreglárselas sin ella. Pero lo había estropeado todo al cambiar las reglas del juego.

Ni siquiera sabía cuándo había ocurrido, cuándo había dejado de ver a Cooper como a su jefe y había empezado a tener sueños eróticos con él por las noches. Cooper la había hecho enamorarse de él sin proponérselo siquiera, y tenía el descaro de no darse cuenta.

Por eso tenía que dejar su trabajo. Por eso tenía que marcharse antes de que fuera demasiado tarde. Tal y como su mejor amiga, Gina, le había dicho la noche anterior, se trataba de una emergencia.

Gina la había invitado a unas copas y le había soltado una charla, ya que lo consideraba el deber de una amiga.

–Sabes perfectamente que ese hombre no va a cambiar.

–¿Por qué debería cambiar? –le había preguntado Kara, pinchando con un palillo la aceituna de su martini como si de un alienígena a punto de apoderarse del mundo se tratara–. En lo que a él respecta, todo marcha sobre ruedas. Todo es maravilloso.

–Exacto –Gina parpadeó, levantó la mano para llamar al camarero para que les llevara otra ronda y luego volvió la atención de nueva a su amiga–. ¿Cuánto lleva en California, tres días?

–Sí.

–Y ya te ha llamado unas cien veces.

Cierto. El teléfono móvil, siempre conectado para que Cooper pudiera localizarla en el momento que la necesitara, había estado sonando con alarmante regularidad. Kara se miró el reloj. Habían transcurrido veinte minutos desde la última llamada.

–Trabajo para él.

–Es mucho más que eso, Kara –dijo Gina, inclinándose sobre la reluciente mesa del bar hasta que las puntas de su rubia melena llegaron a rozarla–. La última vez que te ha llamado quería que le dijeras cómo hacer café. ¿Tiene treinta y tantos años y no puede preparar un café sin ayuda?

Kara se echó a reír.

–Tiene treinta y uno, y sí sabe hacer café, pero le sale fatal.

Gina no veía nada gracioso en ello. Sacudió la cabeza y se recostó en el respaldo de su asiento.

–Amiga mía, eres la única responsable de lo

que te pasa. Te has hecho indispensable para él.

—¿Tan malo es eso? —Kara agarró la copa que le acababan de traer y clavó los ojos en la aceituna.

—Lo es cuando Cooper Lonergan te ve como si fueras un robot bien programado —Gina bebió un sorbo de su martini y movió la copa en el aire—. No se fija en ti, y nunca lo hará.

—Vaya, qué ánimos me estás dando.

—Es la verdad.

—Puede ser.

—Bueno, ¿qué vas a hacer al respecto? —preguntó Gina—. ¿Vas a seguir como estás hasta que seas una vieja solterona y te preguntes cómo has desperdiciado tu vida de esa manera? ¿No sería mejor que le dejaras antes de que sea demasiado tarde?

Ésa era la cuestión, pensó Kara, volviendo al presente y mirando al interior del maletero del coche. Sabía que Gina tenía razón. Ella no tenía un futuro con Cooper al margen de como su ayudante. Pero eso no era suficiente.

No, ya no lo era.

Un fresco viento que arrastraba olor a mar agitó las ramas de los árboles y le revolvió el cabello. Ella se lo recogió detrás de las orejas, lanzó un suspiro y sacó sus dos maletas del maletero del coche; la más pequeña contenía los panecillos de la tienda preferida de Cooper, el exquisi-

to café sin el que él no podía escribir y cinco bolsas de *marshmallows*.

Ese hombre tenía un gusto más propio de
un niño de diez años. Kara sonrió para sí misma, le parecía enternecedor que Cooper necesitara tener siempre sus galletas preferidas.

Sin embargo, al momento, se reprendió a sí
misma. No era enternecedor, sino irritante. Eso,
irritante.

Asintiendo para sí, rezó por tener el valor de
presentar su dimisión en el momento en que se
encontrara cara a cara con Cooper. Le daría dos
semanas de tiempo para encontrar a alguien que
la sustituyera temporalmente durante el verano
en California; luego, cuando Cooper regresara a
Manhattan, ya encontraría a una sustituta permanente.

Y ella… cuanto antes volviera a Nueva York,
mejor.

Con renovada decisión avanzó hacia la puerta de la casa. «Se trata sólo de un trabajo. Encon-
trarás otro pronto, uno mejor. No necesitas a Cooper».

Casi se había convencido a sí misma cuando
la puerta se abrió, la vieja portezuela de rejilla
golpeó la fachada de la casa y Cooper Lonergan
salió al amplio porche.

Alto y esbelto, llevaba su uniforme neoyor-
quino: pantalones negros y camisa negra. Sus
rasgos faciales eran fuertes y angulosos, y sus ca-

bellos negros le rozaban los hombros. Los ojos oscuros brillaron a la luz del sol; y cuando sonrió, Kara se sintió como si acabaran de darle un golpe en el vientre. Quizá fuera porque Cooper no sonreía con frecuencia; pero cuando lo hacía...

Ese hombre era irresistible.

—¡Kara!

Cooper bajó los cinco peldaños del porche y, con dos zancadas, llegó hasta ella, sobrecogida por la fuerza de sus sentimientos. Él la abrazó con fuerza y luego la soltó.

—Gracias a Dios que ya has llegado.

Una leve esperanza la embargó.

—¿Me has echado de menos?

—¡Que si te he echado de menos! —exclamó él—. No tienes ni idea de cuánto. He hecho café esta mañana, y sabía a agua de fregar los cacharros.

La realidad disipó aquella leve esperanza. No, Cooper no la echaba de menos. Cuando tomaba sus vacaciones, tres semanas al año, Cooper no la echaba de menos. Él echaba de menos lo que hacía por él. ¿Por qué iba a ser ahora diferente?

—Por favor, dime que me has traído mi café y mis galletas.

Kara suspiró, aceptando la verdad.

—Sí, Cooper, he traído tu café y tus galletas. Aunque eres demasiado alto para tener cuatro años.

—Excelente —Cooper ignoró el comentario. En realidad, también la ignoraba a ella, pensó Kara.

Cooper agarró la maleta de ella y se encaminó hacia la casa.

—¿Me has traído también la ropa de la tintorería?

—Sí, está en el maletero del coche.

—Y el pan especial que te encargué, ¿verdad? No me digas que lo has olvidado, por favor.

Kara sacudió la cabeza y le siguió. Diez segundos con él y ya había asumido su papel. ¿Qué había ocurrido con la promesa que se había hecho a sí misma? ¿Acaso no tenía fuerza de voluntad? ¿Por qué no le miraba a los ojos y le decía que dejaba el trabajo?

Kara respiró profundamente y casi lanzó un gruñido. Cooper también olía bien.

—Sí, me he acordado de tu pan —murmuró ella, enfadada consigo misma y con él—. En los cinco años que llevo contigo, ¿cuándo se me ha olvidado?

—Nunca —respondió Cooper, guiñándole un ojo, y a ella le temblaron las piernas—. Por eso es por lo que no puedo vivir sin ti.

Unas palabras pronunciadas con ligereza y facilidad. Pero ella sabía que, para Cooper, esas palabras no significaban nada. Aunque… ¡Ojalá fueran verdad!

Cooper la instó a entrar en la casa, echándose a un lado para cederle el paso. Los tacones de ella repiquetearon en la tarima del suelo antes de que se detuviera y, echando hacia atrás la melena castaña, se volviera para mirar a su alrededor.

Cooper la miró con detenimiento por primera vez desde su llegada. Él ya llevaba allí tres días, pero había pasado la mayor parte de esos tres días en su habitación, sentado delante del escritorio, trabajando.

Bueno, intentando trabajar. En realidad, había pasado la mayor parte del tiempo haciendo solitarios, cosa que no iba a ayudarle a entregar el trabajo a tiempo.

—Es una casa preciosa —dijo Kara con los ojos fijos en una lámpara de bronce que colgaba del centro del cuarto de estar.

Cooper miró en torno suyo, fijándose en los enormes sillones tapizados con un tejido color rosa palo. Una enorme alfombra cubría la mayor parte del arañado suelo de madera, y las paredes amarillas le parecieron animadas incluso a él. La empresa encargada del mantenimiento de la casa, la misma empresa que se la había alquilado, había hecho un gran trabajo.

—Hay gente que dice que hay fantasmas en la casa.

Ella le miró con fascinación.

—¿En serio?

Cooper asintió.

—Cuando era pequeño, pasaba los veranos aquí, en Coleville, con mi abuelo y mis primos —los recuerdos le asaltaron, la fuerza de las emociones revividas casi le dejó sin respiración. Las suprimió inmediatamente, cerró la puerta a sus sentimientos—. Por las noches, veníamos en bicicleta hasta esta casa, nos contábamos historias de miedo y nos quedábamos merodeando por aquí a la espera de ver alguna aparición.

Cooper encogió los hombros, sonrió y añadió:

—Nunca vimos nada.

—¿Y en estos tres días que llevas en la casa?

—Nada.

—Qué desilusión —comentó Kara.

Cooper volvió a sonreír. Siempre podía contar con que Kara viera las cosas de forma similar a él. Como escritor de novelas de terror, le había gustado la idea de alquilar la casa hechizada que tanta fascinación había ejercido en él de pequeño.

Pero debería haber sospechado que los únicos fantasmas que iba a encontrar allí ese verano eran los fantasmas de su pasado. Inmediatamente, interrumpió el hilo de sus pensamientos. No iba a tomar ese camino.

—En fin, sólo estaba a tres kilómetros de la casa de mi abuelo, así que era fácil venir aquí —dijo Cooper con un encogimiento de hombros.

—A propósito, ¿cómo está tu abuelo?

—Es una larga historia… pero está bien.

13

–Pero el médico dijo que se estaba muriendo...

–Como he dicho, es una larga historia –le interrumpió Cooper–. Y ahora dime, ¿por qué has tardado tanto en venir? Te esperaba ayer.

–Ya te dije que me iba a llevar tres día cerrar tu casa y encargarme de todo.

–Tienes razón. Lo que pasa es que esos tres días se me han hecho muy largos. Eres la mejor, Kara. ¿Te he subido el sueldo últimamente?

–No.

–Apúntalo en la lista. En fin, lo importante es que ya estás aquí.

Ella le sonrió, y Cooper añadió:

–Contigo en la casa, por fin podré trabajar. Puede que no lo creas, pero no he tomado una comida decente desde que me marché.

La sonrisa de ella se desvaneció.

–La tienda de comestibles de Coleville no hace pedidos a domicilio, así que tendrás que ir allí a hacer la compra –con la maleta en la mano, Cooper se dirigió hacia las escaleras–. Voy a dejar tus maletas. Estás en la habitación enfrente de la mía. Tienes unas bonitas vistas. Tenemos que compartir el cuarto de baño, pero no será problema. Podremos establecer un horario y...

–¡Cooper!

Cooper se detuvo, volvió la cabeza para mirarla y, de nuevo, le lanzó una de esas deslumbrantes sonrisas.

–Me alegro mucho de verte, Kara. Y no te preocupes, sé lo que ibas a decir.

–¿En serio?

–Naturalmente –contestó él–. A mí me pasa lo mismo. Es estupendo volver a la normalidad.

Capítulo Dos

Horas más tarde, Kara había estado en la tienda de comestibles, tenía un pollo asándose en el horno y había encargado una máquina de fax que iban a llevar y a instalar la mañana del día siguiente.

Cooper estaba arriba, trabajando; y abajo, en la cocina cuadrada tipo granja, ella se estaba preguntando qué había ocurrido con su plan.

Apoyó una cadera en el gastado mostrador de formica y se cruzó de brazos. Con sus pantalones vaqueros viejos preferidos, una camiseta azul claro y unas maravillosas zapatillas deportivas, sacudió la cabeza y dijo en voz alta:

—Eres idiota, Kara. No tienes coraje. Eres una desgracia para tu profesión.

La luz de la tarde se filtraba por el encaje de los visillos trazando caprichosas figuras en la superficie de la mesa y en el suelo de madera.

Kara cruzó la estancia y se sentó a la mesa; apoyando los codos en ella, lanzó un suspiro de asco. Estaba tan disgustada con Cooper como consigo misma.

«De vuelta a la normalidad».

–No es culpa suya que le guste volver a su vida normal, a la vida que llevamos desde hace cinco años. Tú sabías lo que iba a pasar, Kara. La cuestión es, ¿por qué no has presentado tu dimisión?

Pero sabía la respuesta. Porque con sólo mirar a Cooper, sus sueños se apoderaban de ella.

No tenía problemas en imaginar ese mundo de ensueño…

«Cooper alza la vista. Sus ojos encuentran los de ella. Por un instante, los dos se sienten sobrecogidos por su mutuo amor.

Él se acerca a ella, le cubre el rostro con sus grandes manos, y dice:

–Dios mío, Kara, ¿cómo he podido ser tan estúpido? ¿Cómo he pasado tanto tiempo sin verte de verdad? ¿Podrás perdonarme?

Y Kara sonríe, le cubre las manos con las suyas, y dice:

–No hay nada que perdonar. Basta con que, por fin, estemos juntos. Te amo, Cooper.

El le susurra:

–Yo también te amo –justo antes de besarla con más pasión de la que ella habría podido imaginar».

–Sí, exacto –murmuró, saliendo de su ensimismamiento.

Sí, era una idiota por amar a un hombre que no prestaba atención a su existencia. Un hombre

17

que jamás la vería de verdad... hasta que fuera demasiado tarde.

Se oyó un suspiro profundo.

Con sobresalto, Kara se incorporó y volvió la cabeza, pero no vio nada. No había nadie. Permaneció a la expectativa, pero no volvió a oír nada. Estaba en una luminosa cocina, sola. De repente, se le erizó la piel.

¿Un fantasma?

Cooper le había dicho que la gente creía que había fantasmas en esa casa. Pero también le había dicho que él no había visto ni oído nada en los tres días que llevaba allí.

—Tienes una imaginación calenturienta —se dijo Kara a sí misma, levantándose despacio.

Luego, achacando aquella extraña sensación que sentía a sus emociones frustradas, se dispuso a terminar de preparar la cena.

Cooper pasó el día con un demonio asesino.

Su mente volaba mientras tecleaba furiosamente el teclado del ordenador. Sabía lo que quería capturar, lo que quería que sintieran sus lectores. Le sorprendía que aquello fuera lo único decente que había escrito desde su llegada a California. Era maravilloso perderse en su propia imaginación. Era maravilloso sumergirse en sus personajes.

Maravilloso evadirse de los recuerdos que le habían acosado durante tres largos días.

«La nieve cubría el sendero que llevaba al viejo hotel, pero David apenas lo notó. El frío le había penetrado los huesos, calándole hasta el alma. Con los hombros encogidos contra el gélido viento, aminoró su marcha, como si el cuerpo le estuviera advirtiendo que se mantuviera alejado…».

Por fin, Cooper dejó de teclear y se recostó en el respaldo de la silla. Sabía cómo se sentía el héroe de su última novela. ¿Acaso no había vuelto a Coleville con desgana él también? ¿No se decía a sí mismo continuamente que lo que debía hacer era marcharse de allí cuanto antes?

Pero tenía que pasar allí el verano. Le había dado su palabra a su abuelo, y un Lonergan nunca faltaba a su palabra. Ni siquiera tratándose de un viejo que había mentido a sus nietos respecto a encontrarse a las puertas de la muerte.

Por supuesto, se alegraba de que el viejo Jeremiah no estuviera muriéndose. Se alegraba de que el anciano estuviera sano y, aparentemente, tan manipulador como siempre. Pero él llevaba quince años sin visitar Coleville y, de no haber sido por la mentira de Jeremiah, dudaba que hubiera vuelto.

Era demasiado duro. Demasiados recuerdos.

Oyó ruido de cacharros de cocina abajo y luego el correr del agua por las viejas tuberías. Le llegó el olor de algo delicioso cocinándose, y respiró profundamente, deleitándose no sólo con el aroma del ajo y la salvia, sino también con la presencia de Kara en el piso inferior.

Le encantaba que ella estuviera allí. Y no sólo por sus habilidades culinarias.

Desde su llegada a Coleville, no recordaba haberse sentido tan solo nunca. Cierto que su familia vivía a sólo tres kilómetros carretera abajo; pero ahí, en esa casa, un extraordinario vacío se había apoderado de él durante las noches.

En general, le gustaba estar solo. En Nueva York, pasaba la mayoría de los días trabajando, evitando el teléfono, el timbre de la puerta y el correo electrónico. Kara se encargaba de todo eso, dejándole a él libre y a solas con su trabajo. Cuando necesitaba distraerse, la ciudad se desplegaba al otro lado de la puerta de su casa y había algunas mujeres a las que podía llamar.

Sin embargo, en esa casa, el silencio y el aislamiento reinaban. Ahí no había multitudes, ni gritos, ni tráfico. No había sirenas. Sólo silencio y demasiado tiempo para pensar.

Apartando la silla del escritorio, Cooper se puso en pie, cruzó su dormitorio hasta la ventana, en la parte delantera de la casa. No vio el césped ni los árboles ni los verdes campos ni la estrecha carretera que llevaba al rancho de su abuelo.

Su mirada voló más allá, al lago que ni siquiera podía ver desde allí. Había pensado que alquilar una casa a tres kilómetros de distancia sería suficiente, que no poder ver el lago le haría todo más fácil.

Pero se había equivocado.

¡Qué demonios! Llevaba viviendo en Manhattan años y todas las noches veía ese lago en sus sueños. Todos los días, cuando se sentaba a escribir esas novelas de terror que le habían dado fama y dinero, veía ese lago. Veía la pesadilla en la que se había convertido aquel día estival quince años atrás.

Si cerraba los ojos, lo volvería a vivir. La sensación del sol en los hombros desnudos. La risa de sus primos. El rumor de las hojas de los árboles meciéndose al viento. El sonido de la gélida agua cuando él o sus primos, tomando turnos, se tiraban al lago.

El horror que siguió.

Por ello, no cerró los ojos, pero los recuerdos continuaron acechándole. Se pasó una mano por el cabello y se frotó los ojos para espantar las imágenes que se le antojaban marcadas a fuego en sus retinas.

—¡Hola!

Sobresaltado, se volvió y encontró a Kara, mirándole desde el umbral de la puerta. Con el corazón martilleándole, sacudió la cabeza y le dijo:

—¿Acaso quieres que me dé una taquicardia?

–No, no está programada para esta noche –dijo ella en tono de broma, pero mirándole con curiosidad–. ¿Todo bien?

«No».

–¿Por qué no iba a estar todo bien? –Cooper se volvió dándole la espalda y regresó a su escritorio y a su ordenador portátil.

Siempre que había alguien presente lo cerraba, no le gustaba que nadie viera lo que estaba escribiendo.

–Bueno… te he llamado tres veces y no me has contestado.

–Estaba… pensando –respondió él, y no era mentira.

–¿Te está dando problemas la novela?

–Sí –Cooper paseó las yemas de los dedos por el ordenador como si estuviera acariciando las palabras que contenía–. Es decir, me estaba dando problemas hasta hoy.

Cooper forzó una sonrisa y, mirándola, añadió:

–Me has traído suerte.

–Ya –Kara atravesó la habitación y abrió la ventana. Una fresca brisa entró en la habitación–. O sea, traduciendo lo que has dicho, no has trabajado hasta que yo he llegado.

–Justo.

Cooper la observó mientras ella, recorriendo la habitación, empezó a ordenarlo todo con eficiencia. La vio doblar el edredón y dejarlo a los pies de la cama; luego, Kara se acercó al escritorio y ordenó los papeles.

Con sólo mirarla se sintió más tranquilo. Sí, Kara era como un bálsamo de aceite para él, siempre lo había sido. Su voz, su tranquilidad, su fría lógica, su forma práctica de ver la vida eran lo que él necesitaba para mantener los pies en la tierra.

–Supongo que has vuelto a asesinarme de forma espantosa, ¿no? –preguntó ella con un brillo travieso en los ojos.

Cooper esbozó una media sonrisa. Kara le conocía mejor que nadie. Parte de la diversión de ser escritor consistía en ser capaz de asesinar a cualquiera que le estuviera molestando en ese momento. Cuando Kara no estaba a su lado, por mucho que le costara admitirlo, se sentía perdido. De ahí el placer que le producía asesinar a su ayudante o secretaria en alguna de sus novelas.

–¿Cómo he muerto esta vez? –le preguntó ella con las manos en las caderas–. ¿Ahogada?

–Ya te lo he dicho con anterioridad, tú nunca has muerto ahogada –respondió Cooper con la misma frialdad que sintió en los huesos.

–De acuerdo, tranquilo, era sólo una pregunta –dijo Kara, alzando las manos con gesto apaciguante.

–Bien. Lo siento –Cooper se pasó una mano por el cabello e hizo un esfuerzo por tranquilizarse.

23

En todos sus libros, al menos uno de los personajes moría ahogado. Pero siempre se trataba de un personaje desagradable.

–¿De verdad te encuentras bien?

–Sí –Cooper asintió con la cabeza–. Estoy bien. ¿Has subido por algo en especial?

–La cena está lista.

Cooper miró a la ventana. Había comenzado el crepúsculo. Volviendo los ojos a ella, preguntó:

–¿Tan temprano?

–Mátame si quieres, pero tengo hambre –encogiendo los hombros, Kara se dirigió a la puerta y volvió la cabeza–. Si quieres, cena tú más tarde.

–No –dijo él, paseando la mirada por la habitación que, de repente, sin ella, parecía demasiado vacía–. No, cenaré contigo.

–Estupendo. Te permitiré que abras la botella de chardonnay que he comprado.

Cooper lanzó una leve carcajada y la siguió escaleras abajo.

–Mmmm, Chardonnay de la tienda de Al en Coleville, California. Qué lujo.

–Eres un snob.

–Y tú una pueblerina.

Kara aún reía cuando entraron en la cocina. Se sentó a la mesa y le contempló mientras Cooper agarraba la botella de vino y el abrecorchos. Sí, le encantaba estar con él.

Iba a echarle mucho de menos cuando se marchara. Porque iba a marcharse. Lo tenía constantemente presente.

Cooper se sentó a la mesa, y sus largas piernas se toparon con las de ella. Kara sintió una ráfaga de algo caliente por dentro.

Naturalmente, Cooper no lo notó.

Mientras él servía el vino blanco en unas copas antiguas de cristal rosado que ella había encontrado en uno de los armarios de la cocina, Kara miró a su alrededor. Los armarios estaban pintados de blanco, los electrodomésticos parecían de los años cincuenta y las ventanas daban a un jardín posterior rodeado de árboles ancestrales.

Todo era acogedor. Sin embargo, Kara tenía la sensación de estar… a la expectativa. No había vuelto a oír nada extraño desde el suspiro unas horas antes, y casi se había convencido a sí misma de que no había sido real.

—Esto huele maravillosamente bien —dijo Cooper, sirviéndose una porción de pollo, patatas y brócoli.

—Tú también podías haber ido a la tienda a comprar —observó Kara antes de beber un sorbo de vino. Fantástico.

—Sí, y lo hice —respondió Cooper, agarrando un trozo de pan que había en un cesto en el centro de la mesa—. Compré café y un par de cajas de donuts. Ah, y unos burritos mexicanos congelados.

—Un desastre —pero encantador.

–Todos tenemos nuestros puntos débiles –dijo él con un trozo de pollo en la boca. Luego, sus oscuros ojos se cerraron y lanzó un suspiro de puro placer–. En Nueva York, tengo la posibilidad de llamar a un restaurante para que me lleven a casa la comida. Aquí, digamos que la hamburguesería local no tiene servicio a domicilio.

Cooper tragó lo que tenía en la boca, y añadió:

–Dios mío, Kara, te debo la vida.

Ella no quería que le debiera nada.

Ella quería que Cooper la amara.

Pero le daba lo mismo que pedir la luna. No iba a ocurrir.

Cooper agarró su copa y bebió un buen sorbo. Luego, miró el vino con sorpresa.

–Vaya, no está nada mal.

–No sé de qué te extrañas. Bueno, cuéntame.

–Bien.

Mientras cenaban, Cooper le contó la estratagema de Jeremiah para conseguir que sus nietos fueran allí a pasar el verano. Su abuelo no sólo había fingido un infarto, sino que también había convencido a su médico de que le siguiera el juego. Les había dado a todos un susto de muerte sólo para conseguir que volvieran a Coleville.

–Es terrible –dijo Kara.

–Sí –dijo Cooper, metiéndose otro trozo de pollo en la boca–. Jeremiah es un truhán. Pero

26

esta vez ha ido demasiado lejos; nos ha dado un susto de muerte.

—No —dijo Kara, mirándole con irritación por no ver lo que estaba intentando decir—. Me refiero a que es terrible que tu abuelo haya tenido que recurrir a semejante argucia para hacer que sus nietos vengan a visitarle.

—¿Eh? —los negros ojos de Cooper mostraron confusión.

—¿Cómo habéis podido portaros así con él, Cooper? —Kara dejó su tenedor en el plato.

Se hizo un momentáneo silencio.

—Nosotros no hemos hecho nada —respondió Cooper a la defensiva.

—Ésa es la cuestión —dijo ella, llevándose la copa de vino a los labios y permitiendo que el frío líquido le bajara por la garganta—. No habéis hecho nada, ninguno.

—¡Eh!

—Cooper, tú mismo me has dicho que no habías venido en quince años.

—Tengo mis motivos.

—¿Motivos? ¿Qué motivos puedes tener para destrozar el corazón de un anciano? —Kara sintió una súbita compasión por Jeremiah acompañada de enfado con Cooper y sus primos—. Tú te marchaste y no has vuelto hasta ahora. Pobre hombre, no me extraña que la desesperación le haya llevado a mentir.

Cooper suspiró, se recostó en el respaldo de

la silla y agarró la copa de vino como si fuera un salvavidas.

–Tienes razón.

–¿Qué? ¿He oído bien?

–Sí, has oído bien –Cooper asintió–. Sé que no hemos hecho bien en mantenernos alejados durante tanto tiempo. De todos modos, te aseguro que tampoco ha sido fácil para nosotros. ¿Crees que no echábamos de menos a Jeremiah? ¿Crees que nos ha sido fácil no venir a verle?

–En ese caso, ¿por qué lo habéis hecho? –preguntó Kara en un susurro, mirándole fijamente–. ¿Por qué habéis tardado tanto en volver?

–Porque... por mucho que nos costara no volver, era aún más duro hacerlo.

Kara notó cómo Cooper se distanciaba de ella en un momento. Era como si, intencionadamente, la apartara de sí y se cerrara en sí mismo. Y le dolió. Aunque no hubieran sido nunca amantes, sí le había considerado un gran amigo.

–Cooper... –ella esperó a que Cooper, que tenía los ojos clavados en la copa de vino, la mirase–. Cooper, ¿qué es lo que te ha mantenido lejos durante tanto tiempo de una persona a la que quieres.

El bebió un sorbo de vino y luego dejó la copa encima de la mesa con sumo cuidado.

–A veces el cariño no es suficiente, Kara –Cooper suspiró, se pasó una mano por el rostro y forzó una sonrisa que no logró disipar la sombra en su mirada–. A veces, el cariño es el problema.

Una fría corriente recorrió la cocina, envolviendo a Kara, llegando hasta Cooper, sujetando a ambos en su gélido abrazo.

–¡Dios mío! –exclamó Cooper mientras Kara temblaba–. En estas casas viejas hay unas corrientes terribles.

Cooper se puso en pie, y añadió:

–Voy a ir a cerrar las ventanas del cuarto de estar.

La fría corriente pasó, y Kara lanzó una intranquila mirada a su alrededor. Sí, había corrientes en las casas antiguas; pero lo que iba a hacer Cooper era inútil.

Hacía una hora que ella había cerrado las ventanas del cuarto de estar.

Capítulo Tres

Kara se despertó, sobresaltada.

El corazón le latía con fuerza mientras salía de la pesadilla que había tenido. Tragó saliva y agarró con fuerza el edredón en un esfuerzo por calmarse.

No recordaba lo que había soñado. No recordaba lo que la había hecho despertarse. Lo único que sabía era que estaba temblando y que le resultaba difícil respirar.

Entonces… lo oyó.

Sollozos.

Alguien estaba llorando desgarradoramente. El llanto llenó la casa con un dolor casi tangible. Entonces, unos segundos después, los sollozos fueron acallando hasta convertirse en un susurro apenas audible.

Kara aguzó el oído.

Con la boca seca y el corazón palpitándole con fuerza, apartó el edredón y puso los pies en el suelo. La encerada tarima de madera estaba fría, pero casi no lo notó. Se acercó a la puerta, decidido a averiguar de dónde provenía aquel llanto.

Tenía miedo, pero su curiosidad era más fuerte aún. Agarrando el frío pomo de la puerta, lo hizo girar, salió al pasillo y se detuvo bruscamente. Volvió a oír los sollozos y el miedo le atenazó el cuerpo.

La luz de la luna se filtraba por la ventana al fondo del pasillo y pintaba un brillo plateado en las paredes y en la gastada alfombra. Fuera, las ramas de los árboles se mecían al viento.

Kara estaba convencida que había dado un salto de un metro cuando la puerta de la habitación opuesta a la suya se abrió de repente. Espantada, se aferró al marco de la puerta cuando Cooper apareció en el umbral de la suya. Sus largos cabellos negros estaban revueltos cuando la miró.

–¿Qué demonios está pasando aquí? –preguntó él con voz descarnada.

Kara tragó saliva. Cooper llevaba unos pantalones de pijama atados a las caderas. A la luz de la luna, su esculpido pecho parecía de bronce, incitando a ser acariciado.

Kara quería acariciarle.

–¿Kara? –Cooper movió una mano delante de los ojos de ella para atraer su atención–. Eh, Kara, hola.

Kara sacudió la cabeza mientras ordenaba a sus hormonas que se fueran de vacaciones.

–Aparta la mano de mi cara, Cooper.

–Estabas como atontada.

—No es verdad —protestó Kara, a pesar de estar segura de lo contrario.

Una sola mirada a Cooper recién levantado de la cama era suficiente para conquistar a cualquier mujer por fuerte que fuera.

Volvieron a oírse sollozos desde el piso inferior. Y a Kara se le erizó de nuevo la piel.

Cooper volvió la cabeza y se quedó mirando las escaleras antes de clavar los ojos de nuevo en Kara.

—Has oído eso, ¿verdad?

Kara respondió con angustia:

—Sí, sí.

—Bueno.

—¿Bueno? —repitió ella—. ¿Qué tiene eso de bueno?

—Creía que lo había soñado —susurró Cooper al tiempo que lanzaba otra mirada a las escaleras—. Creía que estaba alucinando. Pero si los dos lo hemos oído, significa que es real. Y si es real, es que alguien está intentando tomarnos el pelo.

Kara tragó saliva. El aliento de Cooper le acariciaba la mejilla y tuvo que hacer un esfuerzo para concentrarse en lo que estaba pasando y no en lo que Cooper le hacía sentir estando tan cerca de ella.

Cerró los ojos un momento, respiró profundamente y preguntó:

—¿A quién se le puede haber ocurrido la idea de tomarnos el pelo de esta manera?

–Por ejemplo, a mi primo Jake; pero por lo que sé, está en España –entonces, Cooper sonrió–. Mike Haney.

–¿Quién? –preguntó Kara, siguiéndole de cerca, ya que Cooper había empezado a recorrer el pasillo en dirección a las escaleras.

Cooper volvió la cabeza rápidamente.

–Sssss –dijo él, poniéndole ambas manos en los hombros–. Mike Haney es un viejo amigo mío, pasamos la infancia juntos. Mi primo Sam me ha dicho que el otro día vio a Mike en el pueblo. Y créeme, éste es el tipo de cosa que se le ocurriría a Mike.

Kara lo dudaba; sin embargo, reconocía que, en esos momentos, no lograba razonar con lógica. Las grandes manos de Cooper, con sus largos dedos, le sujetaban los hombros con fuerza, irradiándole su calor.

«Kara, concéntrate, concéntrate».

–Cooper…

–Quédate aquí –le advirtió él. Luego, retiró una mano y se llevó un dedo a los labios, indicándole silencio.

–¿Qué?

–Kara, por favor, ¿te importaría quedarte aquí mientras yo bajo a pillar a Mike por sorpresa?

–No, no me voy a quedar aquí –respondió ella, agitando una mano para indicarle que siguiera andando, que ella le seguía–. ¿Es que crees que esto es como las películas de los años cincuenta en las que el hombre fuerte deja a la débil mujer detrás y se enfrenta él solo al peligro?

Cooper lanzó un quedo bufido.

—El único peligro aquí es Mike Haney.

—Esos sollozos no parecen los sollozos de un hombre.

Cooper pareció a punto de ponerse a discutir, por lo que ella añadió:

—Además, ¿qué pasa si estás equivocado? ¿Crees que me voy a quedar aquí arriba yo sola? De ninguna manera.

El llanto continuó. El aire del ambiente pareció espesarse. Y Kara, durante unos segundos, casi deseó ser la protagonista de una vieja película y esperar a que Cooper volviese, escondida debajo de la cama.

De repente oyeron un lamento desgarrador, y a Kara se le encogió el corazón.

—Sígueme y no te separes de mí —murmuró Cooper al tiempo que bajaba los primeros peldaños de las escaleras.

—No te preocupes, no me voy a despegar de ti —murmuró ella, siguiéndole como si fuera su sombra.

Cooper echó una mano hacia atrás para agarrar la de Kara. Ella se aferró a la mano de Cooper.

Al final de las escaleras, los sollozos les envolvieron; parecían provenir de las paredes, del suelo, del techo…

—Cooper…

–Vamos…

Las piernas de Cooper eran mucho más largas que las suyas, por lo que Kara, prácticamente, tuvo que trotar para seguirle mientras se dirigían al cuarto de estar.

–Parece que el sonido proviene de ahí –susurró él–. ¿Lo oyes? Cuanto más nos acercamos más alto suena.

Y ahora que casi estaban encima de la fuente de aquel sonido, Kara se preguntó por qué demonios se le había ocurrido bajar ahí a investigar. Si se trataba de un amigo de Cooper, no tenía por qué preocuparse. ¿Y si no lo era? No, no quería pensar en esa última posibilidad.

–¿Lista? –Cooper la miró cuando tuvo la mano en el pomo de la puerta.

–No.

Cooper le lanzó una traviesa sonrisa que calmó sus temores, pero despertó otro tipo de emociones.

–De acuerdo, abre.

Cooper abrió la puerta de par en par, arrastrando a Kara hacia el interior de la estancia.

Al instante, los sollozos cesaron.

La luz de la luna entraba por los ventanales, iluminando la habitación, pero dejando a oscuras los rincones. Sin embargo, cuando Cooper encendió la lámpara del techo, también las sombras de los rincones se disiparon… Y Kara y Cooper se encontraron a solas en la estancia.

Cooper le soltó la mano y recorrió el perímetro del cuarto de estar. Descorrió las cortinas e incluso abrió los muebles como si esperase encontrar a Mike Haney en uno de ellos con una máquina grabadora.

Al no encontrar nada, se dio media vuelta y miró a Kara.

–De acuerdo, lo admito, no lo comprendo.

Kara se paseó por la habitación. Luego, pensativamente, preguntó:

–Me dijiste que esta casa tenía fantasmas, ¿no?

Cooper frunció el ceño, cruzó los brazos y se quedó contemplándola. Había estado convencido de que Sam o Mike les habían querido gastar una broma; como cuando eran pequeños, que disfrutaban asustándose los unos a los otros. ¿Y qué mejor broma que acosar a un escritor de novelas de terror con un supuesto fantasma?

Pero… ¿y las pruebas de que su amigo o su primo estuvieran detrás de aquello? Por supuesto, tendría que examinar minuciosamente el cuarto de estar por la mañana; sin embargo, en ese momento, no lograba imaginar cómo esos lamentos se habían oído en toda la casa y, de repente, al entrar Kara y él allí, habían cesado.

–El hecho de que no hayamos encontrado a Mike aquí escondido no significa que haya fantasmas en la casa –dijo Cooper.

–Mmmmm.

Pero Kara no parecía convencida. Mientras se

36

paseaba por la estancia examinando los lomos de los libros de las estanterías, Cooper la examinó a ella. Por primera vez, notó cómo los revueltos rizos castaños de Kara le acariciaban los hombros. El veraniego camisón de seda verde tenía unos tirantes muy finos y un amplio escote, y era muy corto, mostrando las desnudas piernas, los pies descalzos y las uñas pintadas de rojo.

Una oleada de calor le invadió y le dejó casi sin respiración. Sus ojos se clavaron en ella cuando Kara se agachó para ver un libro en una estantería baja, y se sorprendió deseando que se agachara más.

¿Qué le ocurría?

Durante los cinco años que Kara Sloan era su ayudante, jamás se le había pasado por la cabeza tomarla en sus brazos y tirarla encima de la cama más próxima.

Pero ahora… era lo único en lo que estaba pensando.

–¿Te pasa algo?

–¿Qué? –Cooper sacudió la cabeza y lanzó un gruñido al verla mirándole fijamente. Estupendo. ¿Acaso Kara sabía que se había estado preguntando si llevaba algo debajo del camisón?–. No, claro que no me pasa nada. ¿Qué me iba a pasar?

–No sé –respondió ella en un tono de duda–. Es que me estabas mirando de una forma muy… rara.

Cooper forzó una estridente carcajada.

–No te estaba mirando.

–Claro que sí.

«Tranquilo, Cooper, tranquilo».

Cooper se pasó ambas manos por los cabellos para distraerse, para dejar de pensar en Kara y en su camisón. En Kara sin su camisón.

–No lo he hecho conscientemente –dijo él con un encogimiento de hombros–. Es sólo que… estás diferente.

–¿Diferente? –Kara cruzó los brazos por debajo de sus pechos, alzándolos involuntariamente por encima del escote.

Cooper sintió cómo la sangre que le regaba el cerebro bajaba a otras partes de su cuerpo.

–Déjalo, no tiene importancia –murmuró él, y se volvió a examinar las ventanas para asegurarse de que estaban bien cerradas.

–¿En qué sentido diferente? –insistió ella.

Cooper volvió la cabeza e, inmediatamente, la volvió de nuevo hacia la ventana. De repente, el aspecto físico de Kara le pareció excesivamente bueno. Su cuerpo lo apreciaba en exceso.

–Por favor, dejémoslo.

–No. ¿En qué sentido diferente? –repitió ella.

Cooper parpadeó. Entonces, con un suspiró, admitió:

–Es el camisón.

Kara lanzó una queda carcajada, y Cooper volvió la cabeza para mirarla. Sus ojos se encontraron.

–¿Mi camisón? Cooper, por favor –dijo ella, paseando las manos por el suave tejido que apenas la cubría–. No se puede decir que sea de encaje negro.

Una imagen apareció de súbito en la mente de Cooper.

–Además –añadió Kara–, estaba durmiendo.

Cooper resopló y, con decisión, zanjó el tema del camisón de Kara.

–No vamos a averiguar qué ha pasado aquí esta noche, y estoy demasiado cansado para seguir hablando de ello –«demasiado excitado sexualmente», pensó Cooper–. Así que, venga, vamos a la cama.

La sonrisa de Kara se disipó mientras lanzaba una última mirada a su alrededor.

–¿Crees que vamos a oír esos lamentos otra vez?

–Espero que no –murmuró Cooper, dirigiéndose a la puerta y haciéndole un gesto para que le siguiera.

Cooper oyó los pasos de Kara a sus espaldas. Al llegar a las escaleras, comenzó a subir los peldaños de dos en dos. No iba a cederle el paso a Kara y a ir detrás de ella.

La vista le mataría.

Al día siguiente, Kara, sentada al lado de Cooper en el coche, disfrutaba la sensación de, por fin, haber logrado que se fijara en ella. Por breve que hubiera sido el momento. Había notado el cambio en la expresión de él la noche anterior. Le había visto contemplándola y, aunque sabía que no llevaría a nada, se deleitó pensando en esos momentos en los que Cooper la había mirado de verdad.

A pesar de saber que no ocurriría de nuevo.

Sin la silenciosa intimidad de la casa en mitad de la noche, todo había vuelto a la normalidad: Cooper, amable aunque distraído; ella, deseando que las cosas fueran diferentes.

Cooper la había evitado durante toda la mañana. Al bajar a tomar café, le había saludado moviendo la cabeza y luego había llenado un termo de café, pero sin mirarla. De no ser por el tecleo del ordenador, habría sido como estar sola en la casa. Bueno, eso sin contar con quien hubiera estado sollozando la noche anterior.

Y ahora, sentada a escasos centímetros de ella, Cooper, con los ojos fijos en la carretera, seguía sin hablar.

Pero Kara no podía continuar así.

Quería el amor de un hombre. Quería tener hijos antes de llegar a la edad de tener nietos.

Le lanzó una mirada en el momento en que Cooper se adentró en el camino que llevaba a la casa del rancho de su abuelo y vio cómo se le tensaban los músculos faciales.

¿Qué le pasaba? ¿Por qué le costaba tanto ir allí a ver a un hombre al que quería?

¿Y por qué no quería hablarle de ello?

Cooper aparcó el coche a la sombra de un gigantesco árbol.

El viento sacudió ropa tendida en una cuerda. Árboles ancestrales mecían sus ramas al ritmo de la brisa procedente del océano.

Había una pequeña casa para huéspedes a un lado del jardín delantero y, a pesar de la distancia, Kara pudo ver la luz del sol reflejada en los paneles de cristal de las ventanas. Había un macetero con pensamientos adornando una de las ventanas del porche, y una plancha de madera con la palabra «Bienvenido» tallada en ella colgaba de la puerta de la entrada principal.

A unos cien metros de la casa, había un establo con las puertas abiertas, invitando a los visitantes a adentrarse en su interior.

Pero lo que más llamó la atención de Kara fue la casa en sí. Era antigua, se erguía sobre sus cimientos con orgullo y era muy amplia. Unos pilares de piedra se erguían en las cuatro esquinas del edificio, animado con macetas de geranios rojos. Era una casa sólida y acogedora.

Al parecer, para Cooper era completamente diferente. Cuando apagó el motor, agarró las llaves y se quedó mirándolas durante unos segundos.

El abuelo de Cooper les había invitado a almorzar, pero Kara nunca había visto a un hombre acudir a visitar a un familiar con tanta desgana.

Por fin, le preguntó:

–¿Qué te pasa?

–Nada. ¿Por qué lo dices? –respondió él en tono cortante.

–Por lo tenso que te noto.

Cooper suspiró y se recostó en el respaldo del asiento; luego, se desabrochó el cinturón de seguridad, pero no se movió. Por primera vez aquella mañana, volvió la cabeza para mirarla. En aquellos ojos oscuros, Kara vio un tumulto de emociones que desapareció rápidamente, antes de darle tiempo a identificarlas.

Y por primera vez desde que conocía a Cooper, se preocupó por él. Algo le ocurría.

–Prefiero no hablar de ello.

Intrigada e inquieta, Kara se desabrochó el cinturón de seguridad y se volvió para mirarle.

–Si hay algo que debiera saber antes de conocer a tu familia…

Cooper sonrió brevemente.

–No te preocupes –dijo Cooper, abriendo la portezuela del coche–, mi familia tampoco quiere hablar de ello.

Capítulo Cuatro

Cooper vio a su primo Sam guiñar un ojo a su novia, Maggie, y sintió algo parecido a la envidia. Cosa que no tenía sentido porque nunca había querido casarse y formar una familia. Sin embargo…

El almuerzo no había sido distendido y relajado, a pesar de los repetidos esfuerzos de Jeremiah por hacer que todos charlaran y rieran. Desde el momento en que pisó la casa de su abuelo, Cooper se encontró incómodo. Por algún motivo, no dejaba de esperar a que un adolescente de dieciséis años llamado Mac entrara en la estancia; pero cuando Mac no apareció, sintió el mismo dolor que sintiera quince años atrás.

Ahora, fuera, sentado en una tumbona en el jardín posterior de la casa, Cooper se sintió como si volviera a ser capaz de respirar. Pero los recuerdos seguían acosándole.

Al mirar a Sam, en la tumbona contigua a la suya, le preguntó de repente:

–¿Cómo puedes hacerlo?

–¿Hacer qué? –con desgana, Sam apartó los

ojos de Maggie, que estaba colgando unas sábanas en la cuerda de la ropa.

—Estar aquí —dijo Cooper al tiempo que, con una botella de cerveza en la mano, indicaba con un gesto el rancho—. Vivir aquí.

Sam bebió un sorbo de su cerveza antes de contestar.

—Al principio no fue fácil —admitió Sam—. Demasiados recuerdos.

—Exacto —Cooper suspiró con alivio. Le alegró saber que no era el único que vivía con el dolor del pasado—. Sentado aquí no puedo evitar recordar cuando estábamos todos juntos, jugando…

Sam sonrió con tristeza como si él también rememorase esos días.

—¿Te acuerdas cuando Mac tiró la pelota, y ésta entró por la ventana de la cocina?

Cooper rió.

—Sí, y acabó en la salsa de espagueti de la abuela. ¿Quién podría olvidar eso? —las imágenes del pasado le ahogaron de repente.

La cerveza le supo mal.

—Maldita sea, Sam, sigo imaginando que voy a verle en cualquier momento, que voy a oírle…

—A mí también me pasaba eso al principio —dijo Sam con voz queda—. Luego, acepté que Mac ya no estaba entre nosotros. No está aquí, Cooper. No se ha quedado en este mundo para hacernos sentir mal por lo ocurrido.

—No tiene por qué hacerlo —murmuró Cooper, y se levantó porque no podía permanecer sentado un segundo más. Sentía un terrible vacío en el estómago y la garganta seca–. No pasa un solo día que no me acuerde de lo que ocurrió. Y me siento mal. Me siento culpable.

Sam le miró, sus ojos mostraban comprensión.

–No tienes motivos para sentirte culpable.

–¿Que no tengo motivos? Mac murió –Cooper dio una patada en el suelo de tierra–. Mac murió mientras nosotros nos quedamos ahí quietos como imbéciles.

–También éramos niños –le recordó Sam.

–Sí, pero no morimos a los dieciséis años –dijo Cooper con voz tensa.

Y sin previo aviso, volvió al pasado, a aquel largo día de verano…

Los cuatro primos estaban ensimismados en su juego favorito, en el borde del montículo que bordeaba el lago cerca del rancho. De uno a uno, corrían y saltaban al agua mientras los otros tres cronometraban el tiempo que, el que saltaba, permanecía debajo del agua, además de tener en cuenta la longitud del salto.

Jake siempre ganaba.

Pero aquel día, Mac estaba decidido a ganar. Había superado a Jake en la longitud de su salto, y éste estaba realmente picado. Sin embargo, para ganar, Mac también tenía que permanecer más tiempo debajo del agua que su primo.

Sam tenía el reloj, y Cooper y Jake estaban a su lado mientras cronometraba el tiempo. Jake cada vez estaba más irritado, temeroso de que su mejor tiempo fuera a ser superado. Cooper, lanzaba gritos de alegría, encantado de que, por fin, alguien ganara a Jake.

No obstante, cuando Mac llevaba ya dos minutos en el agua, Sam empezó a preocuparse, quería ir a buscarle. Cooper le pidió que diera a Mac unos segundos más para asegurarse de que Jake perdiera, aunque sólo fuera por una vez.

–No te comportes como una vieja, Sam. Mac está bien, no le pasa nada. Ya verás cómo sale dentro de unos segundos.

Pero no fue así.

Por fin, los tres primos saltaron a las frías aguas del lago en busca de Mac, y lo encontraron. Lo encontraron en el fondo del lago. Lo sacaron a la superficie, lo llevaron a tierra, le hicieron el boca a boca… Pero Mac estaba muerto.

Más tarde, el médico dijo que, al saltar, se había roto la nuca, había perdido el conocimiento y se había ahogado.

Desde entonces, su vida cambió irremediablemente.

Cooper había evitado el rancho como la peste. Todos lo habían hecho. Se culparon los unos a los otros y a sí mismos. Ahora, estaba allí de nuevo y casi no podía respirar.

Sam se levantó de la tumbona con la botella de cerveza en la mano.

—¿En serio crees que es necesario que me recuerdes lo que pasó? ¿De verdad crees que la muerte de Mac no me ha mortificado tanto como a ti?

A la fresca sombra del viejo roble donde antaño se columpiaban de una cuerda colgada a las ramas, Cooper se quedó mirando a su primo y vio el tormento al que sus ojos se enfrentaban todas las mañanas.

—No —Cooper sacudió la cabeza—. No, claro que no. Es sólo que… —Cooper miró a su alrededor, a la casa, al establo… todo lleno de recuerdos—. Lo que no comprendo es cómo has logrado superarlo. ¿Cómo puedes vivir sin sentir que te ahogas a cada segundo?

—Al principio, no podía. Lo tenía todo pensado —Sam lanzó una carcajada y bebió otro sorbo de cerveza—. Iba a quedarme el verano, ya que Jeremiah había conseguido que se lo prometiera…

Cooper asintió irónicamente, también a él su abuelo le había hecho hacer algo que no quería.

—Y luego iba a marcharme otra vez —continuó Sam—. Iba a poner toda la distancia que pudiera entre Coleville y yo, a alejarme del recuerdo de Mac.

—Entonces… ¿qué pasó? —preguntó Cooper; luego, alzó una mano—. Déjalo, sé lo que pasó.

Cooper lanzó una mirada a Maggie, que ahora estaba enzarzada en una pelea con un cachorro para quitarle la funda de un almohadón que había agarrado de la colada.

–A propósito de Maggie, me gusta.

Sam sonrió.

–Gracias. A mí también me gusta –pero pronto su sonrisa se desvaneció–. Pero no sólo fue que me enamoré de Maggie, también hice las paces con Mac. Maggie me ayudó mucho. Me hizo comprender que a Mac no le gustaría vernos atormentándonos a nosotros mismos durante el resto de nuestras vidas.

Cooper no sabía si estaba de acuerdo con aquello o no, por lo que decidió ignorar las últimas palabras de su primo. Al fin y al cabo, a él no le interesaba el amor. El amor conllevaba demasiados riesgos, le exponía a uno al sufrimiento. Y ya había sufrido bastante en la vida.

No. Los únicos romances que le interesaban eran los de sus novelas, entre sus protagonistas. Y cuando escribía un final feliz, sabía que a sus lectores no les importaba si él creía o no en los finales felices.

Pero, sin pensar, sus ojos se alejaron hasta posarse en Kara, que estaba charlando con Jeremiah.

–Me alegro de que Cooper haya vuelto –le dijo Jeremiah a Kara, siguiendo la mirada de ella hasta los dos hombres que conversaban a la sombra del viejo roble.

–No comprendo cómo ha podido estar tanto tiempo sin venir.

–Los chicos tenían sus motivos –dijo el anciano con un suspiro–. Al menos, eso creían ellos. Y, en definitiva, eso es lo que cuenta.

Kara volvió el rostro hacia Jeremiah. Su piel estaba curtida por la vida al aire libre. Sólo unos escasos cabellos grises le cubrían la cabeza; pero sus ojos oscuros, muy semejantes a los de Cooper, brillaban con intensidad.

Le gustaba aquel hombre. Mucho. Igual que le gustaban Sam y Maggie. Kara había intentado no sentir envidia de aquella joven que, hacía un rato, le había hablado de su inminente boda y de su embarazo. Ella y Sam iban a casarse dentro de unas semanas e iban a vivir en la casa del rancho.

Sam iba a sustituir al médico local, y Maggie iba a terminar sus estudios. Y ella, Kara, mientras hablaba con Maggie, se había sentido más sola que nunca. Luego, se avergonzó de sí misma. Debía alegrarse por Sam y Maggie. Y así era. Pero… ¿no era también natural sentir un poco de autocompasión?

¿Qué había logrado en la vida?

¿Una cierta seguridad económica? ¿Un buen piso y unos buenos ahorros? Tenía casi treinta años y, a excepción de su madre, que le llamaba todas las semanas para recordarle que cada día era menos joven, no tenía a nadie. Ni nadie se preocupaba por ella.

No, su situación no acababa de gustarle.

Caminó al lado de Jeremiah, pero no le prestó demasiada atención cuando le contó los planes que él y Sam tenían respecto al rancho. Se dedicó a pensar y, aunque no le gustaban las decisiones a las que estaba llegando, tuvo que admitir que eran las adecuadas.

Había decidido no decirle a Cooper que dejaba su trabajo hasta que él no terminara el libro. Pero, con ello, no se estaba haciendo ningún favor a sí misma. Lo mejor era volver a su plan inicial y despedirse del trabajo ya.

Sus ojos volvieron a volar hacia Cooper, que, aún debajo del roble, reía por algo que Sam le había dicho.

Grabó esa imagen en su memoria mientras, mentalmente, hacía el equipaje.

—¡Dios mío, eres una extraordinaria cocinera! —dijo Cooper, recostándose en el respaldo de la silla de la cocina, sonriéndole.

—Gracias, pero sólo eran unos filetes. No se necesita ser un genio para asar un filete.

—He quemado los suficientes para saber que se requiere habilidad para prepararlos.

Kara sacudió la cabeza.

–Cooper, eres la única persona que conozco que puede quemar hasta agua.

–Triste, pero cierto –admitió él sin avergonzarse de sí mismo–. No sé qué haría sin ti, Kara.

Cooper se levantó y llevó los platos al fregadero.

–En serio, eres la mejor –continuó él.

–Gracias, Cooper. Pero…

–De todos modos, quiero que sepas que, mientras estemos aquí, no es imprescindible que cocines. Podríamos contratar a alguien del pueblo para que venga a limpiar y a cocinar.

A Kara le quedaba sólo hacer acopio del valor suficiente para decirle que sí, que iba a necesitar no sólo a alguien que limpiara y cocinara, sino también una nueva ayudante.

–Ya que lo has mencionado…

Unos golpes en la puerta posterior la interrumpieron. Cooper se acercó a la puerta de la cocina, que abría al porche posterior. Y se encontró con su abuelo, que sostenía en sus manos un plato cubierto con papel de plata.

Cooper sonrió a su abuelo.

–¿No hemos estado juntos hace unas horas?

–Sí, claro –Jeremiah entró en la cocina sin esperar a que su nieto le invitara. Le siguió el cachorro, que pronto encontró un escondite debajo de un armario.

Jeremiah rió.

–Le he dicho a Maggie que iba a dar un paseo

con Sheba, y me ha dado un plato de pastas de chocolate para vosotros.

–¿Pastas de chocolate? Eso siempre es bien recibido –dijo Cooper, quitándole el plato a su abuelo–. Vamos, siéntate.

El anciano se sentó a la mesa de la cocina. Luego, alargó un brazo y le dio unas palmadas a Kara en la mano.

–¿Invitarías a un anciano a una taza de café? Maggie sólo me deja tomar descafeinado por las noches. Como si el café de verdad fuera a matarme.

–Ahora mismo.

En cuestión de segundos, Cooper había recogido la mesa, y Kara estaba sirviendo tres tazas de café.

El cachorro había salido de su escondite para colocarse debajo de la mesa, y empezó a mordisquear los cordones de las zapatillas de deporte de Cooper.

–Bueno, ¿habéis visto ya algún fantasma? –preguntó Jeremiah tras suspirar después del primer sorbo de café.

Cooper se echó a reír y agarró una pasta de chocolate.

–No hemos visto nada, pero anoche oímos una especie de llanto.

–Más bien eran sollozos –le corrigió Kara, asiendo su taza de café con ambas manos.

–¿Sí?

Cooper lanzó una carcajada al ver la expresión animada de su abuelo.

–No te entusiasmes. Estoy seguro de que es alguien que nos está gastando una broma, no un fantasma.

–Eh, chico, ¿me vas a decir que escribes novelas de terror, pero que no crees en los fantasmas? –protestó su abuelo.

La expresión de Cooper se endureció.

–No creo en los fantasmas que lloran en las casas.

Kara vio cómo, en un momento, Cooper se había cerrado en sí mismo. Era como si hubiera dado un paso atrás emocionalmente, pero ella no sabía a qué se debía.

–¿Qué sabes de esta casa? –preguntó Kara a Jeremiah en un intento por disolver la tensión que, repentinamente, se había creado.

El anciano suspiró pesadamente; luego, le dedicó una sonrisa de reconocimiento, como si así quisiera agradecerle su intento por disipar la tensión. Después, volvió a darle una palmada en la mano, bebió más café y dijo:

–Todos los de la zona conocen la historia de esta casa.

Cooper no dijo nada, Kara le instó a que siguiera hablando.

–Cuenta.

Jeremiah asintió.

–Fue en la época de la fiebre del oro…

Mientras Jeremiah, con voz melódica, describía un vivo retrato de la época, Kara se dio cuenta de que Cooper había heredado de su abuelo la capacidad narrativa.

–Por entonces aquí no había muchos ranchos. La mayor parte del terreno era propiedad de los españoles, a quienes no les hacía mucha gracia que los yanquis viniesen a California en barcos –Jeremiah miró a su alrededor y volvió a beber café antes de continuar–. Esta casa la hizo construir uno de los primeros que vinieron a buscar oro. Este hombre le compró tierra a un español, construyó esta casa y se trajo a su mujer del Este. Tuvieron una hija y, al morir, le dejó la casa a su mujer, que aún era joven. Entonces, la mujer se enamoró de un sinvergüenza.

–Vaya, me parece que el relato no va a tener un final feliz, ¿me equivoco? –murmuró Kara.

–Si lo tuviera, no estaríamos hablando de fantasmas, ¿no? –Cooper bebió un sorbo de su café y se recostó en el respaldo de la silla con los ojos clavados en su abuelo.

Jeremiah le ignoró, centrándose en Kara.

–Bueno, el joven amaba a la viuda, pero era ambicioso. Prefería hacer fortuna a, digamos, sentar la cabeza. Se fue a buscar oro en vez de trabajar el campo, prometiendo a la mujer volver a por ella.

–¿Y no lo hizo? –preguntó Kara, sintiendo compasión por la mujer.

–Ella le esperó durante dos largos años –respondió Jeremiah–. Se pasaba los días mirando por la ventana en espera del regreso de su amado, desolada.

Kara casi pudo sentir el sufrimiento de aquella mujer.

–Al final, murió con el corazón destrozado –concluyó Jeremiah casi con reverencia.

Cooper lanzó un gruñido.

Kara le miró, echando chispas por los ojos.

Jeremiah ignoró a su nieto por completo.

–Simplemente no pudo seguir viviendo sin el amor de su vida.

Kara no oyó, sino sintió, un suspiro.

–Desde entonces, ningún inquilino se ha quedado mucho tiempo en esta casa. No es un lugar alegre. Es una pena –dijo Jeremiah.

–¿Qué pasó con el enamorado?

El anciano se la quedó mirando.

–Por fin vino a buscarla, pero llegó unas semanas después de que ella muriese. Regresó demasiado tarde.

Una contraventana golpeó la fachada de la puerta, y Kara dio un salto en la silla.

Cooper se echó a reír.

–Por Dios, Kara, deberías verte la cara. El relato de mi abuelo te ha afectado, ¿eh?

Jeremiah le amonestó:

–Chico, ¿es que no crees que se puede morir de amor?

Cooper sacudió la cabeza, se levantó y fue a

por la cafetera, que estaba encima del mostrador de la cocina. Volvió a llenar las tres tazas y dejó la cafetera en su sitio antes de contestar:

–Jeremiah, la moraleja de esta historia es muy sencilla: el amor no vale tanto.

–Estás muy equivocado, Cooper –dijo su abuelo, sacudiendo la cabeza–. El amor es lo único que, realmente, tiene valor en esta vida.

A Kara se le encogió el corazón al oír a los dos hombres discutiendo sobre el valor del amor. Sintió un profundo vacío. Su instinto no le había engañado, Cooper jamás la amaría, siempre vería en ella a una secretaria eficiente y una buena cocinera.

No iba a cambiar nada con posponer su decisión. En cuyo caso, ¿qué sentido tenía seguir retrasando lo inevitable?

Ninguno.

Una hora más tarde, Jeremiah y el cachorro se habían marchado, y Cooper y ella volvían a estar a solas en la cocina. Mientras Cooper fregaba los cacharros de la cena, ella los secaba. Les acompañaba un amistoso silencio, la tarea era hogareña, y sabía que no podría encontrar un momento más adecuado para decir lo que tenía que decir.

–Cooper…

–¿Sí? –él se volvió para darle otro plato.

–Voy a dejar este trabajo.

Capítulo Cinco

—Muy graciosa —Cooper le dio el plato, riendo, y se volvió para seguir fregando—. Pero te advierto que no me gusta ese tipo de bromas.

—No se trata de ninguna broma, Cooper.

—Mejor que lo sea, porque no puedes dejar el trabajo.

—Sí que puedo. Considera éste el momento en que te doy dos semanas para que busques a alguien.

Cooper cerró el grifo y se giró hacia ella. Kara llevaba el cabello recogido con uno de esos pasadores de pelo que se asemejaban a la boca de un cocodrilo. Bajo la luz de la lámpara del techo, sus grandes ojos verdes estaban ensombrecidos, y su boca no sonreía.

Un súbito temor se apoderó de él.

—¿Tiene esto algo que ver con lo de los fantasmas y los sollozos de anoche? Si es así, no te preocupes, te juro que voy a pescar al gracioso al que se le ha ocurrido la idea.

—No se trata de ningún fantasma ni de ningún sollozo. Tiene que ver con nosotros.

De repente, se sintió confuso.

—¿Nosotros? ¿Qué pasa con nosotros?

Kara arrojó el trapo de secar los cacharros a la encimera; luego, se cruzó de brazos y le miró, furiosa.

—No entiendes nada, ¿verdad?

—Al parecer, no.

—Típico.

—Vaya, ¿se puede saber qué he hecho?

Kara descruzó los brazos y se plantó en jarras.

—Nada. Nunca. Nada —antes de que Cooper pudiera hablar, ella alzó una mano, indicándole que callara—. Da igual, no tiene importancia. Digamos que dejo el trabajo porque no puedo continuar así.

—¿Así, cómo?

¿Por qué, súbitamente, se sentía como si ella estuviera hablando en chino?

—Como estamos, Cooper.

—¿Qué tiene de malo la forma como estamos?

¿Y por qué nada parecía tener sentido de repente?

—Es como si estuviéramos casados, Cooper. Pero sin lo bueno, sin el sexo.

Al momento, a Cooper le vino la imagen del camisón de seda, lo que inició una llama en cierta parte de su anatomía. Tenía que admitir que, hasta la noche anterior, nunca había puesto a Kara y al sexo en la misma frase. Pero ahora no estaba tan seguro.

–¿Quieres que nos acostemos juntos?

Kara lanzó un suspiro de frustración, agarró el pasador que le sujetaba el pelo, se lo quitó y sacudió la melena antes de frotarse la zona donde había estado el pasador hasta hacía un momento.

Cooper deseó instantáneamente acariciarle el cabello.

Quizá no fuera mala idea eso de acostarse juntos.

–Claro que quiero sexo. Pero quiero más que eso, Cooper –declaró ella–. Quiero un marido. Quiero hijos. Quiero un hogar. En los cinco años que llevo trabajando contigo sólo he conseguido unos buenos ahorros y aprender unas cuantas recetas de cocina.

–¿Quieres decir que lo has pasado mal trabajando conmigo? ¿Es eso?

–No, no es eso en absoluto. De hecho, me encontraba tan bien, que ni siquiera había notado hasta hace poco que así no voy a ninguna parte –contestó ella con irritación.

–¿Qué tiene de malo encontrarse bien trabajando? –inquirió Cooper, dándose cuenta por fin de que Kara decía en serio lo de dejar el trabajo.

Vio tristeza en los ojos de Kara, pero sabía que no iba a echarse atrás. Una vez que Kara tomaba una decisión, nada la hacía cambiar de idea.

La idea de perderla le golpeó con fuerza.

–Nada –dijo ella–. Si eso es lo que uno quiere, no hay nada de malo en ello. Pero no es suficiente para mí. Ya no.

—Eh, espera un momento —dijo Cooper, sintiendo casi dolor en el pecho—. Kara, no tenía ni idea de esto. Por lo que yo sabía, nos iba bien juntos.

—Sí, claro —le espetó ella—. En lo que a ti se refiere, ¿cómo no nos iba a ir bien? Yo me encargo de todo: pago tus recibos, hablo con los editores, me encargo de la publicidad, te recojo la ropa de la tintorería… Cooper, ni siquiera puedes hacer un buen café.

—¡Eh! —sintiéndose insultado, y no porque la mayoría de lo que había dicho ella era verdad, Cooper se la quedó mirando como si no la conociera. Durante los cinco años que llevaban juntos, Kara siempre se había mostrado tranquila y razonable. Esa cara que estaba viendo en aquellos momentos echaba chispas por los ojos.

Lo que, curiosamente, le confería una extraordinaria sensualidad.

—No es sólo culpa tuya —concedió ella—. Sé perfectamente que he hecho lo imposible por resultarte imprescindible.

—Y lo has hecho muy bien —Cooper intentó sonreír, pero no consiguió animarla con su sonrisa—. ¿Quieres que te suba el sueldo? ¿Te haría eso cambiar de idea?

—¡No! —exclamó ella con frustración—. Cooper, no es una cuestión de dinero. Nunca lo ha sido.

Cooper extendió la mano hacia ella, pero Kara se echó atrás.

–Kara, no puedes dejarme. Te necesito.

–¡Por eso precisamente tengo que marcharme! –Kara respiró profundamente–. ¿Es que no lo comprendes? Si sigo aquí comportándome como si fuera tu esposa, no conseguiré nunca ser una esposa de verdad.

Cooper se dio cuenta de que, por el momento, lo mejor era no insistir.

–Estás cansada. ¿Por qué no te vas a dormir y hablamos de esto mañana, cuando estés más tranquila?

Kara se tiró del pelo, y gritó:

–Aaaaah. Estoy completamente tranquila.

–Sí, ya lo veo –respondió él, manteniendo la distancia.

–En serio, Cooper, eres el hombre más exasperante que… –Kara giró sobre sus talones, salió a toda prisa de la cocina, adentrándose en el cuarto de estar. Justo antes de salir de allí hacia las escaleras, se detuvo, volvió la cabeza y le dejó clavado en el sitio con la mirada.

–Para que lo sepas, no voy a cambiar de idea. Dejo el trabajo.

Entonces, subió enérgicamente, sus pasos resonaron como los de un batallón del ejército. Lo que hizo pensar a Cooper que estaba demasiado disgustada para tomar una decisión importante. Seguro que estaría más tranquila por la mañana.

Sabía cómo hablar con ella.

Kara volvería en razón.

En ese caso, ¿por qué estaba tan preocupado?

Cuando se oyeron los sollozos en mitad de la noche, Kara estaba despierta. Un frío húmedo suspiró en la habitación alrededor de ella.

A pesar de lo que Cooper pensara, aquello no era una broma. Y aunque sabía que debería estar asustada, lo cierto era que no lo estaba. Sentía... compasión.

Sentándose en la cama, se frotó los brazos desnudos mientras los ojos se le llenaban de lágrimas. Le sobrecogió una profunda compasión por la mujer muerta que tanto en común tenía con ella.

Bueno, quizá no tanto.

Al fin y al cabo, ella estaba viva.

Pero el fantasma había esperado a su amor hasta que fue demasiado tarde. Ella también había esperado, con la esperanza de que Cooper se diera cuenta de que estaban hechos el uno para el otro. La mujer sollozante había permitido que sus ansias de amor la llevaran a la tumba. Ella, Kara, no cometería ese error.

–Lo siento –susurró Kara, paseando la mirada por las sombras–. Lo siento por las dos.

***

Cooper, despierto e intentando trabajar, dio un salto al oír los sollozos. Ya estaba inquieto, y eso le había impedido escribir una frase coherente desde el momento en que Kara le dijo que dejaba el trabajo. No lograba dejar de pensar en ella, en cómo convencerla de que se quedara.

Los sollozos consiguieron distraerle. Se levantó de la silla y se dirigió a la puerta del dormitorio. La abrió, salió al pasillo y se quedó esperando a que Kara apareciera como lo había hecho la noche anterior. La imaginó de nuevo con el camisón verde y sus bronceadas piernas desnudas.

Pero la puerta de Kara no se abrió. ¿Acaso no había oído el llanto? Dudaba que fuera eso. Estaba intentando evitarle. Lanzó un bufido. ¡Cómo podía dejarle!

Cooper murmuró para sí; luego, bajó al vestíbulo de la casa, siguiendo el sonido del llanto. No creía en lo que Jeremiah había dicho; él no creía en fantasmas e iba a pillar al bromista de las visitas nocturnas.

No se molestó en encender las luces del cuarto de estar, la luz de la luna que entraba por las ventanas proporcionaba suficiente visibilidad. Se movió por la casa sigilosamente, decidido a poner punto final a esa tontería fantasmal.

Pensó en la noche anterior, cuando hacía lo mismo que en ese momento, pero con Kara… La echaba de menos. Echaba de menos la cálida mano de ella en la suya, su compañía.

¡Maldición! ¿Por qué quería dejar el trabajo?

Rechazó esos pensamientos y se concentró en los angustiados gemidos que vibraban a su alrededor. La noche anterior, cuando Kara le acompañaba, los sollozos les habían llevado al cuarto de estar. Esa noche, le condujeron hacia la puerta principal de la casa.

–Apuesto a que Mike Haney está ahí en el porche, muriéndose de risa –murmuró para sí.

Agarró el pomo de la puerta y la abrió, esperando encontrarse cara a cara con el bromista.

Pero allí no había nadie.

Dio un paso adelante y se detuvo bruscamente.

Una pared de hielo le bloqueaba el paso.

Cooper respiró profundamente. El corazón parecía querer salírsele del pecho. Un escalofrío le recorrió el cuerpo. Se le secó la garganta.

El frío era inamovible. Sólido.

Los sollozos aumentaron en volumen, se tornaron más desesperados.

–No es Mike Haney –susurró Cooper, pasándose una mano por el rostro mientras intentaba calmarse.

No, no se trataba de ninguna broma. La pared de frío era demasiado real. Se trataba de un fantasma.

¿El fantasma del amante tardío?

El frío avanzó en un intento por entrar en la

casa, empujándole. Cooper sintió su presión en el pecho.

Una cosa era escribir sobre fantasmas, y otra muy distinta era convivir con uno.

–¿Es eso? –preguntó él, aunque no esperaba una respuesta–. ¿Te ha estado esperando y ahora, por fin, decides entrar en la casa?

Volvió a sentir escalofríos, pero contuvo el deseo de cerrar la puerta. Si lograba solucionar el problema del fantasma, quizá lograra que la mujer muerta dejara de sollozar por las noches. Por lo tanto, abrió la puerta de par en par, se echó a un lado e hizo una silenciosa invitación con la mano.

–Vamos, entra. Busca a la mujer y discúlpate o haz lo que hayas venido a hacer. Y…

La puerta se le escapó de la mano y se cerró con una fuerza que hizo vibrar los cristales de las ventanas.

Cooper lanzó un suspiro y miró a su alrededor. El frío se había quedado fuera, el sollozante fantasma había callado, enfadado al parecer, y él se encontraba más confuso que nunca. Según Jeremiah, el fantasma femenino llevaba ciento cincuenta años esperando a su amante… ¿y ahora no le dejaba entrar?

Mujeres.

***

–Es el hombre más cabezota del mundo –dijo Kara al tiempo que partía una judía verde en dos.

–Te comprendo perfectamente –respondió Maggie con una sonrisa.

–No, no puedes comprenderme –Kara se levantó de la mesa, que habían colocado a la sombra del viejo roble en el jardín posterior de la casa del abuelo de Cooper.

Había ido allí a hablar con Maggie, la prometida de Sam, porque si no hablaba con alguien iba a volverse loca.

Los últimos días habían sido terribles.

Cooper no hablaba con ella, ni siquiera se daba por enterado de que ella había dejado el trabajo. Cuando intentaba convencerle de que contratara a una ayudante temporal, Cooper se limitaba a sonreír. No le hacía caso. No la tomaba en serio.

Iba a tener que marcharse para demostrarle que hablaba en serio.

–Créeme, sé perfectamente lo cabezota que puede ser un Lonergan –respondió Maggie mientras se recostaba en el respaldo de la silla y estiraba las piernas.

Kara se retiró el pelo de la cara y suspiró profundamente en un esfuerzo por calmarse.

No lo logró.

Se frotó los ojos. Tenía dolor de cabeza y le dolía todo el cuerpo. Se debía a la falta de sueño. Tenía que ser eso.

Las últimas tres noches los sollozos del fantasma habían continuado. Ella, por su parte, se quedaba sentada en la cama, escuchando el lamento de aquella mujer muerta por su amor perdido. Sentía como si el fantasma de esa mujer quisiera decirle algo. Advertirle de algo. «No dejes que a ti te pase lo mismo», parecía querer decirle.

–¿Te pasa algo?

Kara miró a Maggie, tragó saliva y, forzando una sonrisa, respondió:

–No, estoy bien. Sólo un poco cansada.

–¿A causa del fantasma?

Kara volvió a sonreír.

–¿En serio me crees?

–Sí –contestó Maggie, poniéndose en pie para acercarse a ella–. No existe sentimiento más profundo que el amor. ¿Qué razón existe para que ese sentimiento no sobreviva después de que hayamos muerto?

–Siento mucha pena por ella –confesó, Kara–. Su tristeza es tan profunda, que…

¿Qué? ¿Acaso creía que el fantasma de esa mujer estaba intentando comunicarse con ella? Kara sacudió la cabeza.

–De todos modos, no me vendría mal dormir un poco –añadió Kara.

–¿Estás segura de que se trata sólo de cansancio? –los oscuros ojos de Maggie la miraron con preocupación–. Tienes cara de tener fiebre. Podría llevarte al pueblo para que Sam te examinara.

Kara sintió una náusea. No quería ir al médico. Lo único que quería era marchase de allí, de Coleville. Quería alejarse de Cooper con el fin de empezar el proceso de olvidarle.

–Estoy bien, en serio –Kara forzó otra sonrisa–. En realidad, he venido para pedirte un favor, Maggie.

–Claro. Dime.

–¿Te he dicho ya que Cooper no me toma en serio respecto a que dejo el trabajo?

–Sí.

–Bueno, he decidido demostrárselo marchándome.

–¿Que te marchas?

–Tengo que hacerlo, no me queda otro remedio –respondió Kara con firmeza, aunque no sabía si intentaba convencer a Maggie o convencerse a sí misma. Pero eso carecía de importancia–. Le dije que le daba dos semana para encontrar a una sustituta temporal; pero como no me hace caso, ¿qué sentido tiene que yo siga aquí? En cualquier caso, hasta que encuentre una sustituta, Cooper se va a quedar solo y, si alguien no le recuerda que coma, se va a morir de hambre.

–Estás preocupada por él.

–Bueno, es natural –dijo Kara, tratando de no dar importancia a las palabras de Maggie–. Llevo cinco años ocupándome de él. Sin mí, está perdido. Por eso quería pedirte que te pasaras por su casa de vez en cuando para ver si necesita algo.

Maggie se la quedó mirando durante unos segundos. Por fin, le dijo:

—Lo haré... si contestas a una pregunta.

Kara suspiró.

—¿Qué es?

—¿Por qué no le dices a Cooper que estás enamorada de él?

Sorprendida, Kara estuvo a punto de negar la verdad unos segundos. Luego, al ver la expresión comprensiva de Maggie, imaginó que no tenía sentido. Se frotó la frente, en un intento por calmar el dolor de cabeza, y contestó:

—Porque Cooper no quiere saberlo.

—Pero, si estás enamorada de él, ¿cómo vas a dejarle? —preguntó Maggie al tiempo que le ponía a Kara una mano sobre la frente.

—Tengo que hacerlo... antes de que sea demasiado tarde —respondió Kara, deseando que la situación fuese diferente.

Cooper la estaba esperando.

Todo estaba listo. Las velas encima de la mesa, la música de jazz de estéreo en el cuarto de estar, la cena lista, incluso él sabía preparar pasta, y una botella de vino abierta.

Había pensado mucho durante los últimos días; en realidad, no había hecho otra cosa. No había podido concentrarse en el trabajo, y tampoco había podido hablar con Kara sobre su inminente abandono del trabajo. Así pues, aquella tarde había decidido un plan de acción.

Ella entró, cerró la puerta y se volvió hacia él.

Cooper la miró de pies a cabeza. Sus oscuros cabellos estaban revueltos, y la luz de las velas hacía brillar sus ojos verdes. Llevaba pantalones vaqueros cortos, una camiseta amarilla y sandalias blancas. Estaba… muy hermosa.

¿Por qué no se había fijado en ella antes? ¿Cuándo había dejado de prestar atención a la gente que le rodeaba?

–¿Qué pasa? –preguntó ella.

–¿Qué?

–¿Que qué es lo que pasa, Cooper?

–Nada –él sacudió la cabeza, se ordenó a sí mismo dejar de analizar las cosas y centrarse en su plan–. Nada, no pasa nada.

–Bien –Kara olfateó–. ¿Has cocinado?

–En contra de lo que se piensa, no soy un completo inútil.

–¿Pasta? –preguntó ella con una leve sonrisa.

–Pasta con pollo.

–Vaya, eso es nuevo –la sonrisa de Kara se agrandó–. Bueno, ¿a qué viene todo esto?

Cooper se acercó a ella y le puso ambas manos en los hombros. Kara le miró a los ojos, despertando algo dentro de él. No sabía qué era, pero sí sabía que era importante.

«No pienses», se dijo Cooper a sí mismo.

–¿Qué estás haciendo, Cooper?

–He estado pensando.

Kara le dedicó una media sonrisa.

–Se lo diré a los de la prensa.

–Ja, ja, muy graciosa –Cooper la atrajo hacia sí y, con placer, vio la expresión de sorpresa de Kara–. Creo que ya sé cuál es el problema entre los dos.

Kara parecía respirar con dificultad.

–¿A qué problema te refieres? ¿A que yo he decidido dejar este trabajo y tú te niegas a aceptarlo?

–No, al otro problema.

–¿Es que hay otro problema? Vaya, esto sí que es bueno.

–Eso espero.

–De acuerdo, cuenta –Kara se movió en un intento por acercarse a él o alejarse de él, Cooper no estaba seguro.

–Me refiero a la tensión sexual, Kara –murmuró, él clavando los ojos en su boca, en esos labios que Kara se mordía cuando algo le preocupaba.

Como estaba haciendo en esos momentos.

Cooper sonrió.

–¿Por qué no dejas que yo te muerda los labios?

Kara se quedó inmóvil y parpadeó.

–¿Lo dices en serio?

Cooper la atrajo hacia sí hasta pegarla a su cuerpo con el fin de que se diera cuenta de la seriedad de sus palabras. Los ojos de ella se agrandaron. El bajó la vista hasta sus pechos.

Un súbito deseo, mucho más fuerte y profundo de lo que había esperado, se apoderó de él mientras bajaba la cabeza. Kara encajaba en su cuerpo, y Cooper se preguntó cómo no lo había notado antes. También se preguntó por qué demonios había tardado tanto en idear ese plan.

Kara le deseaba, lo veía en sus ojos. Él también la deseaba. Por tanto, ¿había algo más sencillo que poseerse el uno al otro? Y una vez que se hubieran acostado juntos, Kara no volvería a mencionar lo de dejar el trabajo. Todo volvería a la normalidad.

Estupendo.

–¿Y bien? –Cooper le acarició el cabello y luego le acarició la mandíbula con las yemas de los dedos. La sintió temblar–. ¿Qué te parece si aplacamos esta tensión?

–La verdad es que me encuentro muy tensa –dijo ella, alzando los brazos para rodearle el cuello–. Podría llevarnos bastante tiempo.

Cooper sonrió, y le acarició los labios con los suyos, repetidamente, experimentando un deseo cuya intensidad le tomó por sorpresa.

Capítulo Seis

Kara estaba casi mareada, le dolía la cabeza e incluso sentía náuseas.

Pero todo eso quedó relegado a un segundo plano en el momento en que la boca de Cooper le cubrió la suya. Era tal y como había soñado... sólo que mucho más.

Suspiró y se entregó al placer. Cooper le abrió los labios con la lengua, y ella jadeó tras la sensual invasión. Sus lenguas entrelazadas se movieron en una danza erótica que comenzó suave y pronto escaló hasta transformarse en un incontrolable deseo.

Cooper le rodeó la cintura con los brazos y la apretó contra su cuerpo. Ella sintió en el abdomen la erección de Cooper y tembló de ansiedad. Llevaba deseando aquello tanto tiempo que, ahora que estaba ocurriendo, no podía creerlo.

Él le puso una mano en la nuca y empezó a acariciarle la cabeza. Kara gimió y se frotó contra él. Dando más y recibiendo más.

Una parte de su ser le advirtió no perder la lógica, ser racional, pensar...

Pero no quería pensar.

Ya no.

Lo único que quería era sentir.

No le dio importancia a lo mareada que se sentía, ignoró el dolor de cabeza y también las náuseas que volvían.

Ni siquiera la peste bubónica le impediría hacer el amor con Cooper. Sobre todo, teniendo en cuenta el tiempo que llevaba imaginándolo, soñando con ello.

Y, hasta el momento, era mucho mejor de lo que había imaginado.

Cooper apartó los labios de ella y bajó la cabeza a su garganta. Se la acarició con los dientes y con la lengua, haciéndola temblar de placer.

–La cena puede esperar. Vamos arriba –le susurró él con la boca en su garganta.

Arriba.

A la cama.

¡Increíble!

Una vez que Cooper se separó de ella y le tomó la mano para conducirla a la habitación, Kara recuperó el sentido, y se dijo a sí misma: «Te vas a marchar. Ya le has notificado que dejas el trabajo. ¿Crees que hacer esto es apropiado? ¿No te va a hacer más difícil dejarle luego? Quizá», reconoció Kara. Pero amándole como le amaba, ¿podía desperdiciar la ocasión que se le presentaba de hacer el amor con él, aunque sólo fuera por una noche?

No, no podía.

Cooper corrió hacia las escaleras con ella de la mano. Kara se tropezó, pero le siguió el paso; sus piernas, mucho más cortas que las de Cooper, tenían que moverse a mucha más velocidad. Cuando llegaron arriba, él la llevó a su habitación; una vez dentro, cerró la puerta.

Una suave brisa mecía las cortinas de la ventana, y el aroma de los geranios se mezclaba con el que emanaba de las rosas. Pero Kara apenas lo apreció. Lo único que le importaba era que Cooper la estaba mirando como ella llevaba tanto tiempo deseando que la mirase, lo demás carecía de importancia.

De los ojos de Cooper se desprendía un fuego que Kara no había visto nunca en ellos, y ese fuego era por ella. No quería pensar en que Cooper no sintiera lo que ella sentía por él. Sólo importaba el momento. Esa habitación. Aquel hombre.

Cooper le agarró la camiseta y, con un rápido movimiento, se la sacó por la cabeza y la tiró al suelo.

—Preciosa —murmuró él.

Y mientras Kara se mantenía a duras penas en pie, Cooper le desabrochó el sujetador y se lo sacó por los brazos. Luego, le cubrió los senos con las manos y, con los dedos, le apretó los pezones. Ella apenas se dio cuenta de sus gemidos.

Bruscamente, Cooper le bajó las manos a la

cintura, la levantó en sus brazos, la tiró a la cama y allí, de pie, la miró con una sonrisa.

–No sé por qué no hemos hecho esto antes, Kara.

–Yo tampoco –respondió ella, tendiendo los brazos hacia Cooper.

El sonrió traviesamente, se agachó y le sacó los pantalones cortos por las piernas; luego, se detuvo un momento para contemplar las bragas bikini de encaje.

–Si hubiera sabido que llevabas algo así debajo de la ropa, te juro que no me habría llevado cinco años decidir verlo.

El dolor de cabeza pareció aplacarse un poco mientras Kara disfrutaba ser el objeto de la admiración de Cooper.

Llevaba tanto tiempo deseando ese momento, anhelándolo, soñando con él, que ahora quería grabar en su mente hasta el último segundo. Quería imprimir en su memoria la sensación de las manos de Cooper acariciándole la piel, el sonido de su voz, el juego en sus ojos...

Lo quería todo.

Por una noche, lo quería todo.

Con delicadeza, Cooper deslizó los dedos por debajo de la cinturilla de las bragas y, despacio, sensualmente, se las bajó por las piernas.

Kara se mordió el labio inferior, impaciente. Le observó con deseo mientras Cooper se desnudaba antes de colocarse en la cama encima de ella.

Ese hombre era increíble.

El cuerpo de Cooper parecía esculpido por los dioses; su piel era bronceada. Incapaz de reprimir el deseo de tocarle, extendió los brazos y le puso las palmas de las manos en el pecho; luego, le acarició los hombros mientras él respiraba profundamente. Entonces, Cooper bajó la cabeza y, con la boca, se apoderó de uno de sus pezones antes de chuparle el otro.

Una súbita sensación de mareo se apoderó de Kara, y se aferró a Cooper como si su vida dependiera de ello. Arqueándose hacia él, gimió de placer mientras él le acariciaba todo el cuerpo. El placer se tornó casi insoportable, dejándola hecha un amasijo de deseo.

Cooper se apoderó de su boca, con una pasión comparable a la de ella, al tiempo que bajaba la mano para cubrirle la fuente del placer, desplegando los húmedos pliegues, acariciándolos hasta volverla loca de anhelo.

Kara suspiró en la boca de Cooper cuando la penetró con los dedos; primero con uno, después utilizando dos. Cuando Kara estaba al borde del orgasmo, Cooper retiró la mano, martirizándole.

—Cooper —susurró ella—. Cooper, necesito…

—Y yo, Kara —murmuró Cooper, mirándola a los ojos—. Deja que vea cómo alcanzas el clímax.

—No —respondió Kara, agitando la cabeza de un lado a otro—. No, te quiero dentro de mí. Ya, Cooper.

–Me estás matando, Kara –Cooper bajó la cabeza y la besó.

Ella logró lanzar una breve carcajada incluso mientras Cooper le tocaba el punto erógeno más sensible de su cuerpo.

–Todavía no. Todavía no.

Cooper apartó la mano de ella. Kara, echando de menos el contacto, le vio abrir el cajón de la mesilla de noche. De ahí, Cooper sacó una caja de preservativos, agarró uno, lo desenvolvió y, rápidamente, asumió los requerimientos del sexo en el siglo veintiuno.

En cuestión de segundos estaba acariciándola otra vez, encima de su cuerpo. Ella se movió, deseaba sentirle dentro de sí, moviéndose profunda y rápidamente.

Cooper la penetró, y el placer la hizo jadear.

–Cooper…

Kara cerró los ojos y se concentró en las sensaciones que Cooper estaba proporcionándole. Sonrió y gimió.

–Oh, Dios mío, esto es maravilloso…

–Déjate llevar, Kara –le dijo Cooper, profundizando la penetración, temblando con la fuerza de su propia pasión.

Por primera vez en su vida, Cooper se sintió conectado con la otra persona con la que tenía una relación sexual. Se apoderó de él una increíble sensación de expectación.

Hizo un enorme esfuerzo por no perder el control. Nunca en la vida se había entregado de esa manera al momento. Jamás había sentido tanta ternura acompañando a la pasión.

Al mirar a los ojos de Kara, llenos de deseo, se dio cuenta de que nada volvería a ser simple en su relación con ella.

Necesitaba poseerla más profundamente. Con un gruñido, Cooper se echó hacia atrás, sentándose en sus talones y tirando de Kara hasta dejarla sentada encima de él con las piernas a ambos lados de su cuerpo.

Kara, aferrándose a los hombros de él, echó la cabeza hacia atrás. Él le colocó las manos en las caderas y la hizo moverse arriba y abajo hasta que la pasión amenazó con ahogarles a los dos.

Cooper la sintió alcanzar el orgasmo antes de oírla gritar:

—¡Cooper! ¡No puedo más, es demasiado!

—No, no lo es —dijo él con voz entrecortada—. No es demasiado.

El aire a su alrededor pareció susurrar con ternura.

Clavaron la mirada el uno en el otro. Kara hundió los dedos en los hombros de él, gimiendo y temblando.

Por fin, Cooper se permitió a sí mismo seguirla. Luego, cuando los estremecimientos cesaron, Cooper descansó la cabeza en el hombro de ella mientras los latidos de su corazón aminoraban el ritmo.

Entonces, antes de que Cooper estuviera listo para apartarse de ella, Kara se separó y susurró:

—Oh, no.

—¿Mmmm? —murmuró Cooper sin soltarla.

—Cooper, por favor, déjame —dijo ella.

—No, todavía no —Cooper levantó la cabeza y le sonrió—. Me gustas donde estás.

Kara sacudió la cabeza y respiró profundamente.

—Necesito…

—Eh, yo también tengo mis necesidades.

—¡No! —con los ojos muy abiertos, Kara se separó de él, se levantó de la cama y, apresuradamente, salió de la habitación en dirección al cuarto de baño del pasillo.

A los pocos segundos, Cooper la oyó vomitar.

Con el ceño fruncido, Cooper fue al cuarto de baño y se detuvo en el umbral de la puerta, que ella había dejado abierta.

—¿Sabes una cosa? Si esto es una reacción a mis habilidades como amante, te aseguro que es la primera vez que me ocurre.

Kara, que estaba respirando profundamente después de las primeras arcadas, se echó el pelo hacia atrás y murmuró con voz espesa:

—Vete, Cooper.

—¿Te encuentras mal? —preguntó él, arrodillándose.

—Sí —dijo ella, y tragó—. Oh, no…

Kara se agarró a la taza del retrete y deseó que se la tragara la tierra. ¿Cómo podía pasarse de sentirse en el paraíso a sentirse en el infierno en cuestión de unos minutos? ¿Y cómo podía estar vomitando delante de Cooper?

—Vamos, tranquila —le susurró él a sus espaldas.

Cooper le sujetó el pelo hacia atrás y la acarició, susurrándole palabras tiernas mientras ella volvía a vomitar.

Cuando las arcadas cesaron momentáneamente, Kara dijo:

—Cooper, si de verdad te importo algo, sal del baño.

Cooper tuvo la osadía de reír quedamente. Kara oyó el grifo del lavabo y luego sintió un paño húmedo en la frente. Cuando cesó el vómito, Cooper la tomó en sus brazos y la llevó a su dormitorio.

Kara intentó en vano que la llevara a su propio dormitorio, no al de él.

—Cooper, necesito dormir —dijo ella, tratando de levantarse de la cama.

—Estás ardiendo —dijo Cooper con una mano en la frente de ella.

—No, no es verdad. Estoy helada —Kara, cubierta con el edredón, hizo un esfuerzo por evitar que le castañetearan los dientes.

—Bien. No te muevas. Voy a llamar a Sam.

—¿A Sam? —Kara sacudió la cabeza y le miró. Ahí estaba Cooper, en esplendorosa desnudez,

81

y ella ni se inmutaba. Debía de estar realmente enferma.

—Sam es médico.

—No necesito un médico.

Cooper agarró los pantalones vaqueros del suelo, se los puso y se encaminó hacia la puerta del cuarto.

—Enseguida vuelvo.

Una hora más tarde, Sam y Cooper se encontraban en la cocina. Las velas se habían consumido. La pasta, en un cuenco encima de la mesa, estaba fría.

—¿Seguro que está bien?

—Sí, seguro —respondió Sam mientras cerraba su bolsa de cuero negro—. Es gripe. Kara estará bien dentro de un par de días. Lo único que tiene que hacer es descansar e ingerir mucho líquido.

—¿Eso es todo? —preguntó Cooper, lanzando una irritada mirada a su primo—. ¿Después de no sé cuántos años en la facultad de medicina el único consejo que le das es que se duerma?

—Eh, querías mi opinión profesional, y te la he dado.

—Bien —Cooper expulsó el aire que había estado conteniendo en los pulmones. La situación no le gustaba. Quería que Kara estuviera bien, levantada, y molestándole. Dándole órdenes. Verla tan débil y cansada… le preocupaba–. ¿Convendría que le diera algo de comer?

–No. Por lo menos hasta mañana, no. Luego, que coma cosas muy ligeras, como caldo de pollo –Sam se lo quedó mirando unos segundos y luego sacudió la cabeza–. Si quieres, podría enviar a una enfermera para que la cuide.

Cooper miró fijamente a su primo.

–No, yo la cuidaré.

–¿Estás seguro? –dijo Sam con incredulidad. ¿Y quién podía culparle?

Cooper no recordaba haberse ofrecido nunca para cuidar a alguien. ¿Qué clase de hombre era?

Un imbécil egoísta. Lo sabía. Desde aquel verano quince años atrás, había hecho lo posible por mantener las distancias entre el resto de la raza humana y él. Lo había hecho conscientemente. Se había distanciado no sólo de sus primos, sino también de sus padres, de su abuelo y de sus amigos.

Con el transcurso de los años, ese distanciamiento se incorporó a su forma de ser. Acostumbrado a ello, no se le había ocurrido cambiar. Se sentía seguro así. Todo era más fácil.

Hasta ahora.

Ahora era diferente.

Ahora estaba Kara.

–Puedo hacerme cargo de la casa y de Kara –declaró Cooper, metiéndose las manos en los bolsillos de los pantalones.

–Está bien, como quieras –Sam asintió, pero en sus ojos había una expresión interrogante. Luego, se encogió de hombros–. Lo más seguro es que Maggie se pase mañana por aquí para ver qué tal está Kara.

–No es necesario que lo haga, pero gracias.

–Bueno, ahora me voy a casa –Sam abrió la puerta, pero se detuvo antes de salir y volvió la cabeza–. Y a ti tampoco te vendría mal descansar un poco. Tienes un aspecto terrible.

Cooper ignoró la sugerencia de Sam y, una vez que su primo se hubo marchado, Cooper subió a la habitación, se sentó en un sillón y se preparó para pasar una larga noche cuidando de Kara.

Capítulo Siete

«El frío era una pared viviente que le rodeaba, que le devoraba. A David se le antojó que le estaba comiendo el corazón, el alma. No podía impedirlo, sólo podía observar cómo el frío, lenta pero inexorablemente, se introducía en todo su cuerpo.

Pero había algo más. Algo menos perceptible que el frío, pero peor. Ese algo, que se había apoderado de él, era una espesa negrura que estaba aniquilando a la persona que fuera tiempo atrás, antes de entrar en el hotel por primera vez.

Y no podía luchar contra ello.

Un grito quebró el silencio y... y...».

–¡Maldita sea! ¿Y qué? –dijo Cooper en voz alta con los ojos fijos en el monitor del ordenador, como si fuera culpa de la máquina que no pudiera continuar.

¿Un grito? ¿De quién? ¿Por qué?

Normalmente, se sentaba a trabajar y no le costaba nada escribir. Sus personajes parecían cobrar vida propia y describirse a sí mismos y su entorno y vicisitudes.

Pero ahora… Cooper no podía pensar. No podía concentrarse en el libro porque no lograba dejar de pensar en la mujer que estaba en la cama en el piso superior de la casa. Había pasado la noche en el sillón del dormitorio; sin embargo, cada gemido o suspiro de Kara le había despertado.

Sentía los ojos pesados. Alzó las manos y se frotó las sienes. Luego, apoyó los codos en la mesa y la cara en las manos. ¿Cómo iba a poder escribir una novela de terror estando tan preocupado por Kara? ¿Era normal tener una gripe tan fuerte? ¿No debería Kara haber mejorado ya?

Le había preparado té de hierbas, pero ella no había podido tomarlo. La vista de las galletas le había producido arcadas, y le había pedido que se marchara y la dejara sola.

Estaba resultando un desastre como enfermero.

Se levantó de la mesa de la cocina, salió de allí, cruzó el cuarto de estar y subió las escaleras de dos en dos. Al llegar a la puerta de su dormitorio, dio unos golpecitos antes de abrirla.

Kara, en la cama, volvió la cabeza y le miró cuando entró. A la luz del día, se la veía muy pálida y con ojeras. Parecía extenuada.

—Cooper, deja al menos que vaya a mi cuarto.

–No –respondió él con una sonrisa–. No vas a levantarte de esa cama hasta que no puedas hacerlo sin pasar antes por el cuarto de baño para vomitar.

Kara hizo una mueca.

–No soy una niña –declaró ella.

–Lo sé, no hace falta que me lo recuerdes.

Kara lanzó un gruñido y se cubrió el rostro con el edredón.

–Oh, Dios mío, no.

–¿No qué?

–Que no lo recuerdes –Kara se retiró el edredón de la cara, pero cerró los ojos como si no pudiera soportar verle–. Olvida toda la noche de ayer. Yo ya lo he hecho.

El comentario le dolió más de lo que habría creído posible. Era sorprendente lo que se podía cambiar en unas horas. La noche anterior, había tenido a Kara en sus brazos, había estado dentro de su cuerpo y había sentido la rápida respuesta de ella. Sin embargo, ahora… se estaban comportando como dos desconocidos.

La camaradería que habían compartido durante tanto tiempo se había disipado. El sexo había roto la amistad. El sexo que ella ni siquiera quería recordar. Estupendo. Había intentado cambiar su relación con el fin de convencerla de que no dejara el trabajo; al parecer, lo único que había conseguido era acelerar el proceso.

Asqueado consigo mismo y con la situación, Cooper dijo:

—Me voy al pueblo a comprar algunas cosas que nos hacen falta.

—Bien. Vete.

—No tardaré mucho —dijo Cooper sin prestar atención a las palabras de Kara—. Voy a pedirle a Maggie que venga a hacerte compañía mientras yo estoy en el pueblo. Y no te muevas de la cama.

Ella le lanzó una furiosa mirada.

—No soy una niña, puedo sobrevivir sola durante un par de horas.

Cooper ignoró el tono de voz de Kara; suponía que hablaba así porque estaba enferma. A él le ocurría eso. De repente, recordó que la última vez que había estado malo en la cama, Kara no se había alejado de él ni un momento. Ahora, por primera vez, lo reconocía y lo agradecía. ¡Qué idiota había sido!

—Créeme, no te considero una niña. De todos modos, Maggie se va a quedar contigo.

—No necesito una niñera, lo único que necesito es ponerme bien.

—Te pondrás bien.

—¿Cuándo?

—Ahora sí que te estás comportando como una niña —observó él con una sonrisa.

—No puedo evitarlo —le espetó Kara—. No soporto estar enferma y no quiero que me cuides.

–Tú llevas años cuidándome –le recordó Cooper–. Te lo debo.

–Perfecto. Una deuda –Kara suspiró.

«¿Qué he dicho?», se preguntó Cooper a sí mismo en silencio.

–Hasta luego.

–Me parece que yo también –dijo Kara.

Cooper se marchó y fue a llamar a Maggie.

–Le va a venir bien –dijo Maggie, alisando las almohadas de Kara. Mientras estiraba el edredón, sonrió–. Puede que lo que Cooper necesite sea sentirse necesitado.

Kara no estaba segura. En todo el tiempo que le conocía, Cooper se había asegurado de no ser indispensable para nadie. Ninguna relación le había durado más de dos meses. Hasta aquel verano, había pasado años sin ver a su familia.

¿Que quería sentirse necesitado?

No, Kara no lo creía. Siempre había sido la opinión de que Cooper estaba dispuesto a cualquier cosa con tal de evitar que le necesitaran.

–Me está volviendo loca –admitió Kara tras contener otra náusea–. Merodea por el cuarto. Me trae té y galletas. Luego se sienta y se me queda mirando. Y yo debo de estar horrible.

Maggie lanzó una carcajada y se sentó en la silla que había al lado de la cama.

–Al parecer, Cooper no es de la misma opinión. Está preocupado por ti.

A Kara le habría gustado poder creerlo, pero su sentido de la realidad le impedía seguir haciéndose ilusiones.

–No está preocupado –respondió Kara con un suspiro–. Cree que me lo debe por los años que yo he cuidado de él.

Maggie, incrédula, sacudió la cabeza.

–¿Te lo ha dicho con esas palabras?

–Sí. Y creo que se siente mal porque me puse mala después de… Oh –Kara se interrumpió momentáneamente–. Bueno, no es necesario que empiece a confesarme.

Pero no logró engañar a Maggie. Con una sonrisa en los labios, levantó las piernas y las colocó encima de la cama.

–Vaya, por fin se ha fijado en ti, ¿no?

Kara suspiró, disgustada consigo misma.

–Sí, se ha fijado en mí. Es difícil no fijarse en una persona que se va al baño a vomitar cuando estás haciéndole el amor.

–Oh, no –Maggie la miró con expresión comprensiva–. ¿Justo en mitad de…?

–No, justo al terminar –respondió Kara.

–Bueno, la próxima vez ya verás como todo marcha mejor.

–¿La próxima vez? –repitió Kara, y lanzó un gruñido–. No va a haber una próxima vez. Cooper no sólo me vio vomitando, sino que también me sujetó la cabeza. ¡Por favor! Un hombre que pasa por eso jamás vuelve a ver a la misma mujer con pasión, es el antídoto de la lujuria.

Maggie se echó a reír.

Kara casi le bufó:

—Me alegro de estar divirtiéndote.

—Vamos, Kara —dijo Maggie, sonriendo traviesamente—. ¿Crees que las parejas no se ven nunca en momentos así? ¿Crees que Sam no me ve por las mañanas con náuseas y vomitando? Pues sí. Y me abraza y me acaricia cuando siento náuseas.

—Pero eso es completamente diferente. Maggie, tú estás embarazada —observó Kara, señalándola con un dedo acusador—. Sam va a ser el padre de tu hijo. Y es natural que sigas atrayéndole sexualmente, te ama.

—Sí —respondió Maggie con un suspiro de satisfacción—. Sí, me quiere mucho. ¿Estás segura de que Cooper no está enamorado de ti?

—No, claro que no está enamorado de mí. Ojalá fuera así, pero no lo es. Ojalá estuviera enamorado de mí, pero no lo está.

Se oyó un profundo suspiro en la habitación. Un suspiro atormentado. No se sabía de dónde provenía. De todas partes quizá.

Maggie se puso en pie de un salto.

—¿Qué ha sido eso?

Kara miró a su alrededor y encogió los hombros.

–Te la presentaría, pero no sé su nombre. Así que me limitaré a decir: Maggie, te presento a nuestro fantasma. Fantasma, te presento a Maggie.

Realmente debía dejar de recurrir a los congelados con más frecuencia.

Cuando compraba para él, Cooper solía agarrar cualquier comida precocinada congelada y ya estaba. Sin embargo, ese día había recorrido el supermercado entero e incluso se había acercado a la sección donde estaba la carne. Le pareció increíble todo lo que se vendía en un supermercado por pequeño que fuera.

Metió la docena de bolsas con la compra en el maletero del coche y lo cerró. Luego contempló la tranquila calle principal de Coleville y, por primera vez, se sintió como si hubiera vuelto a su hogar.

No había cambiado mucho en todos esos años, y se alegraba de ello. Quizá fuera una tontería. Había pasado quince años evitando aquel lugar debido a los recuerdos, y ahora le aliviaba encontrarlo casi como lo había dejado.

Una suave brisa le acompañó mientras caminaba hacia la farmacia de la esquina. Sonriendo para sí, abrió la puerta del establecimiento y oyó el repiqueteo de la vieja campanilla. Tenía gracia, cuando él y sus primos eran pequeños, se pasaban el verano entero entrando y saliendo de aquel lugar que, además de medicamentos, vendía barras de chocolate, refrescos, tebeos y todo lo que necesitaban por aquellos tiempos para sentirse satisfechos.

Durante unos segundos, Cooper se preguntó por qué la vida tenía que volverse tan complicada.

Se paseó por la farmacia, asintiendo y sonriendo a los clientes. Cuando vio una cámara refrigerada con flores, Cooper la abrió y metió la mano en su interior antes siquiera de darse cuenta de lo que hacía. ¿Rosas? Agarró un ramo de rosas amarillas, las olió y luego se detuvo a pensar.

¿Le gustaban a Kara las rosas? No lo sabía. ¿Y por qué no lo sabía? ¿Llevaban cinco años trabajando juntos y no sabía si le gustaban las rosas? Gruñó para sí antes de volver a examinar el interior de la cámara frigorífica. Había ramos de claveles, margaritas y otra flor color violeta que no logró identificar.

–No debería resultarme tan difícil –murmuró Cooper en voz baja mientras paseaba la mirada por el interior de la cámara.

–¡Cooper Lonergan, cierra la puerta de la cámara! No es una cámara de aire acondicionado.

Sobresaltado, Cooper se volvió y se encontró con la oscura mirada de la señora Russell. La anciana debía de tener cien años cuando él era pequeño, lo que le hacía suponer que debía de ser una bruja ya que aún vivía y parecía tan cascarra-bias como siempre.

—Lo siento, señora Russell —dijo él, apartándo-se del frigorífico con el ramo de rosas en la ma-no. Al momento, cerró la puerta—. Dudaba sobre qué flores llevarme.

Ella frunció el ceño y se acercó a la caja re-gistradora detrás del mostrador.

—Bueno, pues decídelo con la puerta de la cá-mara cerrada.

—Yo también me alegro de verla —murmuró él irónicamente.

—Es aterradora, ¿verdad?

Cooper se volvió y vio una bonita y alta mu-jer de cabellos rubios y ojos azules. Llevaba una cesta en una mano y una sonrisa en el rostro.

—Sí, lo es —respondió Cooper, tratando de re-cordar quién era. Le pareció que la mujer le co-nocía, pero él no lograba acordarse de ella—. Siem-pre lo ha sido.

La rubia lanzó una rápida mirada a la seño-ra Russell para cerciorarse de que no les oía.

—Creo que todavía no os perdona ni a ti ni a tus primos lo de aquel cuatro de julio.

Cooper sonrió. Hacía años que no recorda-ba aquel incidente. Jake, Sam, Mac y él, siempre dispuestos a celebrar lo que fuera, habían jun-tado el dinero que tenían con el fin de comprar un tipo de cohetes cuya venta estaba prohibida. Por supuesto, no había sido su intención lanzar uno de ellos con el fin de quemar el cobertizo de la familia Russell.

Aún sonriendo, Cooper dijo:

–Sí. Y Jeremiah nos hizo pasar tres semanas construyendo uno nuevo.

–No está mal –dijo la rubia–. A mí me castigaron un mes entero.

Cooper empequeñeció los ojos, la miró fijamente unos segundos y, por fin, se desvanecieron quince años, y la reconoció. Alta y delgada, con unos ojos azules inocentes que siempre estaban clavados en Mac.

–¿Dona? ¿Donna Barrett?

–Hola, Cooper. Me alegro de verte –respondió ella.

Cooper la abrazó, pero tuvo que apartarse inmediatamente cuando vio que el agua que caía de las rosas le había mojado un hombro.

–Perdona.

–No tiene importancia. He oído que tú y Sam habéis vuelto.

–Sí. De momento, a pasar el verano. Jake también va a venir.

–Otra vez todos juntos, ¿eh? –la mirada de ella bajó hasta la cesta de la compra que llevaba en la mano.

–Bueno, casi todos –le corrigió Cooper, consciente de que Donna estaba pensando en Mac.

¿Y por qué no iba a pensar en él? El último verano, Donna y Mac habían sido inseparables.

Donna había llegado a convertirse en un añadido de su pequeño grupo. Y no sólo porque les caía bien a todos, sino porque de no haberla aceptado casi no habrían visto a Mac. De hecho, el día que Mac murió fue uno de los pocos días que Donna no estaba con ellos. De haberles acompañado, las cosas habrían sido diferentes. Quizá ella no hubiera tardado tanto en tirarse al agua a por él. Quizá...

El silencio se prolongó entre ambos. Por fin, Cooper decidió romperlo.

—Tengo entendido que te marchaste de Coleville justo después de...

«Genial. Perfecto. Estupendo, Cooper. A ver si se te ocurre otra cosa que os pueda hacer recordar ese verano».

Pero Donna le respondió:

—Sí, me fui a vivir con mi tía a Colorado. Me quedé allí, fui al colegio y ahora... Bueno, digamos que me ha llegado el momento de volver —Donna encogió los hombros y luego miró las rosas—. ¿Una mujer?

Cooper lanzó una nerviosa carcajada.

—No. Bueno, sí, son flores para una amiga.

¿Amiga? Kara era más que eso. Pero... ¿qué? ¿Amante? ¿Que se hubieran acostado juntos una vez les convertía en amantes? Según Kara, no. Ella estaba tratando de borrarlo de su mente.

—Le van a encantar.

—¿Eso crees? —Cooper miró las flores con extrañeza, como si esperase que, en cualquier momento, fueran a cambiar de color–. A todas las mujeres os gustan las rosas, ¿no?

La rubia arqueó las cejas.

–No todas somos iguales, Cooper.

–Sí, bueno, ya lo sé. Lo que quería decir era... –no sabía lo que había querido decir.

Nunca antes se había sentido tan perdido al tratar con una mujer. Pero Kara era diferente. Kara formaba parte de su vida. Kara era... especial.

Sí, tan especial, que él ni siquiera sabía si le gustaban las rosas o no.

Bien, pues iba a solucionar ese problema al momento. Con decisión, abrió de nuevo la puerta del frigorífico y agarró un ramo de cada tipo de flores. De esa manera se aseguraría de elegir las preferidas de Kara.

Donna se echó a reír.

–Lo quieres dejar muy claro, ¿eh? –comentó su antigua amiga.

–No. Sólo quiero comprar flores –respondió él, consciente de que lo que quería era conquistar el corazón de Kara.

De repente, oyeron el claxon de un coche sonar tres veces. Donna lanzó una rápida mirada hacia la cristalera del escaparate. Luego, se volvió a Cooper, y dijo:

–Bueno, tengo que marcharme. Me alegro de haberte visto.

–¿Te ocurre algo, Donna? –preguntó Cooper, notando un súbito nerviosismo en ella.

–No, estoy bien –Donna se dirigió hacia la señora Russell, que estaba junto a la caja registradora–. Espero que a tu amiga le gusten las flores.

–Sí, yo también lo espero –respondió Cooper antes de que Donna saliera de la tienda y se dirigiera a una furgoneta parada en la calle.

Había alguien sentado en el asiento contiguo al del conductor; pero debido a que el sol le daba en los ojos, Cooper no pudo ver quién era.

Luego, sacudiendo la cabeza, se ordenó a sí mismo olvidarse de Donna Barrett. Le deseaba lo mejor, pero él tenía en casa a una mujer enferma y no quería hacerla esperar.

–¿Seis ramos? –preguntó Kara, atónita, cuando Cooper entró con el último ramo, un ramo de iris violeta, y lo dejó junto con el resto encima de la cómoda.

Cooper encogió los hombros, se metió las manos en los bolsillos del pantalón y dijo:

–No sé… me parecían todas bonitas.

Kara sonrió a pesar de la desilusión que sentía. Le conocía desde hacía cinco años, durante ese tiempo le había visto prácticamente todos los días, y Cooper no sabía esos pequeños detalles sobre ella.

–No sabías qué flores me gustan.

Cooper frunció el ceño, y admitió:

–No, no lo sabía. Pero sí sabía que te gustan las flores.

–Ya.

Por suerte, Kara ya no tenía el estómago revuelto; de lo contrario, el aroma de las flores le habría hecho salir corriendo al baño otra vez. Ahora, sólo le daba dolor de cabeza.

Pero Cooper parecía tan contento consigo mismo, que no le pudo decir que se las llevara.

–Ha sido todo un detalle por tu parte –dijo Kara por fin. ¿Tanta importancia tenía que Cooper no supiera qué flores le gustaban? ¿No era más importante lo que había hecho?–. Gracias, Cooper.

El le dedicó una radiante sonrisa y luego fue a recoger la bolsa con la compra que había dejado junto a la puerta del dormitorio.

–También te he traído esto. Y me he quedado mirando a la bruja de la señora Russell a los ojos mientras le pagaba.

–¿A qué te refieres con…? –Kara se interrumpió, y sonrió cuando Cooper sacó de la bolsa cinco revistas y las dejó encima de la cama, a su lado. Eran revistas del corazón, las revistas que Cooper creía que toda mujer leía–. Estupendo. Gracias.

–Bueno, y ahora… ¿qué tal una sopa? He traído pollo y sopa de estrellas.

–No es necesario que prepares comida para

mí, Cooper– ¿Por qué no te vas a comprar algo para comer tú?

–¿Que me vaya a comprar algo ya preparado para comer yo? –Cooper logró fingir sentirse insultado–. He comprado filetes, y me voy a hacer mi propia comida.

–¿En serio?

–No soy un completo inútil, Kara.

–Yo nunca he dicho que seas un inútil, sólo he dicho que no tenías remedio –le corrigió ella.

–¿Ah, sí? Pues para tu información, no sólo he hecho la compra, sino también he hecho la colada. Lo que no sabía es que uno no puede meter demasiada ropa.

–¿Mucho desastre?

–Ya he secado el suelo.

–Cooper…

–Y hasta he planchado.

Kara se lo quedó mirando con expresión perpleja y algo triste.

–¿Que has planchado?

–Bueno, no mucho –admitió él, encogiéndose de hombros–. Se me ha quemado el plástico de la tabla de la plancha. No comprendo cómo les ponen un plástico que puede quemarse.

–Oh, no.

–Y el plástico se ha quedado pegado a la plancha. Pero no importa, compraré otra plancha.

–Cooper, ¿por qué estás haciendo todas esas cosas? –preguntó Kara con voz queda.

Cooper le lanzó una de esas sonrisas irresistibles.

—Porque quiero hacerlo. Bueno, ¿una sopa?

Kara asintió, pero no se atrevió a decir nada más porque estaba segura de que la voz le temblaría si lo hacía. Cuando se quedó sola, oyó un suspiro apenas audible.

Cooper no sólo estaba sobreviviendo sin ella... parecía estarse creciendo.

Capítulo Ocho

–¿Qué tal lo llevas? –Sam dejó su maletín encima de la mesa de la cocina y lanzó a su primo una seria mirada.

El sol matutino iluminaba la estancia, y Cooper, con una taza de café en las manos, entrecerró los ojos. Después de probarlo, pensó que luego tendría que preguntarle a Kara cómo hacer un buen café; aquél estaba asqueroso.

–Muy bien –Cooper se dejó caer en la silla. Estaba agotado–. ¿Por qué no me dices cómo está la paciente?

Sam sacudió la cabeza y se acercó a la cafetera. Sacó una taza de uno de los armarios, se sirvió café y bebió. Al instante, hizo una mueca de desagrado.

–¿Cómo es posible hacer un café tan malo?

–Es una de mis especialidades –respondió Cooper, apoyando un codo encima de la mesa–. ¿Cómo está Kara?

–Bien. Creo que está mejor que tú –contestó Sam, apoyándose en el mostrador de la cocina–. ¿Te he dicho ya que tienes muy mal aspecto?

–Gracias –Cooper bebió otro sorbo de café sólo porque necesitaba la cafeína para mantenerse despierto–. ¿En serio está bien?

–Sí. Ya te lo he dicho, es una simple gripe –Sam se miró el reloj, bebió otro sorbo de café, se atragantó y dejó la taza casi llena encima del mostrador–. Está cansada y algo débil, pero pronto se pondrá bien. Que descanse un par de días más. Sigue dándole comida suave.

–No te preocupes, lo haré –murmuró Cooper.

–A Maggie no le importaría pasarse por aquí para echarte una mano.

–No –contestó Cooper–. Puedo cuidar de Kara yo solo. Quiero hacerlo.

–Mmmmm –Sam se acercó a la mesa y se sentó frente a su primo.

–¿Qué pasa? –preguntó Cooper.

–Nada. Bueno… no conocía ese lado doméstico en ti.

–Bien –Cooper se recostó en el respaldo de la silla y se echó a reír. ¡Qué demonios! Sam, no tenía idea del trabajo normal de la vida cotidiana–. No comprendo cómo Kara consigue hacerlo todo. Se organiza de maravilla. Creo que nunca le he pagado lo que se merece.

–Estoy seguro de que se alegrará de oírtelo decir –comentó Sam.

Cooper ni siquiera oyó a su primo.

–Durante los dos últimos días, entre las conversaciones telefónicas con mi editor, con el agente y con el encargado de la publicidad, y luego haciéndole la comida a Kara y la colada… en fin, no he tenido tiempo para escribir ni una sola línea.

—Ni para dormir, según veo.

Cooper sonrió.

—Es verdad, sí. Estoy durmiendo en el sillón del cuarto por si Kara se despierta y necesita algo.

—Mmmmm –Sam sonrió para sí mismo.

—Olvida lo que estás pensando –dijo Cooper.

—De acuerdo, si no quieres hablar de Kara, ¿por qué no hablamos de ti?

Cooper lanzó un gruñido de protesta. No estaba de humor para que su primo le analizara. Sam le miraba como si quisiera decirle con los ojos: «Conozco tu problema y tengo la solución».

—Sam, apiádate de un hombre agotado –dijo Cooper en voz baja–. Por favor.

—Llevas ya unas semanas aquí –dijo Sam, ignorando el ruego de Cooper–. Por lo que sé, aún no has ido al lago.

Cooper empalideció al instante y se puso tenso.

—No, no he ido. Y no pienso hacerlo.

Sam pareció desilusionado.

—Maldita sea, Cooper. No puedes seguir escapando de ese día.

Cooper, incómodo, cambió de postura en la silla.

—Hasta ahora lo he conseguido.

—Estás aquí –dijo Sam con voz queda–. Ya que

has vuelto a Coleville, ¿por qué no te enfrentas a ello?

—He venido por Jeremiah, no ha revivir el pasado. Por cierto, el otro día, cuando estaba en el pueblo, vi a Donna.

—¿A Donna Barrett? —sorprendido, Sam se lo quedó mirando durante un minuto—. No sabía que estuviera aquí.

—Según me ha dicho, ha vuelto para quedarse.

—¿Qué tal estaba?

—Bien. Pero ésa no es la cuestión. La cuestión es que, en el momento que la vi, mentalmente volví a aquel verano. Podía sentir el sol, el olor a mar… —Cooper suspiró. Sam, aunque no lo creas, oí la risa de Mac. Y eso sólo con ver a Donna.

—Cooper…

Cooper miró a Sam a los ojos y sacudió la cabeza con solemnidad.

—No, Sam, enterré el pasado. Y voy a mantenerlo enterrado para siempre.

Sam suspiró.

—No está enterrado, Cooper. El pasado te sigue a todas partes, todos los días. Y hasta que no te enfrentes a ello, a Mac, no te liberarás.

Cuando Cooper se quedó solo después de que Sam se marchara, sintió un súbito frío envolviéndole. Tanto si eran los fantasmas de la casa o los de su propia mente, reconoció la verdad. La verdad era que no se merecía liberarse del pasado.

Kara se incorporó en la cama hasta quedar sentada con la espalda apoyada en las almohadas. Por fin se sentía como si hubiera vuelto al mundo de los vivos; al menos, no tenía revuelto el estómago. Pero estaba muy cansada; ni siquiera tenía energías para ir al cuarto de baño a darse una ducha.

—¿Cómo te encuentras?

Miró hacia la puerta. Cooper estaba allí, de pie, apoyado en el marco. Con las manos en los bolsillos y un pie cruzado sobre el otro, se le veía muy cansado. E imposiblemente atractivo.

Los dos últimos días le habían resultado muy duros; no sólo por lo mal que se había encontrado, sino por la proximidad de Cooper. Él había pasado dos noches en el sillón, a su lado; pero no lo había hecho porque la quería, sino porque pensaba que se lo debía.

Cooper se apartó de la puerta y se adentró en la habitación. Ella se subió el edredón hasta la garganta, aunque le habría gustado cubrirse el rostro también. Debía de estar espantosa.

—¿Cuál es el motivo de tu visita?

Cooper arqueó las cejas.

—¿No deberías estar más simpática ahora que te sientes mejor?

—Cooper…

–Tranquilízate. Sólo he venido para ver si te sientes lo suficientemente bien como para darte una ducha.

–Sí, creo que sí. Y ahora mismo.

–Eh, no tan de prisa –dijo Cooper, agarrándola de un brazo cuando ella se levantó apresuradamente.

–Me encuentro bien. Puedo ir yo sola –pero se tambaleó mareada y se agarró a Cooper–. Está bien, puede que necesite algo de ayuda.

–No te has movido de la cama en casi tres días, Kara –Cooper le rodeó la cintura y la levantó en sus brazos.

Apoyando la cabeza en el hombro de Cooper, Kara se permitió deleitarse con el olor de él.

El estómago le dio un vuelco, pero no estaba relacionado con la gripe. Se debía simplemente al efecto que Cooper le producía. Y era aún peor que antes, ya que ahora sabía lo que era tenerle dentro de sí. Sabía lo que era sentir los labios de él en los suyos, las manos de Cooper en su cuerpo… Sabía lo que era tener un orgasmo con él.

Y cómo deseaba que volviera a ocurrir.

A pesar de saber que no llevaría a ninguna parte.

A pesar de ser consciente de que Cooper nunca la amaría.

Le deseaba con toda su alma.

–¿Te pasa algo? –le susurró él, acariciándole la cabeza con su aliento.

–No, nada –respondió ella con firmeza–. Estoy algo mareada, eso es todo.

Salieron de la habitación, recorrieron el pasillo y entraron en el baño. Las paredes eran verdes, y el piso estaba cubierto con baldosas blancas y verdes.

–¿Quieres que te ayude? –le preguntó Cooper, dejándola en el suelo.

–No –respondió ella, aunque en realidad quería decir: «¡Sí!».

No tenía sentido ponérselo a sí misma más difícil.

Cooper retrocedió hasta la puerta.

–Me quedaré por aquí cerca por si necesitas mi ayuda. Voy a cambiarte la ropa de la cama.

Kara parpadeó.

–¿Sí?

Cooper lanzó un gruñido.

–Por favor, Kara, te agradecería que no me mirases así.

–¿Así, cómo?

–Como si fuera un milagro que yo haga algo. Estoy perfectamente capacitado para hacer alguna que otra tarea doméstica.

Kara sonrió al notar el tono ofendido de Cooper.

–Ya lo sé, es sólo que…

–Sí, lo sé, nunca he hecho nada en la casa –dijo él, interrumpiéndola–. Pero también hay que comprender que no tenía que hacerlo, ¿no?

–Cierto –Kara reconoció que, normalmente, había sido ella quien se ocupaba de él. Hasta ese momento, no se le había ocurrido que quizá hubiera hecho demasiado.

Cooper asintió y se metió las manos en los bolsillos del pantalón vaquero.

–No he encontrado ningún otro camisón tuyo, así que te he dejado ahí una de mis camisetas mientras te lavo el camisón.

Kara bajó la mirada y vio una camiseta blanca doblada. Cooper había pensado incluso en eso. Ella llevaba tres días con el mismo camisón y estaba deseando quitárselo.

–¿Vas a lavar más?

Cooper encogió los hombros y sonrió.

–Creo que estoy empezando a ser un experto.

–Gracias, Cooper.

–De nada –respondió Cooper saliendo del cuarto de baño–. Y si te mareas mientras te duchas, por favor, siéntate.

–Lo haré.

–¿No sería mejor que me quedara por si me necesitas?

Eso era lo último que ella necesitaba.

–Vete –dijo Kara al tiempo que cerraba la puerta.

Por fin a solas, Kara se quitó el camisón y se metió en la ducha.

***

109

En la oscuridad, Cooper, sentado al lado de la cama, contempló a Kara dormida. La luna la bañaba con su luz plateada, confiriéndole a su pálida piel el aspecto de la porcelana. Tenía las pestañas largas y rizadas, ofreciendo un aspecto sumamente tentador a su rostro.

Cooper respiró profundamente y soltó el aire despacio. No podía dejar de mirarla. Se preguntó cómo no había notado antes lo hermosa que era. La vio suspirar y cambiar de postura; el edredón se le bajó, mostrando la camiseta blanca que la cubría.

¿Cómo podía sentarle tan bien una camiseta de hombre a una mujer? La recordó al salir del baño, con las largas piernas desnudas, su cabello limpio acariciándole los hombros; y sus ojos, aunque aún los ensombrecían las ojeras, se veían claros por primera vez en varios días.

Tenía ganas de acariciarla. Tan sólo unas noches atrás, Kara se le había ofrecido, y él había descubierto la profundidad de una pasión que no había esperado encontrar en sí mismo.

Cooper se recostó en el respaldo del sillón; pero, al momento, volvió a incorporarse. Acababa de oír un gemido salido de las profundidades de la casa. Más sollozos, aunque le resultó imposible imaginar su procedencia. Era como si salieran de las mismas paredes.

–Maldita sea –murmuró Cooper, tratando de tragar el nudo que sentía en la garganta.

Hacía varias noches que el fantasma no se manifestaba, y él había empezado a creer que se había cansado de ellos.

Ahora, sin embargo, había vuelto y se le oía más que nunca.

Afuera, se levantó una oleada de viento que sacudió las ventanas. Tierra y grava sacudieron los cristales como si estuvieran llamando para pasar adentro.

De pronto, la temperatura de la habitación bajó dramáticamente mientras continuaban los sollozos. Cooper se acercó a la cama y, de pie y de espaldas a Kara, se colocó entre ella y el creciente frío.

Le dieron ganas de reír, pero se contuvo. ¿Qué creía él que podía hacer contra un fantasma? Quizá debiera agarrar a Kara y sacarla de allí a toda prisa. Pero no estaba dispuesto a que la energía de una mujer muerta, o lo que fuera, les echara de allí.

–Sal de aquí –murmuró él con voz espesa.

–¿Cooper?

Al volverse, vio a Kara sentada en la cama.

–Acaba de empezar a llorar –dijo él, mirando con furia a las sombras.

Otro sollozo fue la respuesta a su orden.

–Se encuentra sola –susurró Kara.

–Está loca –declaró Cooper.

Otro sollozo, y éste pareció rodearles.

Kara le agarró la mano y tiró de él hacia la cama. Cooper se sentó en la cama y rodeó a Kara con sus brazos, como si con su cuerpo quisiera defenderla contra el frío.

—Ella no debería haber esperado tanto tiempo a su amante —dijo Kara.

Cooper sacudió la cabeza, incapaz de creer que estaban hablando de los sentimientos de una muerta.

—Esperó dos años sólo. Quizá hubiera debido esperar más. Al final, él apareció.

—Pero demasiado tarde —le recordó Kara.

—No tenía por qué haber sido demasiado tarde —respondió Cooper en voz alta para asegurarse de que el fantasma le oyera—. Si esa mujer no hubiera decidido morirse, podrían haber acabado juntos. Él está ahí fuera, y ella sigue sin dejarle entrar.

Kara miró el perfil de Cooper en la oscuridad. Quería creer que Cooper estaba intentando, aunque fuera subconscientemente, decirle que no le diera por una causa perdida.

Pero aunque creyera en esas cosas, acabaría como el fantasma de la casa.

Mejor no hacer lo que aquella mujer había hecho.

Mejor abandonar un sueño y empezar una nueva vida.

Capítulo Nueve

Kara se despertó después de tener el sueño más erótico de su vida. Aún era noche cerrada y, al parecer, el fantasma había decidido dejarles tranquilos.

En ese caso, ¿qué la había despertado?

Lo supo al instante. En el sueño, las manos de Cooper se paseaban por su cuerpo, acariciándoselo, excitándola...

Ahora que estaba despierta, se dio cuenta de que el sueño era realidad. Cooper estaba tumbado sobre su espalda. En medio de la noche, él se debía de haber desnudado, porque sentía el calor de su piel en todo el cuerpo y su erección contra las nalgas.

El placer aumentó cuando Cooper le puso las manos en la entrepierna. Instintivamente, ella las separó para que la tocase con más facilidad, más profundamente. Luego, cerró los ojos, deleitándose en las sensaciones que la embargaban mientras los dedos de Cooper se movían por la sensible piel.

Kara suspiró.

–Cooper...

–Aquí estoy –susurró él antes de mordisquear-le la nuca.

–Sí... ya lo veo –respondió ella con voz entrecortada.

Cooper sonrió, y le mordisqueó con más firmeza.

–Siento haberte despertado.

–No... no lo sientes –Kara sonrió también mientras los dedos de Cooper continuaban aquella dulce invasión.

–De acuerdo, no lo siento –admitió Cooper.

Kara se dio media vuelta hasta quedar tumbada boca arriba y le miró a los ojos. Mientras le miraba, Cooper la penetró con dos dedos y ella tragó saliva, encantada con el placer que la dio.

–¿Qué estás haciendo, Cooper?

La luz de la luna le permitió ver a Cooper arquear las cejas.

–Yo diría que es evidente.

–Sí –Kara lanzó una temblorosa carcajada–. Supongo que he querido preguntar por qué. ¿Por qué...?

Kara alzó las caderas, arqueándose hacia él.

–Oh, es... increíble –añadió ella.

–Sí que lo es, ¿verdad? –murmuró Cooper antes de darle un beso en los labios.

Haciendo un esfuerzo por mantener su dignidad, Kara preguntó:

—¿Es por compasión?

—¿Qué?

—Bueno, ya sabes, como esto se te da tan bien…

Cooper volvió a besarla antes de contestar:

—Es un regalo —dijo él, acariciándole con la lengua el labio inferior.

—Pero… Cooper, no quiero un orgasmo por compasión —insistió ella, haciendo un esfuerzo por no perder la razón.

—¿Eh?

—He estado enferma, y tú quieres hacer que me sienta mejor y…

—Estás loca —le interrumpió Cooper, incrédulo.

—No, no estoy loca —continuó Kara, intentando ignorar que él le estuviera acariciando otra vez su máximo punto erógeno—. Lo que pasa es que no quiero eso de «pobre Kara, vamos a animarla un rato esta noche».

La mano de Cooper se inmovilizó, cubriéndole el sexo.

—¿Qué estás diciendo?

—Vamos, Cooper —dijo Kara, haciendo un esfuerzo por no rogarle que continuara acariciándola.

Pero sus caderas comenzaron a moverse de nuevo; al parecer, por voluntad propia. Su cuerpo debía de ser más inteligente que ella. A su cuerpo no le importaba el motivo del orgasmo con tal de tenerlo.

Pero Kara ignoró su deseo. Luchó por mantener la mente despejada, por evitar permitirle a Cooper hacerle algo que para él no significaba nada y, por lo tanto, tampoco podía significar nada para ella.

Sacudiendo la cabeza, Kara le miró a los ojos, y le dijo:

—Me has visto vomitando, Cooper. No es posible que te atraiga después del espectáculo de la otra noche. Por tanto, esto tiene que ser una especie de buena acción por tu parte... no sé.

—Estás como una cabra —respondió él, introduciéndole de nuevo los dedos, haciéndola gemir.

—Cooper...

—Mírame —le ordenó él con voz espesa—. Llevo días deseándote. Te deseaba incluso cuando estaba vomitando... mientras lo hacías, no podía evitar pensar en las nalgas tan bonitas que tienes. ¿Qué te parece?

Kara arqueó las caderas.

—¿Lo dices en serio?

—Totalmente en serio —Cooper continuó sus caricias, y cuando la tuvo al borde del orgasmo, volvió a detenerse y la besó—. Y sé que aún estás débil, que llevas sin dormir bien tres noches y... ¿voy a dejar que descanses? La respuesta es no. Voy a hacer lo que esté en mis manos por que me desees tanto como yo a ti.

—¿En serio?

—¿Quieres dejar de decir eso? —Cooper volvió a darle un beso en los labios.

—De acuerdo —murmuró ella.

—Entonces… ¿quieres seguir o prefieres que te deje dormir, Kara?

—No necesito dormir.

—Menos mal.

Por fin, Kara dejó de pensar.

Dejó de dudar de los motivos de Cooper.

Y se entregó al placer.

Insistentemente, los dedos de Cooper continuaron excitándola; con la otra mano, él le subió la camiseta. Cuando sus senos quedaron expuestos a la luz de la luna, Cooper le endureció los pezones de ambos con la boca.

Finalmente, Cooper se colocó entre las piernas de ella, haciéndola suspirar de anhelo.

Kara abrió los ojos, le miró y contuvo la respiración. A la luz de la luna, los oscuros ojos de Cooper poseían un fulgor tentador y su bronceado y duro cuerpo brillaba como el mármol.

—Cooper…

—Cállate, Kara —le susurró él con una sonrisa.

Entonces, Cooper, agarrándola por las caderas, la alzó, se echó las piernas de ella sobre los hombros y le cubrió el sexo con la boca.

Kara lanzó un grito de placer.

Los labios, dientes y lengua de Cooper le produjeron un placer imposible.

—No puedo soportarlo —susurró Kara con voz quebrada—. Es insoportable. No puedo. Cooper… no puedo…

Kara se sintió al borde del orgasmo, y se preguntó si lograría sobrevivir. Pero… sabía que eso no tenía importancia. Estaba dispuesta a jugárselo todo por aquello. Lo único que le importaba era ese hombre en ese momento.

Al cabo de unos segundos, Cooper la hizo alcanzar el clímax.

Cooper sabía que ya no podía aguantarse más, a pesar de que a Kara aún le temblaba el cuerpo tras el orgasmo. Pero tenía que penetrarla. Necesitaba estar dentro de ella.

Cooper se bajó las piernas de Kara de los hombros hasta dejarla tumbada y, casi con desesperación, sacó del cajón de la mesilla de noche un preservativo; pero tan desesperado estaba que no se molestó en recogerlo cuando el pequeño envoltorio cayó al suelo. No le importaba nada.

Todo carecía de importancia después del extraordinario clímax de Kara en su boca.

Sólo podía pensar en sentirlo otra vez. Quería que ambos alcanzaran el orgasmo estando él dentro de Kara.

–Cooper…

–Un momento…

Ignorando el preservativo en el suelo, Cooper volvió a sacar otro del cajón de la mesilla. Lo sacó del envoltorio y se lo puso en cuestión de segundos. Lo que más deseaba en el mundo era sentir el calor de ella envolviéndole…

Kara abrió los brazos, y Cooper la besó, ofreciéndole el sabor de su propio cuerpo en la boca.

Con un gruñido de impaciencia, Cooper se incorporó ligeramente y, con un rápido movimiento, le sacó a Kara la camiseta por la cabeza.

–Mejor –dijo ella después de que la prenda cayera al suelo.

Cooper la penetró de un empellón, y Kara jadeó tras la invasión. Kara alzó las pierna, ayudándole a penetrarla más profundamente. Él bajó la cabeza para saborear los pezones, uno y otro. Los gemidos de Kara se hicieron eco de los de él.

Cooper sintió el deseo de liberar la tensión, luchó contra él. Quería prolongar la agonía. Deseaba que ese momento no llegara a su fin. De hecho, la única razón por la que Cooper se dejó llevar hasta la cima de la pasión fue porque de esa manera podría volver a empezar.

El cuerpo de Kara estalló bajó el peso de él.

Kara gritó su nombre.

Ambos se encontraron sumidos en el abismo.

Transcurrieron horas durante las cuales sus cuerpos se estremecieron repetidamente. A Kara le dolían todos los músculos; sin embargo, no parecía lograr saciar su deseo. Cooper la había poseído de todas las maneras posibles.

Y ahora, en los albores del amanecer, rodeada por los brazos de Cooper, se rindió al sueño, y soñó. Y fue un sueño compartido:

Cooper la tenía agarrada de la mano, y sus cálidos dedos se cerraban sobre los suyos. Estaban en el cuarto de estar de aquella antigua casa victoriana... aunque decorada como antaño.

Había un piano en un rincón de la estancia, encima del piano había un mantón, y varias fotografías enmarcadas lo decoraban. Encima de un sillón había un gato blanco y negro, y una mujer estaba delante del ventanal.

La mujer miraba en dirección a la carretera, como si estuviera esperando a alguien. Se cubría la boca con una mano mientras se rodeaba la cintura con la otra como si la postura le ofreciera un consuelo que no lograba encontrar.

Su pena se sentía en toda la estancia, y las lágrimas brillaban en sus mejillas a la luz del sol. Estaba vigilando, esperaba el regreso de su amante. Iba de ventana en ventana, llena de esperanza y temor simultáneamente.

Kara se hizo eco de la profunda tristeza de la mujer. Incluso la casa entera parecía latir de agonía. El tiempo parecía haberse detenido. Durante décadas, la mujer se había visto atrapada en su propio dolor y desesperación, que no parecían tener fin.

Kara miró a Cooper y, brevemente, vio compasión en sus ojos; pero, al instante, Cooper se cerró en sí mismo, dejándola fuera.

Y en el sueño, Kara se abrazó a Cooper, temerosa de

que se alejara de ella para siempre y la dejara, como le ocurría a aquella mujer que lloraba, esperando a un amor imposible.

Cooper fue el primero en despertarse, sorprendido de que el sueño se hubiera evaporado. Kara estaba acurrucada contra él, con una mano en su pecho. Le cubrió la mano con la suya y luego la apartó con desgana.

¿Cómo era posible que hubieran compartido un sueño?

¿Cómo se había apoderado la tristeza del fantasma de ellos simultáneamente? ¿Y cómo se había olvidado de la lección que aprendiera años atrás? El fantasma de aquella mujer que lo había perdido todo por amar, le recordó que el amor no era más que sufrimiento.

Miró a Kara y deseó que las cosas fueran diferentes, pero sabía que no podía ser así.

Como si hubiera sentido su mirada, Kara se despertó. Estirándose lánguidamente, abrió los ojos y le sonrió.

—¿Hemos...?

—¿Soñado? —preguntó él, interrumpiéndole—. Sí, debemos de haberlo hecho.

—Pero... ¿cómo?

—No lo sé —respondió Cooper al tiempo que se levantaba de la cama e iba a por los pantalones vaqueros.

Cooper necesitaba salir de aquella habitación. Si no dejaba de mirar a Kara, acabaría traicionándose a sí mismo. Se olvidaría de las lecciones del pasado y se perdería en los brazos de esa mujer que se había convertido en una persona sumamente importante para él. No podía dejar que ocurriera. El amor llevaba al desastre.

—Voy a bajar a preparar café.

—Cooper…

El sacudió la cabeza y se atrevió a lanzarle una breve mirada. Al instante, se dio cuenta de su error. En los ojos de Kara vio amor y, de repente, se sintió aterrorizado.

Cooper se dirigió hacia la puerta. Antes de salir, dijo:

—Te subiré café y, si quieres, unos huevos. Creo que ya estás lo suficientemente bien para comer algo sólido.

—Está bien —respondió ella con voz incierta—. Cooper… tenemos que hablar de…

Cooper sacudió la cabeza y cruzó el umbral de la puerta.

—No hay nada de que hablar, Kara. El sueño ha llegado a su fin. Es hora de despertar.

Capítulo Diez

Dos días más tarde, Cooper y Kara aún se encontraban incómodos el uno con el otro. Cooper había vuelto a encerrarse en sí mismo, a su estado normal, pensó ella.

Cooper era, una vez más, el jefe al que conocía tan bien: distraído, absorto en sus propios pensamientos y, durante la mayor parte del tiempo, encerrado en la oficina que había montado en su habitación. Ella oía sus dedos en el teclado del ordenador, pero prácticamente no le veía en todo el día.

Aún cenaban juntos en la cocina, pero sus conversaciones eran superficiales. No bromeaban. No mencionaron en ningún momento su noche de amor.

–Vaya, pareces muy pensativa.

Kara alzó el rostro y vio a Maggie aproximándose. Le sonrió.

–Sí, así es –admitió Kara antes de desviar la mirada hacia Cooper, que estaba al otro lado del jardín de la casa de su abuelo en compañía de Jeremiah y Sam.

Maggie se sentó en una silla al lado de la de Kara y estiró sus largas y bronceadas piernas.

–Qué bien se está a la sombra. Yo diría que, debajo del árbol, hace unos diez grados menos que al sol.

–Mmmmm –respondió Kara sin prestarle mucha atención.

–Todavía no le has dicho que estás enamorada de él, ¿verdad?

Kara miró a Maggie y sacudió la cabeza.

–No. No serviría de nada. Te aseguro que a él no le gustaría que se lo dijera.

–De todos modos, quizá necesite que se lo digas –insistió Maggie.

A Kara le habría gustado poder creer las palabras de Maggie, pero ésta no conocía a Cooper tan bien como ella.

–Sam era igual que Cooper –continuó Maggie, lanzando una mirada en dirección a los tres hombres.

Sam y su abuelo estaban riéndose por algo; Cooper, por el contrario, parecía al margen.

–¿Qué quieres decir? –preguntó Kara más por educación que por interés.

–Creo que lo que le pasó a Mac les afectó mucho a los tres primos –contestó Maggie–. Sam lo pasó muy mal, estoy segura de que a Cooper y a Jake les ha pasado lo mismo. Al fin y al cabo, eran unos niños. Que tu primo se muera así... delante de tus ojos... Debió de ser terrible para ellos.

A Kara le dio un vuelco el corazón.

Maggie captó su expresión, y la interpretó correctamente.

—Lo siento. De haber sabido que no lo sabías, no habría dicho nada.

—No es culpa tuya —dijo Kara, luchando contra una creciente angustia y desilusión.

—Qué idiota soy.

—Cuéntame qué pasó —le instó Kara.

—No sé si…

—Maggie, necesito saberlo.

Maggie suspiró, miró a los dos primos con su abuelo y luego, de nuevo, a Kara.

—Sí, supongo que sí.

Mientras Maggie hablaba, Kara se sintió cada vez más deprimida. Los ojos se le llenaron de lágrimas al pensar en el efecto que aquella tragedia tuvo que tener en Cooper.

Y, por fin, Kara admitió la terrible realidad…

Cooper jamás se permitiría a sí mismo amarla.

—¿En qué estás pensando? —le preguntó Sam, agitando una mano delante de sus ojos.

—¿Qué? —Cooper lanzó una irritada mirada a su primo.

Por supuesto, había estado pensando en Kara y en la imposibilidad de considerar un futuro juntos. Demasiado dolor.

—Jeremiah y yo estábamos hablando de remodelar el cuarto de coser de la abuela y convertirlo en la habitación del niño —contestó Sam, como si ya lo hubiera dicho varias veces—. Te he preguntado qué opinas tú.

—Opino que no es asunto mío —respondió Cooper, apartando los ojos de su abuelo, que sacudía la cabeza con gesto de desaprobación.

—Vaya, eres una gran ayuda —murmuró Sam—. ¿Qué demonios te pasa? Si es que puede saberse.

—No me pasa nada —Cooper, disgustado consigo mismo por no saber disimular sus emociones, se volvió con intención de dirigirse a la casa—. Voy a por una cerveza. ¿Alguien quiere?

—Sí —contestó Sam.

—Yo no —dijo Jeremiah, alzando su botella de cerveza aún medio llena.

—Bien —dijo Cooper, que inmediatamente se dirigió hacia la casa.

Necesitaba un poco de soledad, de tranquilidad.

En el momento en que puso el pie en el primer peldaño de la entrada, el ruido del motor de una motocicleta le hizo detenerse, olvidándose momentáneamente de la cerveza.

Tenía que ser Jake, su otro primo.

Sheba, el cachorro que se consideraba a sí misma un Gran Danés, empezó a ladrar con intención de alertar a todo el mundo. Luego, el cachorro corrió hasta Jeremiah y se acurrucó contra sus piernas cuando una enorme motocicleta entró por el camino.

Sam y Jeremiah fueron apresuradamente hacia la moto y su conductor, dejando a Cooper atrás. Jake apagó el motor, se bajó de la moto y le ofreció una mano a su primo Sam. Jake llevaba sus largos cabellos recogidos en una cola de caballo. Iba vestido con una camiseta blanca, pantalones vaqueros negros y botas altas. Un tatuaje del Cuerpo de Marines de Estados Unidos adornaba uno de sus bíceps, y una barba de dos días ensombrecía su mandíbula. Se quitó las gafas de sol y sonrió a Sam.

–Eh, tío, me alegro de verte.

–Y yo a ti. Bonita moto.

–Funciona –dijo Jake, encogiéndose de hombros; luego, se volvió sonriendo a su abuelo–. ¿Qué hay, Jeremiah? Tienes menos cara de muerto de lo que pensaba.

–Me alegro de que hayas vuelto a casa, hijo –dijo Jeremiah, abrazando a su nieto.

Mientras Maggie y Kara se acercaban al grupo, Jake miró a Cooper.

–Vaya, aquí tenemos al escritor de fama mundial. He leído la última novela y la he encontrado aterradora.

Cooper sonrió y se acercó a su primo.

–Gracias –respondió Cooper, ofreciéndole la mano–. Me alegro de verte, Jake.

Los primos Lonergan volvían a reunirse.

¿Acaso era él el único que sentía la ausencia de Mac con semejante intensidad?

—Y yo de verte a ti —los oscuros ojos de Jake se iluminaron al ver a las dos mujeres—. ¿Y estas dos bellezas?

—Eh, tranquilo —dijo Sam a su primo riendo antes de agarrar a Maggie y darle un abrazo—. Ésta es mía.

—En ese caso... A menos que... —Jake guiñó un ojo a Kara y luego miró a Cooper con expresión interrogante.

Cooper deseó poderle decir a su primo que se contuviese. Deseó poder rodear la cintura de Kara con un brazo y anunciar que era suya. Pero no podía hacerlo.

Cooper se limitó a encogerse de hombros, y dijo:

—Jake, ésta es Kara, mi... ayudante.

Kara, educadamente, le ofreció la mano a Jake.

—Encantada de conocerte. Cooper no me ha hablado nunca de ti.

Jake le agarró la mano y se la puso en el brazo.

—No te preocupes, me encargaré de ese asunto —le dijo Jake, volviendo a guiñarle el ojo—. Tan pronto como haya comido algo, te llevaré a dar un paseo en la moto.

—Sí, hazlo —dijo Jeremiah con entusiasmo—. Tenemos filetes en la nevera. Sam, enciende la parrilla. Y vosotras, Maggie y Kara, ¿por qué no hacéis unas patatas para acompañar?

–Claro, ahora mismo –dijo Maggie, apartándose de Sam. Luego, le dio un rápido beso y miró a Kara–. ¿Me ayudas?

–Naturalmente –respondió Kara, zafándose del brazo de Jake.

Kara tenía ganas de llorar, pero no iba a hacerlo.

Se había hecho daño a sí misma, y lo sabía. Se había permitido soñar con Cooper y esperar que sus sueños se convirtieran en realidad.

Pero la verdad era que Cooper no la quería. Una noche de amor, por fabulosa que hubiera sido, no era base para una relación. Y ella quería una relación, no se conformaba con menos.

Ahora, después de charlar con Maggie y de pasar la tarde viendo a Cooper evitando entrar en la conversación cuando se rememoraba algo del pasado, reconoció que no había esperanza. No sólo Cooper se había alejado de ella, también se había distanciado de su familia.

–¿Qué estás haciendo?

La voz de Cooper, a sus espaldas, la sobresaltó. No se volvió para mirarle, sino que agarró la blusa amarilla de la cama, la dobló y la metió en la maleta que estaba preparando.

–Me marcho.

–¿Qué? –Cooper se adentró en la habitación

y se quedó mirando la maleta–. ¿Ahora mismo?

–Sí, ahora mismo –Kara tragó saliva e hizo un ímprobo esfuerzo por contener las lágrimas. No estaba dispuesta a llorar delante de él. No iba a permitir que Cooper viera que tenía el corazón destrozado.

–¿Y ni siquiera ibas a decírmelo?

Kara le lanzó una rápida mirada. Cooper estaba tenso.

–Claro que iba a decírtelo, Cooper –Kara agarró una falda vaquera y la metió en la maleta–. De todos modos, ya te dije que me iba, y te he dado dos semanas para que te buscases otra ayudante, ¿o no te acuerdas?

–Sí, pero… No creía que hablaras en serio.

–Pues ahora ya lo sabes.

–Maldita sea, Kara. Dime, ¿cuál es el verdadero motivo de que te marches? Sé que no es por el trabajo, así que…

Kara lanzó un suspiro.

–Cooper, sabes perfectamente por qué me voy.

–Por nosotros –Cooper asintió–. Por lo de la otra noche y por el sueño compartido que tuvimos, y…

Kara negó con la cabeza, agarró la blusa que le quedaba y la dejó dentro de la maleta.

–No tiene nada que ver con el sueño y el fantasma, sino contigo y conmigo. Bueno, en realidad, me voy por mí.

–Kara… –la voz de Cooper pareció llena de pesar–. Kara, no puedo darte lo que quieres.

Pero eso ella ya lo sabía. Lo sentía en los huesos. Y le producía una indescriptible tristeza.

–Cooper, ¿por qué no me contaste lo de Mac?

Cooper dio un paso atrás y se la quedó mirando durante un minuto.

–¿Quién…? Ah, ya, Maggie.

–Sí, Maggie.

–No debería habértelo dicho.

–Tienes razón –respondió Kara en voz baja–. Deberías haberlo hecho tú.

Cooper sacudió la cabeza vehementemente.

–Fue hace mucho tiempo.

–No –contestó ella–. Para ti, es como si hubiera sido ayer.

Cooper respiró profundamente.

–No quiero hablar de este asunto.

–Eso también lo sé –dijo Kara, acercándosele. Entonces, le puso las manos en los hombros y sintió su rigidez–. No fue culpa tuya, Cooper. No fue culpa de nadie.

Cooper expulsó el aire que había estado conteniendo.

–Eso tú no lo sabes.

–Maggie me contó lo que ocurrió.

–Ella no estaba allí. Y tú tampoco.

–Eras un niño, Cooper.

Cooper se apartó de ella.

–Mac también lo era.

131

A pesar del rechazo, Kara sintió que tenía que seguir insistiendo, intentar ayudarle… una última vez.

–No podías hacer nada. Maggie me dijo que Mac se rompió la nuca al saltar al lago.

Cooper parpadeó como si acabaran de golpearle. Luego, asintió.

–Sí, se rompió la nuca. Quería ganar a Jake en la distancia del salto, pero también debía permanecer sumergido en el agua más tiempo que él.

Kara intentó acercársele, pero Cooper negó con la cabeza.

–Querías saberlo todo, ¿verdad? Bien, pues voy a contarte algo que Maggie no ha podido decirte –declaró Cooper con voz tensa–. Sam quería tirarse al agua a por Mac, estaba preocupado. Jake estaba enfadado porque iba a perder, pero yo estaba contento. Estaba encantado con que Mac pudiera aguantar tanto tiempo sumergido, con que fuera a ganar a Jake por fin. Convencí a Sam de que esperase un poco más. De no haberlo hecho… En fin, nunca se sabrá lo que hubiera ocurrido. Quizá le hubiéramos salvado. Si yo hubiera hecho caso a Sam, y hubiéramos saltado al agua a por Mac, mi primo quizá siguiera vivo. Así que no me digas que lo comprendes porque no puedes comprenderlo.

–No –dijo Kara en tono débil–. No puedo saber lo que sientes. Lo que sí sé es que a Mac no le hubiera gustado verte torturándote a ti mismo durante el resto de la vida por algo que tú no puedes cambiar.

—Le quería como a un hermano. Y Mac murió mientras nosotros estábamos ahí fuera como imbéciles.

—No sabíais lo que había pasado.

—Deberíamos habernos dado cuenta de que algo pasaba —contestó Cooper rápidamente—. Pero no fue así, y no consigo olvidarme de ello. No voy a volver a querer a nadie, Kara. No voy a correr ese riesgo.

—Lo siento —dijo ella sin poder evitar que una lágrima escapara de sus ojos—. Lo siento por Mac y lo siento por ti. Y lo siento por nosotros dos.

Entonces, Kara, volviéndose, se acercó de nuevo a la cama y cerró la maleta. Después, agarró su bolso, se lo colgó del hombro y lanzó una última mirada a Cooper.

—Me voy a casa de tu abuelo. Maggie me ha dicho que puedo quedarme en la casa de huéspedes hasta mañana, que es cuando sale mi avión.

—No es necesario que vayas allí a dormir.

—Sí. Para mí sí es necesario —respondió ella antes de acercarse a la puerta—. Que seas feliz, Cooper.

Capítulo Once

Cooper seguía en el mismo sitio en el que estaba cuando ella le había dejado, atónito. No podía creer que Kara se hubiera marchado.

–Maldita sea –susurró en la vacía habitación, sintiéndose más solo que nunca–. Te amaría si pudiera, Kara.

Al instante, un gélido frío entró en la estancia. Un potente viento sopló, empujándole hacia la puerta, hasta hacerle agarrarse al pomo para sujetarse.

Miró a su alrededor con incredulidad. Un gemido se alzó sobre el rugir del viento. Los cuadros se despegaron de las paredes y empezaron a revolotear. La luz de la lámpara del techo se apagaba y se encendía intermitentemente. El espejo de la cómoda se rompió, y sus trozos acabaron en el suelo.

Cooper soltó el pomo de la puerta y se abrazó a sí mismo con gesto protector, decidido a enfrentarse a la furia del fantasma.

–¡Para! –gritó Cooper–. ¡Yo no te debo nada, y lo sabes!

Pero los agonizantes sollozos no cesaron.

—¡Ella se ha marchado, y yo no puedo hacer nada!

Más sollozos y más frenesí.

—No quiero que los fantasmas me den órdenes —gritó él.

¿Era eso cierto?, se preguntó Cooper a sí mismo. ¿Era verdad que no obedecía órdenes de fantasmas?

¿Acaso no era el fantasma de Mac quien le dictaba su comportamiento? ¿O, al menos, el recuerdo de lo que ocurrió años atrás? Se sintió sumamente confuso. ¿Tan diferente era él del fantasma atrapado en aquella casa?

Al igual que él, ¿aquella mujer no lo había abandonado todo por entregarse a su dolor? ¿No se había pasado la vida encerrada en su tristeza? Incluso después de muerta, el espíritu de esa mujer estaba decidido a rechazar al espíritu del hombre que estaba intentando encontrarse con ella.

El fantasma de la mujer estaba tan atrapado en su propia miseria, que no era capaz de salir de allí. Ni en el pasado ni ahora.

De repente, Cooper vio un futuro desolador para sí, un futuro que le heló hasta los huesos.

—No —murmuró él.

Él no estaba atrapado, su situación era diferente.

Súbitamente, el viento cesó y el frío se retiró.

Cooper se sintió como un superviviente tras una batalla.

Trató de poner en orden sus pensamientos... antes de que fuera demasiado tarde.

Una hora después de irse a la cama, cuando un vehículo se detuvo delante de la casa de Jeremiah, Kara presintió que era Cooper. Estaba despierta, mirando al techo, pero se negó a levantarse para asomarse a la ventana. Se negó a verle otra vez; consciente de que, si lo hacía, su determinación se tambalearía.

Y eso no podía permitirlo.

No podía pasar el resto de la vida esperando a que Cooper reflexionara y se diera cuenta de que tenía derecho a la vida. Al amor.

Se cubrió con el edredón hasta la garganta y cayó en un profundo e inquieto sueño.

Cooper golpeó la puerta posterior de la casa de su abuelo. Lanzó una mirada al otro lado del jardín, a la casa de huéspedes, y tuvo que controlar el impulso de ir allí y pedirle a Kara que le dejara entrar.

Se sentía desesperado.

Cuando la puerta se abrió, apareció su primo Sam.

–¿Te has vuelto loco? –Sam echaba chispas por los ojos–. ¿Para qué demonios me despiertas?

–Necesito hablar contigo –Cooper ignoró el mal humor de su primo y entró en la cocina.

Sam le comprendería porque había pasado por el mismo infierno que él. No obstante, Sam había conseguido superar la terrible realidad de aquel día quince años atrás. Sam había hecho las paces con Mac, y él necesitaba que su primo le dijera cómo lo había hecho.

La puerta se cerró, y Cooper miró a Sam. Sólo llevaba los pantalones de un pijama.

–¿Qué demonios te pasa, Cooper?

–Nada –murmuró Cooper, pero se corrigió al instante–. Bueno, en realidad, me pasa de todo.

–Eso no es suficiente, vas a tener que decirme algo más –Sam se acercó al frigorífico, sacó una jarra con zumo de naranja, se acercó a un armario, sacó dos vasos y los llenó–. Y habla bajo, Maggie ha estado vomitando y necesita descansar.

–Lo siento –Cooper agarró con las dos manos el vaso que su primo le ofreció–. Tenía que verte.

–Está bien –dijo Sam, notando la desesperación de su primo. Entonces, se sentó a la mesa–. Bueno, aquí estoy, habla.

Pero Cooper ignoró la silla. No podía sentarse y quedarse quieto.

–¿Cómo lo haces?

–¿El qué?

–¿Cómo has superado lo de Mac? –preguntó Cooper con los ojos fijos en Sam–. Te conozco, Sam. Has pasado casi quince años tan mal como yo, evitando a la familia y evitándonos a Jake y a mí.

Sam se quedó mirando su vaso de zumo.

–Sí, es verdad.

–En ese caso, ¿qué es lo que te ha hecho cambiar?

Sam alzó el rostro y encogió los hombros.

–Conocí a Maggie.

–¿Y así sólo lo conseguiste? ¿Así de fácil?

–No, claro que no –Sam se recostó en el respaldo de la silla–. Al principio, no quería amarla ni quería quedarme aquí. Pero luego… Maldita sea, Cooper, estaba harto de huir de Mac.

–¿Es eso lo que estamos haciendo? –preguntó Cooper, pensativo–. ¿No estaremos huyendo de lo que no hicimos aquel día?

–Supongo que son las dos cosas –respondió Sam–. Siéntate, Cooper.

Despacio, Cooper se sentó con los ojos clavados en su primo. Después, dijo en voz baja:

–Kara se marcha.

–Ya lo sé.

–Sí, claro que lo sabes –Cooper lanzó una tensa carcajada–, Kara está aquí.

–¿Vas a dejar que se vaya?

–No puedo impedírselo.

–Eres idiota.

–Gracias, haces que me sienta mucho mejor.

Inclinándose hacia delante, Sam puso los brazos encima de la mesa, sacudió la cabeza y dijo:

–Pues no deberías sentirte mejor. Kara se va a marchar, y tú no vas a hacer nada, ¿verdad? En ese caso, deberías sentirte fatal.

–Me siento fatal –reconoció Cooper–. Pero... ¿cómo podría quererla? ¿Cómo voy a querer a nadie después de lo de Mac?

–¿Qué tiene Mac que ver con eso?

–Vaya, me hace gracia que seas tú quien diga eso.

–Está bien, de acuerdo, lo entiendo. Pero yo ya lo he superado –dijo Sam–. Estuve a punto de perder a Maggie y al hijo que engendramos juntos. ¿En serio crees que Mac habría querido eso? ¿Crees que Mac quiere que suframos durante el resto de nuestras vidas?

–No, no lo creo –respondió Cooper a pesar suyo.

Mac había amado la vida, había aprovechado cada segundo de su corta existencia. No soportaría que sus primos renunciaran a sus vidas por él.

–Pero... ¿cómo te sobrepones al miedo? –preguntó Cooper–. ¿Cómo puedes amar a una persona sin estar aterrorizado por la posibilidad de perderla?

–El miedo siempre está ahí –contestó Sam quedamente–. La verdad es que no puedo imaginar perder a Maggie, no soporto pensarlo.

–No es un gran consuelo.

–Pero el amor está ahí –le dijo Sam–. Sin ese amor, lo único que tienes es miedo. Es una manera muy triste de vivir, Cooper.

–Sí.

–Por eso, si has venido aquí en busca de un consejo, lo único que puedo decirte es que hagas las paces con Mac –Sam se levantó y le miró–. Libérate del pasado y contempla el futuro.

–No sé si podré hacerlo.

–Si no puedes… –Sam se interrumpió momentáneamente–. Si estás dispuesto a perder a Kara porque te asusta demasiado amarla…

–¿Sí?

–En ese caso, no la mereces.

Sam agarró su vaso de zumo, lo vació de un trago y lo dejó en el fregadero.

–Apaga la luz cuando te marches.

Cooper conocía muy bien el camino del lago. Lo habría encontrado con los ojos vendados. Fue despacio, casi arrastrando los pies. Sabía que tenía que ir allí y enfrentarse a lo que ocurrió años atrás.

Pero tenía miedo.

Habían transcurrido quince años, pero el lugar no había cambiado mucho. Lentamente, subió al montículo y el corazón empezó a latirle con fuerza.

No había querido volver allí. No había creído ser capaz de hacerlo.

Sin embargo, cuando se encontró en la cima del montículo y clavó los ojos en las oscuras aguas, le pareció que el tiempo se había desvanecido. De nuevo tenía dieciséis años, estaba con sus primos y se sentía feliz. Oyó los juramentos de Jake porque Mac había dado un salto mayor que él. Oyó la risa de Sam mientras pulsaba el cronómetro para medir el tiempo que Mac conseguía permanecer debajo del agua. Y se oyó a sí mismo decir: «Espera unos segundos más, Sam. Mac está deseando ganar a Jake, y yo también quiero que le gane. Mac está bien, no te preocupes tanto».

Cooper parpadeó, saliendo de su ensimismamiento. Miró al lugar donde Mac se había tirado y donde luego le habían encontrado… ya muerto.

Habían intentado hacerle la respiración artificial. Pero era ya demasiado tarde.

Y aquel día, no sólo perdieron a Mac, también perdieron su inocencia y la sensación de ser invencibles.

—¿Mac? —susurró Cooper en voz baja—. ¿Estás ahí, Mac?

El viento le revolvió el cabello y, en su mente, oyó una risa. La risa de Mac. Se volvió como si esperase ver a un chico alto y delgado.

La desilusión que sintió al encontrarse solo fue sobrecogedora.

Pensó en la furia del fantasma atrapado en la

casa victoriana y se preguntó si el espíritu de Mac no estaría atrapado en el lago. ¿Estaría ahí, esperando a que sus primos volvieran para...? ¿Para qué?

–¿Qué estás esperando? ¿Quieres oírnos decir que lo sentimos? –preguntó Cooper al viento–. ¿De qué te serviría?

El horizonte empezaba a iluminarse en dirección Este, anunciando un nuevo amanecer. Debían de haber transcurrido horas desde que se marchó de la casa de su abuelo.

Cooper apartó los ojos del agua y miró hacia el cielo.

–Lo sentimos mucho, Mac. Moriste demasiado joven y te echamos de menos. Todos te echamos de menos.

Cooper sacudió la cabeza, y admitió:

–Dios mío, he pensado en ese día miles de veces. Lo recuerdo una y otra vez. Y, en mis sueños, imagino que te salvo.

A Cooper se le quebró la voz. Volvió la mirada al lago, al lugar donde su primo falleció.

–Mac, quiero que sepas que, cada vez que pienso en ese día, imagino que te salvamos –se pasó una mano por el rostro–. Por supuesto, no lo hicimos cuando debiéramos haberlo hecho. Dios mío, cómo me gustaría poder cambiar las cosas. Cómo me gustaría que volvieras, hablar contigo. Te echo mucho de menos.

De repente, arreció el viento y le golpeó el rostro. Cooper sonrió, a pesar de la profunda tristeza que sentía. ¿Era Mac quien, con el viento, le estaba diciendo que dejara de martirizarse con el pasado?

¿O era una fantasía suya?

Lo cierto era que esperaba que Mac lo estuviera pasando de maravilla, se encontrara donde se encontrase. Pero ¿podía ser realmente feliz sabiendo que esos seres queridos a los que había dejado atrás estaban aún atrapados en la tragedia del pasado?

Cooper nunca había sentido un dolor tan grande como el que sintió aquel día quince años atrás. Porque, intencionadamente, había evitado el dolor. No permitirse a sí mismo amar le protegía contra el sufrimiento, pero también le evitaba sentirse realmente feliz. Así se sentía más seguro, pero también muy solo. Por irónico que pareciera, Mac había vivido más en dieciséis años que él en treinta y uno.

Se había sentido culpable por estar vivo cuando Mac estaba muerto. Y quizá, si parte del espíritu de Mac aún permanecía en ese lugar, quizá fuera porque ninguno de sus primos le había dejado partir y ser libre.

Eso sería terrible.

Los tres primos que quedaban habían sufrido cada uno a su manera, pero todos habían hecho algo en común, y ese algo era mantenerse alejados de aquel lugar.

Se habían mantenido alejados del recuerdo de Mac.

No obstante, no podían asociar a Mac sólo con aquel día. Pero en vez de recordar otras cosas, los otros tres primos se habían empeñado en recordar la tragedia.

Qué desperdicio.

Qué forma tan triste de recordar a un chico al que todos habían querido.

De repente, emocionalmente agotado, Cooper se sentó en la hierba, pegándose las piernas al cuerpo y abrazándoselas. Y, de repente, Cooper sintió que el hielo de su corazón se resquebrajaba y se derretía.

Se tumbó, cerró los ojos y se relajó. La pena que llevaba consigo tantos años se disipó, dejándole sólo con el recuerdo de los buenos tiempos.

El recuerdo de veranos maravillosos.

El recuerdo de un chico que había muerto muy joven, pero que había vivido al máximo durante sus cortos dieciséis años.

Y, mentalmente, Cooper volvió a ver a Mac. Joven y sonriente. Corriendo y saltando al lago… feliz.

Cooper sonrió, y susurró:

–Gracias, Mac.

Capítulo Doce

Cooper se despertó sobresaltado.

El sol le daba en los ojos. Se sintió confuso unos momentos. ¿Dónde estaba y cómo…?

El lago. Se incorporó y miró a las oscuras aguas. Se frotó los ojos y se levantó. No era el sitio más cómodo para pasar la noche; sin embargo, había sido la noche que mejor había dormido en quince años.

Por fin había echo las paces con Mac.

Sintió tristeza, pero era una tristeza dulce producida por echar de menos a una persona. No era una tristeza acompañada de culpa y sufrimiento.

–Kara tenía razón –dijo él en voz alta, y se miró el reloj.

Kara.

Iba a marcharse, y él tenía que impedírselo. Tenía que convencerla de que no era una causa perdida, de que podían contemplar el futuro juntos.

Entonces, como si Mac estuviera a su lado, oyó la voz de su primo decir: «¿A qué estás esperando? Ve a buscarla».

Sonriendo, Cooper se volvió y echó a correr…
en busca de Kara.

–Gracias por haberme traído –dijo Kara, sacando del asiento trasero del coche su maleta.

–De nada –respondió Maggie, cerrando la portezuela–. ¿Estás segura de que ésta es una buena idea? Vas a esperar en el aeropuerto un montón; tu avión no sale hasta dentro de varias horas.

Kara respiró profundamente y miró en dirección a los mostradores de facturación. Luego, volvió los ojos a Maggie. Vio comprensión en los ojos de la otra mujer; pero sabía que, si pasaba el día en el rancho, sería el objeto de la simpatía y compasión de toda la familia, y no quería.

Además, cabía la posibilidad de que Cooper fuera al rancho de su abuelo, y no podía enfrentarse a él. No, era mejor pasar parte del día en el aeropuerto a correr el riesgo de volver a ver a Cooper.

–No te preocupes por mí, tengo un libro y un montón de revistas –respondió Kara.

Maggie asintió como si la comprendiera perfectamente.

–De acuerdo. En ese caso, si no te importa, cuando vuelva al rancho, creo que voy a darle a Cooper un puntapié en el trasero.

Inesperadamente, los ojos de Kara se llenaron de lágrimas.

—Gracias —instintivamente, Kara abrazó a la otra mujer.

Después, antes de cambiar de idea, agarró su maleta y se adentró en la terminal del aeropuerto.

—¡Kara! —Cooper golpeó la puerta de la casa de huéspedes— ¡Kara, maldita sea, abre la puerta, tengo que hablar contigo!

Nada.

—¿Qué estás haciendo? —gritó Sam desde el otro lado del jardín.

Cooper se volvió rápidamente.

—Estoy buscando a Kara. ¿Dónde está?

Sam se apoyó en uno de los postes del porche de la casa principal y se llevó la taza de café que tenía en las manos a la boca.

—Cooper, Kara vino aquí para no estar contigo.

Cooper echó a andar hacia la casa principal y, al llegar, se detuvo delante de los escalones.

—No te metas en esto, Sam.

—¿Que no me meta? —Sam hizo una mueca de burla—. Si no recuerdo mal, me metiste tú en esto anoche, ¿o se te ha olvidado?

—Sí, lo sé —admitió Cooper—. Pero la situación ha cambiado… ¿Dónde está Kara?

—Se ha marchado.

—¿Se ha marchado? —repitió Cooper con un súbito ataque de pánico—. ¿Adónde?

—¿A qué vienen tantos gritos? ¿Qué pasa? —quiso saber Jeremiah al salir al porche–. Ah, Cooper, eres tú.

–Sí, soy yo.

–Vaya, ¿es que ni siquiera en el campo se puede dormir a gusto? –preguntó Jake, que acababa de salir también al porche–. Hay estaciones de ferrocarril en las que se duerme mejor que aquí.

–Estupendo –dijo Cooper con exasperación–. Escuchadme todos, ¿dónde está Kara?

–¿Por qué íbamos a decírtelo? –preguntó Sam.

Jake le quitó a Sam la taza de café y le dio un buen trago.

–Eh, sírvete tú una.

Jake le ignoró.

–Vamos, Sam, dile dónde está.

–¡Vamos, Sam, dímelo! –insistió Cooper–. Por favor.

Sam se lo quedó mirando unos segundos. Por fin, después de quitarle a Jake su propia taza de café, asintió.

–Maggie la ha llevado al aeropuerto. Creo que quería marcharse pronto para evitar la posibilidad de verte.

Cooper parpadeó. Qué idiota había sido. ¿Sería demasiado tarde?

–Gracias –Cooper se dirigió a la furgoneta de Jeremiah–. Traeré la furgoneta más tarde.

–Eh, chico, espera un momento –gritó Jeremiah–. Tengo que deciros algo importante a los tres y…

Pero él quería que le dejara terminar.

–No, escucha. No voy a renunciar a ti, Kara. Si tomas ese avión, te seguiré. Voy a ir detrás de ti adonde quiera que vayas. Voy a pasarme el resto de la vida demostrándote lo mucho que te quiero. Dame una oportunidad.

A Kara el corazón quería salírsele del pecho, casi no podía respirar. Aquello era más de lo que se había atrevido a soñar. Quería creerle. Miró a los ojos de Cooper y vio en ellos la verdad de sus palabras. Pero ella necesitaba más.

Kara sólo se conformaría si se lo daba todo.

–Yo también te amo, Cooper –declaró Kara.

–Gracias a Dios –murmuró él, lanzando un suspiro de alivio.

–Pero…

–¿Hay algún pero?

Ella le sonrió.

–No me voy a conformar con ser tu ayudante o tu amante. Lo quiero todo, Cooper. Quiero matrimonio, niños, familia…

Cooper le dedicó una sonrisa que casi la hizo caerse al suelo.

–Por supuesto que vamos a casarnos. ¡Y tendremos docenas de niños!

–¿Docenas?

–Bueno, eso es negociable. Y dejarás de ser mi ayudante. Contrataremos a alguien.

Kara sacudió la cabeza y se inclinó hacia él en busca de un beso.

–Nadie, excepto yo, va a ser tu ayudante.

Cooper suspiró y la estrechó contra sí.

–Buena idea –después de un rápido abrazo, Cooper se apartó ligeramente de ella–. Vamos, volvamos a la casa. Hemos perdido demasiado tiempo.

–Me parece un buen plan –contestó ella.

Tuvieron que tomar un taxi, ya que la grúa se había llevado la furgoneta de Jeremiah. Pero Cooper prometió recuperarla… más tarde.

Cooper subió los escalones del porche con Kara en brazos; pero antes de poder abrir la puerta, ésta se abrió. Cautelosamente, Cooper se adentró en el vestíbulo y, una vez allí, se detuvo en seco.

La vieja casa victoriana brillaba con una luz dorada y sumamente hermosa.

–¿Qué ha pasado? –susurró Cooper.

–Ssss –Kara sonrió–. Escucha.

Cooper contuvo la respiración y esperó. Luego, oyó el mismo sonido musical que Kara había oído.

Una joven pareja reía de felicidad.

Por fin juntos.

Epílogo

Habían rescatado la furgoneta, la maleta que Kara había facturado iba a ser devuelta de Nueva York lo antes posible, y ella y Cooper ya habían hecho un esfuerzo por engendrar al primer niño.

Después de la cena en casa de Jeremiah, la familia estaba sentada alrededor de la mesa de la cocina en espera a que el abuelo les diera la noticia para la que les había congregado allí a todos.

Por fin, Jeremiah se puso en pie y miró a sus nietos uno por uno.

—No puedo expresar con palabras lo que significa para mí teneros a todos juntos aquí otra vez —luego, sonrió a Kara y a Maggie—. Y me hace muy feliz que vosotras dos ahora forméis también parte de la familia.

Kara tomó la mano de Cooper en la suya y entrelazó los dedos con los de él.

—Pero, además de querer teneros conmigo a todos, hay otra razón por la que quería que volvierais este verano —dijo Jeremiah.

–No vas a volver a lo de que estás moribundo, ¿verdad? –preguntó Jake.

–No –Jeremiah se sonrojó momentáneamente y, a la luz de las lámparas, sus ojos brillaron–. Lo que os voy a decir es la pura verdad. Quería esperar a que los tres estuvierais juntos para decirlo.

–Venga, Jeremiah –dijo Sam, colocando un brazo sobre los hombros de Maggie–. Suéltalo ya.

–Bien. Donna Barrett ha vuelto al pueblo.

–Eso ya lo sabía –dijo Cooper–. La vi en la tienda de ultramarinos el otro día. Además, fui yo quien os lo dijo. Así que, si es eso sólo, Jeremiah, llegas tarde.

Su abuelo le bufó.

–No es eso sólo. Donna no ha venido sola al pueblo. Donna tiene un hijo… es el hijo de Mac.

Secretos de verano

Ahora y siempre
Maureen Child

Ahora y siempre

Maureen Child

HARLEQUIN

Capítulo Uno

Jake Lonergan no estaba acostumbrado a tener tanta gente alrededor. Durante quince años había sido un solitario, yendo de un sitio a otro, de una carrera de motociclismo a otra. Él no hacía amigos y no se mantenía en contacto con su familia.

Así la vida era más sencilla.

Y probablemente habría seguido así durante los próximos quince años si no se hubiera enterado de que su abuelo, Jeremiah Lonergan, estaba muriéndose. El anciano al que Jake tanto quería sólo había pedido una cosa: que sus tres nietos fueran a pasar un último verano al rancho.

Jake estaba en España cuando se enteró y había tardado tanto en ir a Coleville, California, que temió llegar cuando su abuelo estuviera muerto y enterrado. Temió perder la oportunidad de darle su último adiós.

Pero cuando llegó a Coleville descubrió que su abuelo no estaba muriéndose en absoluto. El viejo y sus primos, Sam y Cooper, lo habían engañado para que volviese al rancho que todos llevaban quince años evitando.

Jake terminó de repasar el motor de su motocicleta y estiró los brazos, mirando hacia la casa. Desde el antiguo establo podía oír el murmullo de risas y conversaciones...

Jake siguió mirando hacia allí, sintiéndose como un extraño. Era culpa suya, claro.

–No, no es culpa mía –murmuró, enfadado consigo mismo–. Es una *decisión*.

Estaba allí, ¿no? Había vuelto a aquel sitio que seguía apareciendo en sus sueños y había dado su palabra de quedarse todo el verano. Pero necesitaba tiempo. Y espacio. Necesitaba espacio. Para pensar, para decidir qué iba a hacer.

Sí, había salido de la casa, dándole la espalda a su familia, para trabajar un rato en su motocicleta, construida específicamente para él. Eso lo tranquilizaba, hacer pequeños ajustes, comprobar que todo estaba en perfecto orden... Siempre lo había tranquilizado. Podía olvidarse de todo mientras trabajaba en el motor de su moto; el resto del mundo desaparecía por completo.

Jake dejó la llave inglesa en la caja de herramientas y luego la guardó bajo el asiento. Era un alivio que su abuelo estuviera bien de salud. Y se había alegrado de volver a ver a Sam y Cooper. Pero estar de vuelta en Coleville era más duro de lo que había pensado.

4

Y había sido más duro aún media hora antes, cuando Jeremiah hizo el gran anuncio. Recordar sus palabras aún le helaba la sangre en las venas. Ese anuncio lo había llenado de remordimientos y de rabia. Sentimientos con los que ya estaba familiarizado.

Jake miró alrededor por última vez y empezó a moverse. Tenía que moverse. No podía permanecer quieto mientras su cerebro daba vueltas y vueltas. No podía concentrarse mientras los recuerdos lo llenaban todo, haciendo que le resultase difícil hasta respirar.

Sacudiendo la cabeza, Jake salió del establo, giró a la derecha y siguió caminando durante unos segundos. Luego se detuvo de golpe, como si no supiera dónde ir. La luz de la luna iluminaba el pequeño jardín y los acres de terreno que se extendían a un lado y otro de la casa.

No dejaba de recordar, una y otra vez, el anuncio que había hecho su abuelo:

–Donna Barrett ha vuelto al pueblo... y ha traído al hijo de Mac con ella.

Jake se dirigió a la cerca que separaba la casa de los pastos y la sujetó con ambas manos, como si necesitara tocar algo sólido para mantener el equilibrio.

–El hijo de Mac –murmuró, mirando las estrellas. La madera se clavaba en sus manos, pero agradecía esa sensación.

A su alrededor no había más que pastos, solitarios y silenciosos en aquel momento. A un kilómetro de allí podía ver el reflejo de algunas luces, los pocos vecinos de Jeremiah. Y en la distancia, oyó el ladrido de un perro.

Jake respiró profundamente para llevar el aire limpio de la noche a sus pulmones. Con el corazón acelerado, tragó saliva mientras miraba el rancho Lonergan. Conocía bien cada centímetro de aquel rancho. Había pasado todos los veranos de su niñez allí, correteando de un lado a otro con sus primos. Los cuatro chicos Lonergan metiéndose en líos, recordó. Hasta aquel último verano...

No podía creerlo. Quince años llevaba fuera de Coleville, California. Quince años alejado de aquel sitio, de sus primos, del abuelo al que tanto quería. Porque no había sido capaz de lidiar con el recuerdo de aquel último verano. Y descubrir que había algo más, algo que desconocía hasta aquel momento, era demasiado.

Lo quisiera o no, los recuerdos llegaron como un torrente, llenando su cabeza, sus sentidos, abrumándolo antes de que pudiese detenerlos. Jake miró la oscuridad que lo rodeaba pero lo que veía, en cambio, era el pasado.

***

Los días eran largos y el sol caía a plomo desde un cielo sin nubes. Los veranos duraban para siempre y durante esos meses no tenían más que una sola preocupación: quién ganaría el reto en el lago cada día.

Y a Jake ni siquiera le preocupaba eso. Él siempre ganaba. Le gustaba ganar, se le daba bien.

Aquella última mañana, estaban subidos al risco sobre el lago. La competición era muy sencilla: tirarse para ver quién llegaba más lejos y quedarse bajo el agua el mayor tiempo posible.

Hacían turnos, los cuatro chicos Lonergan, para tirarse al lago desde aquel risco. El concurso no era sólo para ver quién llegaba más lejos, sino para ver quién permanecía más tiempo bajo el agua, sin respirar.

Jake, con el agua resbalando por su pelo largo y rodando por su torso, guiñó los ojos para ver mejor, buscando burbujas en la superficie del lago. Enfadado, soltó una palabrota mientras esperaba que Mac terminase su turno. Había saltado tan lejos como él, de modo que ahora sólo tenía que aguantar bajo el agua unos segundos más.

Pero no lo haría. Ninguno de sus primos podía contener la respiración tanto tiempo como él.

Sam parecía preocupado. No dejaba de decir que debían tirarse por si le había pasado algo porque nunca había estado bajo el agua tanto rato.

—Espera unos segundos más —lo animó Cooper—. Quiere ganarle a Jake y yo también quiero que gane. No pasa nada, no te pongas histérico.

Jake se enfadó y empezó a soltar una ristra de palabrotas. No podía creer que Mac pudiese ganarle. Imposible.

—Vamos a darle treinta segundos más —aceptó Sam—. Si sigue así, esta vez te va a ganar.

Jake apretó la cerca con tanta fuerza que se clavó una astilla en la palma. El dolor hizo que volviese al presente. Mejor. No era un día que le gustase recordar.

Aunque, desgraciadamente, lo veía a menudo en sus sueños.

Había tantas emociones en su interior que ni siquiera podía identificarlas todas, pero sabía que lo estaban estrangulando. Se volvió entonces para ver las luces de la casa. Por la ventana de la cocina podía ver a su familia. Debería haberse quedado con ellos para hablar de la noticia del abuelo. Pero, ¿qué podía decir?

Todos sabían lo que debían hacer. No había nada que hablar. Nada que decidir.

Mac tenía un hijo.

Fin de la historia.

Mientras pensaba en ello, la puerta se abrió y sus primos Sam y Cooper salieron al porche. Sólo tardaron un segundo en verlo y dirigirse hacia él.

Jake soltó la cerca y se volvió para apoyarse

en ella. El corte de la astilla le escocía un poco, pero se cruzó de brazos mientras esperaba. Un soplo de viento levantó una nubecita de polvo a sus pies, moviéndolo alrededor, como jugando.

La nueva golden retriever de su abuelo, Sheba, se coló por la puerta entreabierta y bajó los escalones alegremente, corriendo tras Sam y Cooper. Cuando Sam se inclinó para acariciarla, la cachorrilla empezó a mover la cola, y con ella todo el cuerpo, hasta que su primo la levantó y se la colocó bajo el brazo.

Cuando se acercaban, Jake observó sus caras, el parecido entre los tres. Su abuela, la difunta esposa de Jeremiah, solía decir que tenían el corte de cara de los Lonergan y las mismas facciones. Y era cierto: pelo oscuro, ojos oscuros, mandíbulas cuadradas... y una cabeza muy dura.

Cómo los había echado de menos.

Sus primos eran como hermanos para él. Y los quince años que habían pasado desde la última vez que vio a Sam y a Cooper habían sido los más solitarios de su vida. Pero no estaba de humor para charlar. Ni siquiera con ellos.

–He salido para estar solo un rato –les dijo. Aunque sabía que no valdría de nada. Sus primos harían lo que quisieran, como siempre.

–Sí, ya –murmuró Sam, apartando la cara para evitar los besos de la cachorrilla–. Pues no estás solo, así que vete acostumbrando.

Jake estaba seguro de que no podría.

Solo estaba mejor.

Era más fácil.

—Tenemos que pensar qué vamos a hacer —dijo Cooper.

No le sorprendía nada que dijera eso. Cooper siempre había sido el estratega del grupo. Probablemente hacía un plan detallado antes de ponerse a escribir esas novelas de terror por las que se había hecho tan famoso. Las novelas de Coop llevaban años en la lista de best sellers y eran, seguramente, responsables de las pesadillas de todos los norteamericanos.

—¿Qué tenemos que pensar? —preguntó Jake, apartándose de la cerca para colocarse frente a sus primos con las piernas separadas, como preparado para la lucha—. Mac tenía un hijo. El crío es un Lonergan, es uno de nosotros.

—Tranquilo, hombre —sonrió Sam, dejando a la perrita en el suelo—. Lo único que digo es que no deberíamos ir corriendo para darle la bienvenida a la familia.

—¿Y por qué no? Se lo debemos a Mac.

—Oye, Jake, tú no eres el único que se siente mal, ¿sabes? Pero no vamos a obligar a Donna a que nos entregue al niño.

—¿Quién ha dicho nada de obligar? —protestó Jake—. Yo sólo digo que deberíamos ir a ver al chico para hablarle de Mac. Decirle lo que

10

significó para nosotros. ¿Qué hay de malo en eso?

—A lo mejor el chico ni siquiera sabe que es un Lonergan —replicó Cooper—. No sabemos lo que Donna le ha contado o lo que no quiere que sepa.

Jake miró a sus primos, atónito, conteniendo el aliento como si estuviera a punto de tirarse a las aguas frías del lago. Donna tenía que haberle dicho al chico quién era su padre. ¿O no? Entonces se pasó una mano por la cara.

—Muy bien. Iré a ver a Donna.

—Querrás decir que «iremos» a ver a Donna —le corrigió Sam antes de silbar a la perrilla, que iba corriendo hacia el establo.

—Quiero decir «yo». Solo —insistió Jake, mirando de un primo a otro—. Yo hablaré con ella.

—¿Y quién te ha elegido a ti como portavoz de la familia? —preguntó Cooper.

Buena pregunta. Pero Jake no tenía respuesta.

—Sam y tú tenéis otras cosas que hacer. Él tiene su nueva consulta en el pueblo y tú seguramente estarás escribiendo algún libro...

—¿Y qué?

—Además, tenéis que ocuparos de Maggie y Kara... y yo no —insistió Jake—. Yo iré a ver a Donna... y al chico. Luego decidiremos entre los tres lo que debemos hacer.

Sheba se acercó corriendo, ladrando con todas sus fuerzas para que la atendiesen y Jake se alegró de la distracción. Sus dos primos lo miraban como esperando que cambiase de opinión, pero después asintieron con la cabeza.

—Muy bien —dijo Sam—. Pero no hables con el chico sin contar con nosotros. Estamos los tres en esto, juntos.

«Juntos» era una palabra que Jake no había usado en quince años. Un hombre solo hacía lo que quería, cuando quería y no tenía que preocuparse por nadie más. Pero ahora que estaba de vuelta en Coleville todo era diferente.

Al menos, de momento.

—¿Cómo que tienes una cita? —Donna Barrett miró a su madre como si no la hubiera visto nunca.

¿Su madre saliendo con un hombre?

—Piénsalo un momento, hija —suspiró Catherine, mirándose al espejo para ver si la falda negra le quedaba bien—. ¿Cuántas cosas puede significar eso?

Donna se dejó caer sobre la cama. La colcha hecha a mano era suave y fresquita. Incluso en una casa con aire acondicionado en Coleville, California, hacía tanto calor que era necesario llevar la menor cantidad posible de ropa.

Sacudiendo la cabeza, observó a su madre arreglarse como una adolescente para el baile de fin de curso. Inclinada frente al espejo, Catherine estaba pintándose los labios.

–Tu padre murió hace dos años, cariño.

Donna suspiró. Cierto. Jeff Barrett, un hombre sano y robusto de cincuenta y cinco años, había muerto de un ataque al corazón dos años antes. Donna seguía viviendo en Colorado entonces. Su madre había insistido en que estaba bien y que ella debía seguir adelante con su vida.

Y lo hizo. Al menos, lo intentó, llamándola por teléfono todos los días y yendo a visitarla siempre que le era posible. Hasta que por fin, un par de meses antes, había decidido volver a casa. Y aunque Catherine no lo admitiría nunca, se había alegrado mucho.

Tenía que volver a casa por muchas razones. Pero eso no hacía que fuera más fácil. Especialmente ahora que dos de los chicos Lonergan estaban de vuelta en el pueblo. Se había encontrado con Cooper en la droguería. Y siendo Sam el nuevo médico, se encontrarían tarde o temprano.

Y Sam vería a Eric.

Al pensar en su hijo, Donna se mordió los labios frenéticamente. No había vuelta atrás. Estaba en casa para quedarse. Era lo mejor para su madre, lo mejor para ella, lo mejor para Eric. Lo difícil era asentarse, encontrar su sitio.

Había estado sola con su hijo durante mucho tiempo y ahora todo iba a cambiar.

Se sentía como si estuviera en una noria estropeada, dando vueltas continuamente, primero arriba, luego abajo, luego arriba otra vez. Se le encogía el estómago al pensar en ello.

Pero su madre estaba observándola con cara de preocupación, de modo que apartó esos pensamientos e intentó sonreír.

—Resulta difícil creer que ya han pasado dos años.

—Pero no estabas pensando sólo en tu padre.

—Sí, bueno... estaba pensando en papá, en Mac, en Eric... en todo, supongo. Es que no me gustan mucho los cambios.

—Lo sé —suspiró Catherine, mirando una fotografía de su marido que había sobre la mesilla—. Yo tardé un siglo en entender que tu padre se había ido para siempre. A veces sigo esperando que me llame desde el salón...

«Genial. Bien hecho, Donna. Deprime a tu madre justo cuando está a punto de salir con otro hombre por primera vez».

—Si estuviera aquí, él sería el primero en decirte que estás muy guapa.

Catherine sonrió. «Misión cumplida».

—¿Cuánto tiempo llevas saliendo con ese hombre? ¿Y qué sabemos de él?

—Muy graciosa —murmuró su madre.

–¿Por qué?

–Porque sé todo lo que tengo que saber. Empecé a salir con Michael hace seis meses.

–¿Hace seis meses? –repitió Donna–. ¿Y yo acabo de enterarme?

–Es que pensé, tonta de mí, que podrías no tomártelo demasiado bien –replicó Catherine, irónica.

Fuera, el perro del vecino empezó a ladrar cuando saltaron los aspersores para regar el jardín. Un soplo de aire fresco les llegó desde la rejilla del aire acondicionado, pero pasaban los segundos mientras Donna intentaba hacerse a la idea.

Su madre hacía más vida social que ella.

–No, es que me sorprende... nada más. Pero, ¿quién es ese Michael y por qué yo no lo conozco? Llevo en casa dos meses, mamá.

Catherine rió y sus ojos azules, tan parecidos a los de su hija, empezaron a brillar.

–No nos hemos visto mucho desde que volviste a casa. Quería que antes te asentaras... Además, sí lo conoces. Es Michael Cochran, cariño.

–¿El señor Cochran? –Donna se levantó de un salto–. ¿Mi profesor de Biología?

Su madre tomó el bolso y guardó el monedero y la barra de labios antes de decir:

–Ya no es tu profesor, cariño.

–Sí, pero...

–Donna... –el tono de su madre había cambiado ligeramente–. Estoy encantada de que hayas vuelto a casa, de verdad. Pero Michael dejó de ser tu profesor hace quince años.

–Sí, es verdad –asintió ella, volviendo a dejarse caer sobre la cama–. Pero es que es... tan raro.

–¿Qué es raro?

–Pensar que sales con alguien que no es papá.

Catherine sonrió, mientras se sentaba al lado de su hija.

–Al principio tampoco fue fácil para mí. Pero nos guste o no, la vida sigue. Y estoy cansada de estar sola. Lo entiendes, ¿verdad?

¿Que si entendía lo que era estar sola? Oh, sí, desde luego. Donna sabía muy bien lo que era estar sola.

Y asustada.

Y continuamente preocupada.

–Sí, claro que sí. Es la sorpresa... nada más.

Catherine la abrazó, pero se levantó cuando sonó el timbre.

–Debe ser Michael.

–Que lo pases bien –dijo Donna, con una sonrisa forzada. No era fácil aceptar que su madre salía con un hombre. Especialmente porque ese hombre había sido profesor suyo.

–¿Seguro que lo entiendes?

–Sí, mamá. Claro que lo entiendo. Eric y yo pediremos una pizza o algo. Vete, pásalo bien.

—Nos vemos después —se despidió Catherine, saliendo de la habitación.

—Pues vaya... —Donna se quedó sentada en la cama durante un minuto, mirándose al espejo.

Las cosas cambiaban, eso lo sabía bien. Pero, ¿todo tenía que cambiar a la vez?

Cuando sonó el teléfono, saltó de la cama y corrió al pasillo. Probablemente sería Eric para preguntar si podía quedarse un rato más en el mini-golf.

—Hola, Eric —dijo, con una sonrisa en los labios.

—Te equivocas de Lonergan, Donna —replicó una voz masculina al otro lado del hilo—. Soy Jake.

17

Capítulo Dos

—¿Donna? ¿Sigues ahí?

El silencio se alargaba durante lo que le pareció una eternidad. Desde el salón le llegaban risas y fragmentos de conversación. Allí en la cocina, solo, Jake miraba por la ventana intentando imaginar la cara de Donna Barrett.

Entonces recordó la última vez que la vio, quince años antes... en el cementerio, caminando entre las tumbas. Iba despacio, con paso inseguro y la cabeza baja, el pelo rubio cayendo a cada lado de su cara como una suave cortina que la separaba del mundo. Pero se detuvo a su lado antes de subir al coche de sus padres y levantó la mirada.

Jake experimentó de nuevo la sensación de amargura, de desesperación, que había sentido al ver sus ojos azules enrojecidos de tanto llorar, las lágrimas aún rodando por sus mejillas. Donna apretó los labios y no dijo nada. Sencillamente lo miró un momento antes de darse la vuelta. Y Jake se quedó donde estaba, viéndola desaparecer de su vida.

Dos semanas después se había ido de Coleville sin decirle a nadie dónde iba.

—¿Qué quieres, Jake? —preguntó ella por fin.

—Jeremiah nos lo ha contado. Lo del hijo de Mac.

Jake la oyó respirar con fuerza.

—*Mi hijo.*

—Sí, claro, ya sé que es tu hijo —replicó Jake, con más sequedad de la que pretendía. Enfadado consigo mismo, apoyó una mano en la pared... y se le escapó un gesto de dolor cuando la astilla que tenía clavada en la palma se hundió un poco más. Luego se acercó a la ventana para mirar el cielo oscuro. Una estrella fugaz cruzaba en ese momento, dejando tras de sí una estela de fuego—. Sólo quería decirte que sabemos lo del chico y querríamos...

—Me da igual lo que queráis —lo interrumpió ella.

—Ah, me alegra saber que vamos a ser razonables.

—Yo soy muy razonable. No soy yo quien te ha llamado —le recordó Donna.

—No, desde luego que no —la acusó Jake—. Ni entonces ni ahora.

Ella dejó escapar un suspiro de impaciencia.

—Mira, sé que probablemente lo hacéis con buena intención...

—¿Probablemente? —Jake apartó el teléfono

para mirarlo, incrédulo–. ¿Probablemente lo hacemos con buena intención?

–Sí, bueno, *sé* que lo hacéis con buena intención. Pero no necesito nada de vosotros. *Mi hijo* no necesita nada de vosotros.

–No tienes que enfadarate. Yo sólo...

–¿Qué? ¿Sólo qué?

–¿Por qué te pones así de borde?

–¿Perdona?

–Lo siento, no quería decir...

–Sí querías decirlo. Y déjame en paz, Jake Lonergan. No tengo por qué darte explicaciones.

Jake sacudió la cabeza, irritado. Evidentemente, debería haberlo hecho de otra manera. Debería haber recordado que Donna era muy obstinada. Y debería haberse mostrado más amistoso, más tranquilo. Debería haber intentado hablar con ella sin empezar la III Guerra Mundial.

–Me lo estás poniendo más difícil de lo que esperaba –suspiró.

–¿Qué es lo que estoy poniendo difícil? Que haya vuelto a casa no significa que quiera compartir a mi hijo con los Lonergan.

–Pues es una pena –replicó Jake, agitado. Sólo oír su voz después de tantos años era suficiente para olvidar cualquier posibilidad de calma.

Apartándose de la ventana, se apoyó en la pared y consiguió, haciendo un gran esfuerzo, que la voz le saliera un poco menos tensa:

–El chico es un Lonergan y tiene que saberlo.

–*El chico* –repitió Donna– se llama Eric. Y sabe quién es su padre. Le he hablado de Mac.

–Ah, ya.

La puerta de la cocina se abrió en ese momento. Era Sam y Jake le hizo un gesto para que lo dejara solo. Pero Sam se plantó delante de él con los brazos cruzados.

–Donna, sólo queremos hablar con él.

Donna se quedó callada un momento. Un momento tan largo que Jake estaba seguro de que había dejado el teléfono y se había ido a dar una vuelta.

–¿Sigues ahí?

–Me lo pensaré –contestó ella, antes de cortar la comunicación.

Jake apretó los dientes y, despacio, se volvió para colgar el teléfono.

–Veo que todo ha ido muy bien –dijo Sam, irónico.

–No te metas en esto.

–Sí, porque como tú lo estás haciendo tan bien...

La mirada de Jake debería haberlo hecho caer fulminado, pero Sam no se movió.

–No me mires así, tío. Te conozco hace mucho tiempo.

Él dejó escapar un suspiro de frustración.

–No ha querido hablar conmigo.

21

–No me sorprende –dijo su primo, abriendo la nevera.

–¿Por qué no quiere hablar conmigo? No lo entiendo.

–No es sólo contigo, es que no quiere hablar con ninguno de nosotros. Lleva quince años escondiendo al hijo de Mac. ¿Te sorprende que quiera seguir haciéndolo?

–No, supongo que no –tuvo que admitir Jake–. Pero tiene que saber que no vamos a quedarnos de brazos cruzados ahora que nos hemos enterado.

–Lo sabe, pero no le hace ninguna gracia –suspiró Sam, sacando dos cervezas de la nevera–. Tendremos que ser pacientes. Y un poco más finos.

–Yo puedo ser muy fino.

–Sí, ya lo he visto.

Jake metió las manos en los bolsillos del pantalón.

–Yo me encargo de esto, no te preocupes.

–Muy bien. Esperaremos a que metas la pata y luego intervendremos nosotros.

–Gracias por la confianza.

–No te ofendas, pero tú nunca has sido un hombre paciente.

No tenía sentido discutir eso, de modo que Jake no dijo nada mientras Sam salía de la cocina. No, él no era una persona paciente, pero ese defecto le había sido muy útil en el circuito de competición. Era el primero, el que siempre llegaba al límite, el que se exigía más a sí mismo y a sus motos de gran cilindrada. Pero Sam tenía razón. La impaciencia no iba a funcionar con Donna.

Ojalá supiera qué podría funcionar con ella.

–¿Te has enterado? Jake Lonergan ha vuelto al pueblo.

El corazón de Donna dio un vuelco al oír ese nombre, pero intentó disimular delante de Margie Fontenot. La anciana llevaba toda la vida en Coleville y lo sabía todo sobre todo el mundo. No pasaba nada en Coleville de lo que Margie no se enterase.

–Sí, me he enterado.

–No me sorprende nada –sonrió Margie, dándole la carátula de un DVD, su musical favorito–. La gente no habla de otra cosa. Imagínate... los Lonergan de vuelta en casa. Jake ha sido el último en llegar. Lo vi hace un par de días en la calle Mayor, más alto que una torre. Iba en una moto que podría haber despertado a los muertos.

–Sí, debe ser Jake –murmuró Donna, aunque tenía un nudo en la garganta. No entendía por qué no lo había visto ella. O por qué le molestaba no haberlo visto.

–Son dos dólares por tres días de alquiler, Mar-

23

gie –dijo después, guardando el DVD en una bolsa.

–Me parece muy bien –sonrió la mujer, hurgando en un bolso tan grande como una maleta. Por fin, sacó un monederito de flores y de él un montón de monedas–. ¿Sabes una cosa? Los Lonergan siempre fueron una pandilla de salvajes. Yo solía decirle a Jeremiah que debía controlarlos un poco más, pero nunca quiso hacerlo. Le encantaba verlos juntos a los cuatro.

Los cuatro.

Años atrás habían sido cuatro Lonergan, recordó Donna, mientras Margie seguía parloteando. Sam, Cooper, Mac y Jake. Quince años atrás también ella había formado parte de ese grupo. Sobre todo por Mac. Tuvo que sonreír al recordar los preciosos ojos de aquel chico de dieciséis años.

–Claro que después de la tragedia ya nada volvió a ser lo mismo –estaba diciendo Margie–. Pero eso tú lo sabes mejor que nadie.

–Sí, supongo que sí –asintió Donna, sin decir nada más. La anciana había entrado en el videoclub sólo para ver si podía descubrir algo más que pudiese ir contando por ahí.

Las viejas del pueblo seguramente se estaban muriendo por saber qué iba a pasar ahora que había vuelto a Coleville con el niño. Con sólo mirar a Eric estaba claro quién era su padre porque era la viva imagen de Mac a esa edad. No había ninguna duda.

Tenía los ojos y el pelo oscuro de los Lonergan y la misma sonrisa de Mac. Había heredado los genes de la familia, caminaba como Jake, tenía la imaginación de Cooper y era tan listo como Sam.

Pero su hijo había heredado el corazón de su madre.

Y Donna haría lo que tuviese que hacer para protegerlo.

—Cariño, tú no te preocupes por nada —estaba diciendo Margie Fontenot.

—No estoy preocupada.

—Mejor. No hay necesidad de preocuparse. Ya es hora de que tu hijo conozca a su familia.

Donna respiró profundamente, intentando convencerse de que la anciana lo hacía con buena intención.

—Gracias. Lo tendré en cuenta.

—Siempre fuiste una buena chica, Donna.

Tomando su bolso-maleta, Margie guardó la bolsa con el DVD y salió del videoclub. Donna, intentando calmarse, empezó a colocar las películas, siempre desordenadas.

Sacudiendo la cabeza, intentaba no pensar en lo que Margie había dicho. O en la llamada de Jake la noche anterior. Sería mejor concentrarse en llevar la tienda que habían abierto sus padres años atrás. Mejor pensar que no había vuelto a Coleville sólo porque su madre estaba sola, sino porque Eric empezaba a hacerse mayor y necesitaba un hombre en su vida. Necesitaba... algo más de lo que ella podía darle.

Cómo le dolía admitir eso.

Tras ella, la campanita que había colocado su padre años atrás anunció la entrada de un cliente.

—¡Hola, mamá! —gritó Eric, tomando un caramelo de la bandeja.

—Oye, ¿has comido?

—Sí —contestó el chico—. La abuela me ha comprado una hamburguesa —mientras hablaba, miraba el montón de películas devueltas que aún no habían sido colocadas en las estanterías—. ¡Ah, ésta me gusta! —exclamó, mostrándole una carátula de lo que parecía una película de vísceras—. ¿Puedo llevármela a casa?

—De eso nada —contestó su madre después de echarle un vistazo—. Es para mayores de dieciocho, niño.

—¿Y para qué me sirve a mí que la abuela tenga un videoclub si no puedo ver las películas que me interesan?

—La vida es dura, hijo —rió Donna.

Sí, la vida era dura y había muchas cosas que lamentaba, pero Eric nunca sería una de ellas.

Él lo era todo para ella. Su razón de vivir. Lo único que tenía sentido.

—Eso es lo que yo digo siempre, pero nadie me hace caso —suspiró Eric, acercándose a una estantería para echar un vistazo.

—Eres muy gracioso, ¿sabes?

Donna se volvió al oír la campanita de la puerta, pero aquella vez no sonrió porque quien acababa de entrar era uno de los Lonergan.

—Jake.

Parecía ocupar toda la tienda. Tenía los hombros anchos, la cintura estrecha y unas piernas que debían medir un kilómetro. Llevaba una camiseta negra, vaqueros negros y botas negras de motorista. Seguía llevando el pelo largo, sujeto en una coleta. Unas gafas oscuras escondían sus ojos... y quizá eso era lo mejor.

Pero en cuanto lo pensó, Jake se quitó las gafas y las colocó en el cuello de su camiseta. Esos ojos oscuros se clavaron en ella y una oleada de calor la recorrió de arriba abajo. Donna sintió un delicioso escalofrío en el bajo vientre...

—Donna, te veo muy bien.

—*Estoy* muy bien.

—Sí —asintió Jake con una sonrisa en los labios—. Me acuerdo.

Capítulo Tres

Donna, colorada hasta la raíz del pelo, se mordió los labios. Y, al ver ese gesto, Jake sintió que algo despertaba dentro de él.

–No –murmuró, sacudiendo la cabeza.

–Donna... –ni siquiera el aire acondicionado de la tienda podría apagar el fuego que había en su interior. Casi podía sentir la electricidad que había entre ellos.

No sabía que verla otra vez despertaría tantos recuerdos. Pero debería haberlo sabido. Debería haber recordado lo que podía hacerle con una sola mirada de esos ojos azules. Lo que le había hecho quince años antes.

Entonces aparecía en sus sueños cada noche y lo atormentaba de día. No habría podido evitarla aunque hubiese querido... porque era la novia de Mac.

De modo que sufrió en silencio, deseándola como sólo un chico de diecisiete años podía desear a una mujer. Ella estaba en todos sus pensamientos, en todos sus deseos. Y era inalcanzable.

Hasta una noche, el último verano.

Entonces sólo era una cría de quince años. La más guapa que Jake había visto nunca. Ahora era una mujer y lo dejaba sin aliento.

–Jake, no deberías haber venido.

–Sólo quiero hablar –dijo él, dando un paso adelante.

Eso era mentira. Quería hacer algo más que hablar. Su mente se llenaba de imágenes de todo lo que le gustaría hacer... con ella y a ella.

Pero entonces vio auténtica preocupación en sus ojos.

–Relájate, mujer. No voy a morderte... a menos que tú quieras.

–Corta el rollo –le espetó Donna, mirando por encima de su hombro.

Jake siguió la dirección de su mirada y... vio al chico inmediatamente. Un adolescente agachado inspeccionando películas en la sección de Terror. Cuando se incorporó, con una carátula en la mano, Jake vio que era alto y delgado. Tenía el pelo y los ojos oscuros y una expresión simpática...

Era como si le hubiesen dado un golpe en el pecho. El chico era igual que Mac aquel verano. Era como dar marcha atrás en el tiempo. Y el dolor que había sentido al ver a Donna se convirtió en amargura.

–¿Y ésta, mamá? –preguntó el chico, acercándose al mostrador–. No hay sangre, sólo fantasmas y cosas así –entonces se fijó en Jake–. Ah, hola.

–Hola.

–Muy bien –dijo Donna a toda prisa–. Hasta luego, cariño. Dile a la abuela que llevaré pollo para cenar.

–Genial. ¿Me das cinco dólares? He quedado con Jason en...

–Sí, sí –Donna no se molestó en escuchar la explicación. Abrió la caja registradora y sacó un billete de cinco dólares que le dio a su hijo a toda prisa.

–Anda, no me ha costado nada –rió el crío, mirando a Jake–. Hasta luego, mamá.

La campanita de la puerta estuvo sonando durante casi un minuto antes de que Donna hablase por fin:

–Bueno, has visto a Eric, así que ya puedes irte.

Jake se volvió para mirarla. Para mirar unos ojos que llevaba quince años viendo en sus sueños.

–Se parece mucho a él.

–Lo sé.

Jake se pasó una mano por la cara.

–No sabe quién soy.

–¿Por qué iba a saberlo? –replicó Donna, colocando un montón de películas por orden alfabético–. No te había visto nunca.

Jake miró alrededor. La tienda no había cambiado mucho en esos años. Ahora había DVDs en lugar de cintas de vídeo, pero era prácticamente igual. Las paredes pintadas de blanco, los pósters de cine, el escaparate que daba a la calle Mayor... y había una película de gángsters en la televisión, sobre el mostrador.

–Si hubiéramos sabido de su existencia, las cosas habrían sido muy diferentes.

Donna levantó la mirada.

–Lo sé. Pero hice lo que tenía que hacer.

–¿Sola?

–No estaba sola –contestó ella–. Tenía a mi tía Lily, que se portó maravillosamente conmigo.

Jake se alegraba de saber que no había estado completamente sola. Porque entonces era una cría, embarazada, lejos de casa. El padre de su hijo, muerto.

Muerto.

–Eso fue hace mucho tiempo, Jake –dijo ella entonces, como si hubiera leído sus pensamientos.

–Sí, a veces me parece que fue hace una eternidad y otras... otras es como si hubiera sido ayer.

Donna suspiró. Su repentina aparición la había sorprendido. Por eso se había puesto colorada, por eso había sentido... ese escalofrío. Bueno, por eso y por el sonido de su voz, que le recordaba aquella noche, cuando todo en su vida había cambiado para siempre.

Donna tomó un montón de películas y se dirigió hacia una de las estanterías. No le sorprendió en absoluto oír los pasos de Jake tras ella. «Concéntrate en el trabajo», se dijo. «En las películas». Pero colocó una comedia romántica en la sección de ciencia ficción y murmuró una palabrota mientras volvía a sacarla.

–No va ahí.

–Eso ya lo sé. Mira, Jake... estoy intentando trabajar. ¿Por qué no te marchas?

–Porque tenemos que hablar.

Donna se volvió para enfrentarse con él. Pero incluso preparada para el calor de su mirada, sintió un escalofrío por la espalda.

–Ya hemos hablado. Has visto a Eric. Ahora, vete.

–Lo he visto, pero sigo sin conocerlo. No he hablado con él –replicó Jake. Se había acercado un poco más y Donna casi podría jurar que el calor de su cuerpo se le traspasaba–. Y no pienso irme hasta que lo haga.

Donna tuvo que echar la cabeza hacia atrás para mirarlo a la cara. Era alto, más alto de lo que recordaba. Y sus hombros eran más anchos ahora, su torso más musculoso. Su pelo seguía siendo largo como antes... y sintió el absurdo deseo de quitarle la goma de la coleta y deslizar sus dedos por él.

Resultaba más tentador ahora que cuando

era un adolescente. Y entonces, quince años antes, nadie la había tentado más que Jake Lonergan.

Buscando tiempo, Donna se dio la vuelta abruptamente para ir a la estantería de Drama y dejar cuatro películas antes de seguir hasta la sección de películas infantiles. Jake iba dos pasos detrás de ella.

Sentía la mirada oscura clavada en su espalda hasta que una parte de ella despertó a la vida; una parte que llevaba mucho tiempo dormida.

—Veo que ahora llevas tú la tienda, ¿no?

—Y yo veo que no se te escapa nada —replicó ella, irónica.

—Qué graciosa. Pero yo pensaba que ahora serías maestra.

—¿Qué? —Donna se detuvo en la estantería de Clásicos.

—Que serías profesora. Eso era lo que querías ser.

—¿Te acuerdas de eso?

—Me acuerdo de todo —contestó Jake.

Donna cerró los ojos, pensando que eso sería más seguro que seguir mirándolo. Desgraciadamente, Jake aprovechó ese momento y se había acercado un poco más. En cuanto puso las manos sobre sus hombros, Donna abrió los ojos y, sin saber por qué, se echó un poco hacia delante... pero la media sonrisa que vio en sus labios, una sonrisa de satisfacción masculina, le dio fuerzas para juntar las piernas y erguirse un poco.

—Tienes que dejar de decir cosas como ésa.

—¿Por qué?

—Porque ya no somos niños, Jake. Las cosas han cambiado. Yo he cambiado.

Jake metió las manos en los bolsillos de su pantalón.

—Yo también.

Donna lo miró de arriba abajo.

—No, tú no has cambiado. Sigues siendo un loco del peligro.

—¿Qué?

—Por favor, mírate, Jake. El pelo largo, las botas de motero, los vaqueros gastados... por no hablar de la moto enorme que has aparcado delante de la tienda. Eres el póster del chico que ama el peligro.

—¿Ah, sí? —un brillo de alegría apareció en los ojos de Jake.

—No lo decía como un halago —replicó Donna, enfadada. Pero sí lo era. Aunque estaba loca por Mac cuando era una cría, Jake aparecía en muchos de sus sueños. Incluso entonces había sido capaz de afectarla como nadie.

Y, aparentemente, eso no había cambiado con el paso del tiempo.

—¿Así que te impresiono?

–A un nivel elemental, sí.

–Me alegra saberlo.

–Ya me lo imagino.

–¿A qué hombre no le gustaría?

–A Mac –contestó Donna.

Inmediatamente, el brillo de humor que había en los ojos de Jake desapareció.

–Muy bien –dijo abruptamente–. ¿Quieres que hablemos de Mac? Pues vamos a hacerlo. Cuando Mac murió... –Jake tragó saliva– cuando descubriste que estabas embarazada, ¿por qué no me lo dijiste?

–No podía.

–Pero tú y yo éramos amigos. Más que amigos.

Donna tragó saliva. Los recuerdos eran de repente algo tan cercano que casi no podía respirar. Lo recordaba todo como lo recordaba Jake.

–Por eso no podía decírtelo.

–Donna –Jake la tomó del brazo y tiró de ella con tal fuerza que se le cayeron las películas–. No deberías haberme dejado fuera de tu vida.

Apartándose de un tirón, ella se agachó para recoger las películas, que apretó contra su pecho como si fueran un escudo.

–Yo no te debo nada, Jake. Ni a ninguno de los Lonergan. Eric no es tu hijo, es hijo de Mac. Al único al que tenía que decírselo era él y había muerto.

Oh, no. Sus ojos se llenaron de lágrimas y eso la puso furiosa. No quería llorar delante de él. No quería llorar en absoluto. Aquel verano había llorado suficiente como para que le durase una vida entera.

—Yo podría haberte ayudado.

—Tenías diecisiete años.

—Pero...

—Jake, sé realista —lo interrumpió Donna—. Te habías alistado en los Marines. Estabas a punto de ir al campamento de instrucción y yo tenía que pensar en un niño. Tenía que hacer planes, decidir lo que iba a hacer con mi vida. Tienes que olvidarte de eso, Jake. Vuelve a tu vida y...

—¿Y qué? ¿Quieres que me olvide de Eric para siempre? Lo siento, pero eso no va a pasar.

—No, supongo que no —suspiró ella—. Pero si tú y tus primos queréis conocer a Eric, será en mis términos. Es mi hijo y pienso hacer lo que crea mejor para él.

—De acuerdo —asintió Jake.

Donna lo miró, suspicaz.

—Como diría mi hijo: eso no me ha costado nada.

—Relájate —sonrió Jake—. No estoy planeando nada malo. Sólo quiero que esto sea lo más fácil posible para todos.

—¿De repente te has vuelto Don Razonable?

–A lo mejor te molesta más que Don Peligroso.

Donna tuvo que sonreír. Jake siempre había sido capaz de salirse con la suya y, aparentemente, nada había cambiado.

–No estés tan seguro. Al menos con Don Peligroso sé dónde estoy.

–¿Y dónde es eso? –preguntó él, inclinando la cabeza hasta que estaban casi pegados el uno al otro.

Donna dio un paso atrás.

–Al borde de un precipicio –contestó.

–¿Por eso saliste corriendo esa noche?

Donna no tenía que preguntarle a qué noche se refería. Durante quince años, ese recuerdo no había dejado de perseguirla. A menudo se preguntaba qué habría pasado, qué habría sido diferente en su vida si no hubiera salido corriendo, asustada.

Jake deslizó una mano por su brazo y Donna sintió un escalofrío.

–¿De verdad te daba miedo? –le preguntó en voz baja–. Yo nunca te habría hecho daño.

–Lo sé, Jake. Y entonces lo sabía también.

–¿Entonces, por qué? ¿Si no te daba miedo... por qué saliste corriendo esa noche?

–No tenía miedo de ti –admitió Donna, mirándolo a los ojos, perdiéndose en aquellas pupilas oscuras con una emoción que no debería haber despertado–. Salí corriendo porque tenía miedo de mí misma. O, más bien, de lo que tú me hacías sentir.

–Entonces, lo que sentimos cuando nos besamos... la pasión, el deseo... saliste huyendo de todo eso. Me dejaste solo y te fuiste con Mac.

–Sí –respondió ella.

–¿Te acostaste con él esa noche? –preguntó Jake entonces. Había furia en su voz, pero dolor también y Donna lo sabía.

–Sí, Jake, me acosté con él esa noche –respondió ella, contándole lo que no le había contado nunca a nadie–. Encontré la pasión contigo, pero volví con Mac. Y esa noche engendramos a Eric.

Capítulo Cuatro

En un instante, Jake estaba allí de nuevo, aquella noche, quince años atrás.

El aroma de Donna lo llenaba todo. El calor de su cuerpo hacía que su corazón de diecisiete años latiera con el fiero ritmo de un tambor dentro de su pecho. La luz de la luna bailaba en sus ojos mientras lo miraba, mordiéndose los labios.

Los primos de Jake estaban en el lago, nadando. De modo que Donna y él estaban solos, en la carretera, al lado del coche de su padre. Jake había salido de casa más tarde que los demás y cuando vio el coche tirado en medio de la carretera lo reconoció enseguida... al coche y a la conductora.

Se decía a sí mismo una y otra vez que Donna era la novia de Mac, pero eso no parecía ayudarlo en absoluto porque sólo podía pensar en cuánto la deseaba. Cuánto le importaba aquella chica.

Conteniendo el deseo de abrazarla, Jake abrió el capó del coche. Donna se colocó a su lado y su perfume lo envolvió como si fuera una manta.

—¿Puedes arreglarlo?

–Sí –contestó él–. *Se han soltado los cables del distribuidor.*

No quería arreglarlo. No quería que se fuera con Mac. Quería estar allí, con ella. Apretando los dientes, Jake se inclinó sobre el motor y ajustó los cables. Luego comprobó la tapa del depósito de gasolina, la correa del ventilador... cualquier cosa para seguir a su lado.

Donna se inclinó un poco más para ver lo que estaba haciendo y tropezó, rozando su costado. En un acto reflejo, Jake la sujetó... pero en lugar de soltarla enseguida la atrajo hacia sí.

–Jake... –Donna tragó saliva–. ¿Qué haces...?

–Nada, lo siento. Perdóname.

Jake y Donna se conocían desde siempre y siempre habían sido amigos. Aquel verano, sin embargo, algo había cambiado. Aunque era la novia de Mac, Jake sentía que lo miraba cuando creía que no se daba cuenta. Había el mismo interés en sus ojos que seguramente habría en los suyos.

Había algo entre ellos. Algo que él quería explorar. Algo que quería entender. ¿Sentía Donna lo mismo?

¿Sería posible que no quisiera a Mac y lo quisiera a él?

Donna había puesto las manos en su pecho y Jake sabía que debía estar sintiendo los acelerados latidos de su corazón. El roce lo quemaba, como dejando una marca, y la fuerza del deseo que sentía por ella casi lo ahogaba.

–Donna... –dijo en voz baja–. No te vayas, quédate conmigo.

Ella negó con la cabeza.

—No puedo. Tú sabes que no puedo.

La noche pareció detenerse a su alrededor. No había viento. No había ladridos de perros en la distancia, ningún otro coche pasaba por la oscura carretera. Las estrellas y la luna brillaban en un cielo negro y parecían envolverlos a los dos en el silencio.

—¿Por qué no? —insistió Jake, aunque sabía la respuesta.

—Porque no estaría bien —contestó ella.

—Yo creo que sí estaría bien.

—No quiero irme, Jake.

—Entonces, quédate —murmuró él, apretando su cintura. Luego inclinó la cabeza, esperando que se apartase, pero ella no se apartó. Lo miraba con sus ojos azules que parecían ver en su interior...

Su boca era generosa, cálida, y estaba sólo a un centímetro de distancia. Jake rozó sus labios, un roce suave, rápido. Notó que Donna contenía el aliento, pero seguía sin apartarse.

Con el corazón en la garganta, Jake volvió a besarla, esta vez poniendo en aquel beso todo lo que sentía, todo lo que deseaba. Donna abrió los labios y él introdujo la lengua, besándola como había querido hacerlo durante todo el verano.

Donna dejó escapar un gemido y ese sonido avivó las llamas de su deseo. Pero el deseo que sentía en aquel momento exigía más, lo exigía todo.

Jake deslizó las manos arriba y abajo por su es-

palda, agarrando su trasero. Ella se apretaba contra él y se preguntó si habría notado lo duro que estaba. ¿Sabía lo que le estaba haciendo? ¿Lo desearía ella también?

Despacio, Jake empezó a levantar su camiseta y metió la mano por debajo. Su piel era más suave que la seda, más cálida. Siguió subiendo hasta que notó sus pechos desnudos...

Donna lanzó un gemido y lo besó abiertamente, apoyándose en su pecho, dejando que la tocase. Sus lenguas bailaban, sus alientos se mezclaban en una desesperada danza de deseo.

Y entonces Jake empezó a acariciar abiertamente sus pechos, rozando sus pezones con los pulgares. Donna emitió otro gemido, echando la cabeza hacia atrás para mirarlo.

—Jake...

—Donna, te necesito...

—Yo también, Jake. Yo también.

No hizo nada por detenerlo cuando bajó las manos hasta la cinturilla del pantalón corto. Al contrario, pasaba las manos por sus brazos, como urgiéndole, como pidiéndole que no parase.

Jake, con dedos temblorosos, empezó a desabrochar el botón y la cremallera de los pantalones. Pero no era capaz de hacerlo y soltó una palabrota mientras ella reía... una risa que sonaba a música celestial. Luego, por fin, consiguió abrir el pantalón y, un segundo después, estaba deslizando la mano bajo las braguitas de flores.

La risa desapareció cuando Donna levantó las manos para agarrarse a sus hombros. Clavó los dedos allí, como buscando un punto de apoyo, un ancla, y Jake sintió cada uno de ellos como una marca indeleble en la piel. Pero no le importaba, de hecho apenas pensó en ello. Sólo podía pensar que su sueño se estaba haciendo realidad por fin.

Donna era suya.

Al primer roce de sus dedos, ella se estremeció.

—Jake, Jake, ¿qué estamos haciendo…?

Tampoco Jake sabía lo que estaban haciendo. Sus primos y él habían hablado muchas veces de esas cosas. Pero, aunque les gustaba presumir, la verdad era que no tenían mucho de lo que jactarse porque no habían ido más allá de desabrochar algún sujetador.

Aquella noche era diferente.

Aquella noche era especial.

Jake bajó un poco más la mano y metió un dedo en su interior. Al sentir que estaba húmedo empujó un poco más, sin saber bien lo que hacía. La acarició, por dentro y por fuera, encantado con aquella sensación tan nueva…

Donna tragó aire. Tenía los ojos cerrados y parecía estar en el cielo. Jake la besó y ella le devolvió el beso… durante un largo, asombroso minuto.

Entonces ella se detuvo. Y dio un paso atrás, como asustada. Abrochándose los pantalones, se arregló la camiseta y sacudió la cabeza.

—No puedo hacer esto.

–Donna... –*Jake dio un paso adelante... e hizo una mueca de dolor. No era fácil caminar cuando uno tenía una erección como una piedra.*

–*Te deseo, de verdad* –siguió ella, sacudiendo la cabeza firmemente, como para convencerse a sí misma de lo que estaba diciendo–. Jake, tú me haces sentir... no sé, especial. Pero no podemos hacer esto.

–¿*Por qué*?

–¡*Por Mac*!

–*Tú me deseas a mí, no a Mac.*

–*No, Jake* –Donna levantó una mano como para detenerlo–. No, de verdad. Lo siento. No deberíamos... lo siento mucho.

Luego subió al coche, arrancó y salió a toda velocidad, dejándolo plantado en medio de la carretera, preguntándose dónde había ido la magia.

Jake dejó escapar un largo suspiro y volvió al presente de golpe. Era extraño que una noche, tantos años atrás, hubiera dejado tal impronta en su mente. Era un recuerdo tan vívido que aún podía sentir su deseo y el rechazo de Donna como si hubiera ocurrido el día anterior.

Intentando apartarlo de sí, miró sus ojos azules... tan bonitos como quince años atrás.

–Me usaste –dijo con voz ronca.

–¿Qué?

—Nos besamos como locos... te excitaste conmigo y luego te fuiste con Mac.

Donna lo miró, atónita.

—¿Crees que lo hice a propósito?

—Me besaste y luego me dejaste plantado en la carretera.

—Yo no sabía qué hacer... ocurrió y...

—Tú me deseabas —insistió Jake, dando un paso hacia ella.

Donna dio un paso atrás, pero se chocó con una de las estanterías.

—Sí, te deseaba —respondió, apartándose el pelo de la cara con un gesto impaciente—. Era joven y tonta y cuando me tocaste, yo...

—¿Te pusiste a cien?

—Sí —admitió Donna con un suspiro—. Tenía quince años, Jake. Nunca había sentido nada así y me dio miedo.

—Así que te fuiste con Mac... para terminar lo que yo había empezado.

—Estaba disgustada, me sentía mal... cuando te dejé en la carretera esa noche me fui al lago. Coop y Sam ya se habían ido. Mac se dio cuenta de que me pasaba algo, pero no le dije nada... sobre ti, quiero decir. Me puse a llorar y Mac fue tan dulce...

—Entonces él y tú... —Jake no quería ni imaginarlo. Había soñado tantas veces con esa noche, con lo que podría haber pasado. Despertaba en medio de la noche recordando su dulzura, su inocencia, su deseo.

—Yo no quería que pasara —insistió Donna—. Sencillamente, ocurrió.

—Porque Mac no era como yo.

Ella levantó la cabeza.

—No vas a dejarlo estar, ¿verdad?

—Llevo quince años intentando olvidarlo.

—Oh, por favor —replicó ella, con una risa ronca—. No esperarás que crea que has pensado en mí durante estos quince años, ¿verdad?

Jake la tomó por los hombros, muy serio.

—¿Y tú quieres que crea que no has vuelto a pensar en mí? ¿Que lo que pasó esa noche no tuvo importancia? Mírame a los ojos y dime que no has vuelto a acordarte de mí en estos quince años.

Ella tragó saliva.

—¿Eso es lo que quieres oír? ¿De verdad necesitas creer que eres inolvidable? Entonces éramos niños, Jake.

—No, dejamos de serlo cuando empezamos a besarnos. Y hemos dejado algo a medias, Donna.

—Jake...

—Hueles igual —dijo él entonces, inclinando la cabeza para rozar su cuello.

Ella contuvo el aliento, pero dejó escapar un gemido al sentir el roce de sus labios. Una vocecita le advertía que estaban en la tienda, que había un escaparate desde el que cualquiera podría verlos. Que alguien podría entrar en la tienda en ese momento.

Pero esa voz lógica y racional no parecía tener nada que hacer contra los latidos de su corazón y el deseo que llenaba su alma.

–¿Por qué has tenido que volver a Coleville?

–Para esto –contestó Jake, buscando su boca.

Con hambre. Con un ansia imposible de disimular, como si de verdad llevara quince años esperando volver a besarla.

Abrió su boca con la lengua y ella se dejó hacer, con abandono. Sin pensar, le echó los brazos al cuello y dejó que la besara, que la aplastara contra su pecho. Todo lo demás dejó de tener importancia: el mundo, su trabajo, sus responsabilidades. De repente, era esa niña otra vez. Inexperta y llena de deseo, con una pasión que no entendía, pero que la abrumaba.

Jake la apretó con fuerza con ambas manos, deslizando una de ellas hasta la cremallera del pantalón para acariciarla por encima de la tela con dedos expertos... hasta llevarla casi al borde del orgasmo. Pero entonces se detuvo.

Buscando el aire que le faltaba, Donna tuvo que poner una mano en la estantería para mantener el equilibrio. Los ojos oscuros de Jake brillaban con ansia insatisfecha, con un deseo que era más poderoso que el suyo.

—Jake, ¿qué estás...?

—Aquí no —la interrumpió él, mirando hacia el escaparate—. Ahora no. Pero te deseo. Y esta vez, pienso tenerte.

Donna sacudió la cabeza.

—Yo tenía razón. No has cambiado nada. Sigues siendo el chico que ama el peligro.

—Es posible —asintió él, metiendo las manos en los bolsillos del pantalón, como si no confiara en sí mismo—. Pero tú ya no eres una virgen de quince años, ¿verdad?

—No, no lo soy —respondió ella—. Soy una mujer adulta y tengo un hijo. Y tengo que pensar en otras cosas además de mis deseos.

—¡Tonterías!

—¿Perdona?

Jake sacó una mano del bolsillo, levantó su barbilla con un dedo y la miró a los ojos.

—Hace un minuto has estado a punto de dejar que te tomase aquí mismo, en el suelo...

Donna se apartó de golpe, fulminándolo con la mirada.

—Eres un animal.

—No, no lo soy. Y sabes que tengo razón —replicó Jake.

Ella no contestó. Sí, tenía razón. Habría dejado que le hiciera... lo que quisiera. Y por eso se había alejado de Jake quince años antes. Porque cuando estaba con él no quería pensar en nada.

–Y te prometo –siguió Jake– que esta vez vamos a hacerlo.

Luego se alejó hacia la puerta, pero Donna lo detuvo.

–¿Jake?

–¿Qué?

–Haya lo que haya entre tú y yo... sigues sin tener ningún derecho con respecto a Eric.

Jake arrugó el ceño.

–No lo entiendes, Donna. Nosotros no necesitamos ningún derecho. Eric es un Lonergan, es uno de la familia.

–Se llama Eric Barrett.

–Sigue siendo un Lonergan –replicó él–. Adiós, Donna. Ya nos veremos.

Capítulo Cinco

Una hora después, Donna cerró la tienda... antes de la hora. Si alguien en Coleville quería alquilar una película tendría que ir a San José, a cinco kilómetros de allí. No pensaba quedarse en la tienda, ahora llena de los besos de Jake Lonergan.

De modo que tiró el bolso sobre el asiento del coche y arrancó para dirigirse a la casa en la que había crecido, a menos de un kilómetro de allí.

Se sentía rara volviendo a casa. Llevaba tanto tiempo fuera de Coleville y habían cambiado tantas cosas que volver a su casa era casi... como un sueño.

Era como si Coleville hubiera quedado suspendido en el tiempo. La gente a la que recordaba ahora era mayor, pero las tiendas y las calles, tan familiares, seguían siendo las mismas. Donna apretó el volante mientras cruzaba la calle Mayor, mirando los escaparates.

Las calles de Coleville estaban prácticamente vacías. Sin duda, la gente se quedaba en casa para disfrutar del aire acondicionado. Y era lógico. El verano estaba terminando, pero no pensaba irse sin pelear y el calor era tan terrible que si miraba fijamente el asfalto casi parecía una piscina.

Pero el calor que sentía por dentro no tenía nada que ver con el verano. Y era culpa de Jake. Donna se detuvo en un semáforo y empezó a martillear sobre el volante con los dedos.

–Muy bien, no es todo culpa suya –admitió en voz alta–. ¿Qué tiene ese hombre que me pone tan... nerviosa?

Pero sabía la respuesta a esa pregunta. Incluso de niña, Jake Lonergan era la viva imagen del «chico rebelde». Llevaba el pelo demasiado largo, los vaqueros demasiado gastados, las camisetas demasiado ajustadas y sus ojos...

–Ay, esos ojos.

Tenía un problema. Y ella no podía tener un problema. No podía desear a un hombre. Tenía un hijo de catorce años en el que pensar. Al que proteger.

Cuando detuvo el coche frente a su casa, Donna saludó con la cabeza al vecino de al lado, que estaba pasando el cortacésped. Podía oír el ladrido de unos perros y las risas de unos niños en alguna piscina cercana...

Bien. Lo normal. Eso era bueno, se dijo a sí misma. Ese encuentro con Jake no había sido normal. Pero ahora las cosas volvían a estar en su sitio.

Podría sobrevivir el resto del verano. Y luego Jake se marcharía. Y, con un poco de suerte, jamás tendría que volver a lidiar con él. Pero mientras lo pensaba se daba cuenta de que nunca se libraría de Jake Lonergan del todo. Ahora que sabía que Mac había tenido un hijo, esperaría... conociendo a Jake, exigiría, ser parte de la vida del chico.

–Muy bien –murmuró para sí misma–. Eso no significa que tenga que ser parte de mi vida.

–¿Eres tú, cariño?

La voz de su madre la hizo sonreír. Por muchos problemas que tuviera con Jake, había hecho bien volviendo a Coleville. Añoraba mucho a su madre y estar con ella ahora era lo más importante. Para las dos.

–Sí, soy yo, mamá.

–Ah, qué bien –Catherine apareció en la puerta del salón con un cepillo de pelo en la mano–. Quería hablar contigo antes de irme.

–¿Irte? ¿Dónde vas?

–Michael y yo nos vamos a pasar fuera el fin de semana.

«Sí», pensó Donna, irónica. «Es estupendo estar de vuelta en casa». «Era importante que mi madre y yo pudiéramos pasar algún tiempo juntas».

–¿Todo el fin de semana?

–Ya soy mayorcita, hija –contestó su madre, arrugando la nariz–. Sé lo que hago.

–Bien, bien –murmuró Donna, dejándose caer en el sofá–. Pero pensé que íbamos a cenar fuera esta noche.

–Michael y yo teníamos hecha la reserva antes de que llegaras. No puedo cancelarlo todo ahora.

–No, claro que no, pero...

¿Pero qué? ¿Necesitaba a su mamá? ¿Cómo podía ser tan patética?

–Has visto a Jake Lonergan –dijo Catherine entonces.

–¿Cómo lo sabes?

–Me lo ha contado Eric.

–¿Eric? –repitió Donna. No podía ser. Su hijo había visto a Jake, pero no se lo había presentado. No lo conocía de nada. Claro que Eric era un niño muy listo y quizá se había dado cuenta del parecido...

Donna dejó escapar un suspiro. Ella quería hablarle a su hijo del asunto antes que nadie, pero estaba esperando el momento apropiado.

Algo que, aparentemente, no iba a pasar.

–¿Cómo sabía que era Jake? Yo no los presenté.

–No sabía su nombre, pero me lo describió y yo le dije quién era. Lo supe en cuanto mencionó la coleta –contestó su madre.

–Le dijiste que era Jake Lonergan.

—Claro. ¿Qué iba a decirle?

—¿Qué más cosas te contó Eric, mamá?

—¿Además de que te vio besándolo?

—Oh, no... —Donna enterró la cara entre las manos—. Soy idiota.

—No, no eres idiota, hija. Y el beso no ha traumatizado a Eric para siempre, no te preocupes —sonrió Catherine.

—Tengo que hablar con él...

—No está aquí.

—¿No está aquí? ¿Dónde está? ¿Sigue con Jason?

—No —contestó Catherine, sentándose en el brazo del sofá—. Llegó hace un rato, tomó la bici y volvió a marcharse.

La preocupación que veía en los ojos de su madre angustió a Donna más aún.

—¿Dónde ha ido?

—Al rancho Lonergan.

—¿Qué? —Donna se levantó de un salto y empezó a pasear por el salón—. ¿Por qué? ¿Por qué ha ido precisamente allí?

—¿Tú por qué crees? Para hablar con Jake.

—Pero... genial, esto es genial. Lo que me faltaba.

—No te pongas así, hija.

—¿Cómo quieres que me ponga? Eric nunca me había visto besando a un hombre. Seguramente estará furioso... y avergonzado. Además, no quiero que hable con Jake Lonergan sin que yo esté presente.

–Ah, qué interesante.

–¿Por qué dices eso?

–Porque no parece que tú tengas ningún problema en *hablar* con Jake –replicó su madre, irónica.

Donna dejó escapar un suspiro. ¿Cómo podía explicar a su madre lo que sentía si no podía explicárselo ni a ella misma?

–Eric tiene derecho a conocer a su familia, cariño.

–Lo sé. Y quiero que conozca a Jeremiah y sepa más cosas sobre su padre. Pero es que no confío en Jake.

Ya estaba. Lo había dicho.

–Ya –murmuró Catherine–. ¿No será que no confías en ti misma cuando estás con Jake?

–¿Eh?

Su madre se levantó y apretó su mano.

–Cariño, desde que erais pequeños siempre hubo algo entre Jake y tú. No sé bien lo que era, pero... todo el mundo se daba cuenta.

–Por favor...

–De hecho, el día que nos contaste a tu padre y a mí que estabas embarazada, pensamos que el niño era de Jake.

–¡Mamá! –exclamó Donna, sorprendida–. Mac era mi novio.

–Sí, lo sé. Pero Jake y tú... no sé, parecía haber algo entre vosotros que no tenías con Mac.

Donna no podía creer lo que estaba oyendo. Recordaba perfectamente el gesto de desilusión en el rostro de sus padres cuando les contó que estaba embarazada. Pero jamás se le habría ocurrido pensar que les sorprendía saber el nombre del padre.

Aunque... si no hubiera salido huyendo de Jake esa noche, Jake Lonergan podría haber sido el padre de su hijo. Pero había salido corriendo. Eso era lo importante. Y el padre de Eric era Mac, no Jake. Porque Jake no era el tipo de hombre que tiene una novia fija. Seguía sin serlo.

–No puedo creer que lo digas en serio –le espetó a su madre, enfadada, colocándose el bolso al hombro–. ¿Qué iba a haber entre Jake y yo? Éramos unos críos, por el amor de Dios.

–Pero ya no lo sois –le recordó su madre–. Y hace quince años, aunque eras una cría, yo creo que sabías bien lo que querías. Lo que pasa es que te daba miedo admitirlo.

–Te equivocas, mamá. No tenía miedo de admitir que me gustaba Jake. Pero sabía entonces, como sé ahora, que no *debería* gustarme.

–La gente cambia.

–No, la gente no cambia en absoluto –suspiró Donna, abrazando a su madre–. Que lo pases bien con Michael.

Y luego salió corriendo de la casa.

Una rabiosa canción de rock duro salía de la radio en el antiguo establo. Normalmente, Jake trabajaba con música de fondo. Normalmente, cuando trabajaba, podría explotar una bomba a sus pies y eso no turbaría su concentración.

Claro que aquel día era diferente.

No podía concentrarse en el carburador de su moto porque sus labios seguían quemando por los besos de Donna. Aún podía sentir en sus manos la tela de los vaqueros...

Y su entrepierna seguía igual de dura.

Quizá no debería haber ido a ver a Donna. Al hacerlo había despertado un montón de emociones que llevaba años intentando olvidar... y ahora no sabía cómo quitárselas de la cabeza.

O si quería hacerlo.

–Hola.

Jake se dio la vuelta y se encontró con la cara de un chico tan parecido a Mac que, durante un segundo, pensó que era él. ¿Que Mac había vuelto de entre los muertos para regañarlo por haber besado a su novia? Sí, claro.

Jake sacudió la cabeza para olvidar esa tontería y se concentró en el hijo de su primo.

–Hola.

El chico miró alrededor mientras entraba en el establo, empujando la bicicleta. Por fin, fijó sus ojos en Jake y se quedó mirándolo durante un largo minuto.

–Te he visto besando a mi madre.

Oh, no.

Jake se pasó una mano por el cuello. Eric sólo tenía catorce años, pero había ido allí como un hombre, no como un niño, de modo que Jake lo trataría como tal.

–Conozco a tu madre desde hace muchos años.

–Sí, lo sé –Eric apoyó la bicicleta contra la pared y metió las manos en los bolsillos del pantalón–. Eres el primo de mi padre.

–Y tu primo también.

–Sí, ya me imagino –el chaval se encogió de hombros–. ¿Por qué la besaste?

¿Porque lo deseaba más que cualquier otra cosa en el mundo? ¿Porque sólo estar con ella en la misma habitación hacía que se excitara como si fuera un adolescente?

–Eso queda entre tu madre y yo.

–No me gusta que la beses.

–Lamento oírlo –suspiró Jake–. Pero quizá si me conocieras un poco mejor no dirías eso.

Jeremiah se dirigía hacia ella con una sonrisa en los labios. A pesar de todo, Donna tuvo que sonreír mientras salía del coche. Siempre le había tenido mucho cariño al abuelo de Mac y lo había echado de menos todos esos años.

—Donna, cómo me alegro de que hayas venido. Eric parece un poquito abrumado por sus nuevos parientes y se alegrará de que estés aquí —dijo Jeremiah, mirándola con cariño—. ¿Puedo invitarte a una hamburguesa casera?

Donna miró la mesa frente a la que estaban sentados todos los Lonergan, a la sombra de un árbol. Cooper, Sam, Jake y Eric. La novia de Sam, Maggie, estaba colocando los platos y otra mujer salía de la casa en aquel momento con un matamoscas en la mano.

Mac debería haber estado en aquella pequeña fiesta familiar, pensó con tristeza. Pero en lugar de Mac estaba su hijo. Descubriendo primos a los que no conocía, disfrutando de su abuelo.

Eric parecía feliz rodeado por todos aquellos hombretones que se parecían tanto a él. Miraba de uno a otro mientras hablaban... sin duda estarían contándole todo tipo de historias sobre su padre, el padre al que nunca conoció. ¿Cómo podía llevárselo de allí? ¿Cómo podía evitar que conociera a su padre de la única manera que iba a serle posible?

–¿Donna? –la llamó Jeremiah–. ¿Vas a quedarte?

Ella miró al anciano y tuvo que sonreír de nuevo.

–Sí, me quedaré. Pero sólo un ratito.

Capítulo Seis

—Guarda tu bici en el capó, Eric —Donna le dio las llaves mientras el chico la miraba con la cabeza agachada.

—¿Estás enfadada conmigo por haber venido aquí?

—Por haber venido aquí sin pedirme permiso —le corrigió su madre.

—Sí, bueno.

—Ya, bueno —suspiró Donna—. No estoy enfadada. Ya hablaremos de eso después.

Eric levantó la cabeza y le ofreció su mejor sonrisa.

—¡Hasta luego, Jake!

—Adiós, chaval.

Donna sintió un escalofrío al oír su voz tan cerca. Cuando Eric se alejó para guardar la bici, se quedó sola con él. Sentía su presencia como si estuviera tocándola. Y si la tocaba, pensó, daría un salto mortal.

Cerrando los ojos brevemente, intentó calmarse. No tenía por qué ponerse así. Sólo era un hombre, se decía. Sólo era Jake Lonergan. Pero no funcionó. Durante las últimas dos horas había estado rodeada de Lonergan. Eric lo había pasado de maravilla, pero ella estaba demasiado tensa.

Las novias de Sam y Cooper habían sido muy agradables con ella, pero de vez en cuando se veía incluida en las conversaciones que mantenían los hombres. Mientras se encargaban de la barbacoa, Jeremiah y sus nietos le contaban historias de Mac. Y su hijo los escuchaba extasiado. En unas horas había descubierto más cosas sobre su padre de las que ella había podido contarle en catorce años. Donna había hecho lo posible por contarle todo lo que sabía, pero oír a su familia hablar de Mac con tanto cariño había conseguido que el padre que nunca conoció le pareciese más real que nunca.

Pero esos recuerdos no habían sido tan agradables para Donna.

Había visto lo mismo en los ojos de Jake. Él parecía tener más problemas con el pasado que sus dos primos. Más de una vez sus miradas se encontraron y en sus ojos había visto la misma angustia que debía haber en los suyos.

Pero ahora estaba a su lado y no se le ocurría nada que decir.

—Me alegro de que te hayas quedado –dijo Jake por fin, rompiendo el silencio.

Donna apartó la mirada de su hijo, que estaba intentando meter la bici en el capó del coche con gran dificultad. Se había hecho de noche y todas las luces de la casa estaban encendidas. La noche era clara, con un cielo lleno de estrellas que brillaban más de lo normal. O eso le pareció.

—Sólo me he quedado por Eric.

—Lo sé.

—No volverá a pasar.

—Nunca digas nunca jamás, ya sabes.

Donna dejó escapar un suspiro.

—Jake, lo de esta tarde no cambia nada. Sigo sin querer que veas a Eric.

—¿Por qué no? —preguntó él, cruzándose de brazos.

—Porque es muy joven y muy impresionable —contestó ella—. He visto cómo te miraba. Con los ojos muy abiertos, como si tu palabra fuera la Biblia... Te tiene idealizado y no quiero que eso pase. Tú eres demasiado...

—A ver si lo adivino... ¿peligroso?

—Pues sí —respondió Donna, cruzándose de brazos a su vez—. No quiero que seas un héroe para mi hijo. Quiero que Eric se encuentre a sí mismo sin que tú influyas en él. Quiero que vaya al colegio, que haga una carrera...

—¿Y yo no he hecho eso?

—Por favor, tú te dedicas a montar en moto. Eso no es una carrera.

Jake levantó una ceja.

—¿Te has informado sobre mi vida?

«Sí», pensó Donna. Pero ése no era el asunto. Además, no era como si hubiese estado siguiéndolo todos esos años; sencillamente había buscado información sobre él en Internet... y eso era más que suficiente. Uno de los artículos que había leído decía:

Jake Lonergan monta su motocicleta como un hombre que persigue la muerte. Nunca se le ocurre ir sobre seguro. En lugar de eso, este competidor nato pisa el acelerador cuando nadie se atrevería a hacerlo y llega a velocidades inigualadas en un circuito de competición. Cuando Jake Lonergan participa en una carrera, corre como el viento... incluso arriesgando la propia vida.

Esas palabras no dejaban de repetirse en su cabeza y Donna tuvo que hacer un esfuerzo para disimular un escalofrío. Eric necesitaba un modelo masculino en su vida, pero no necesitaba a Jake Lonergan.

Y ella tampoco, por mucho que el cuerpo se lo pidiera.

—Sé que no has cambiado en absoluto. Sigues buscando la emoción a toda costa, como cuando eras un niño, conduciendo el camión de Jeremiah a toda velocidad... Compites en carreras peligrosas e incluso tus competidores creen que estás loco.

Jake arrugó el ceño.

—Compito de esa manera porque me gusta.

—Eso es lo que me preocupa.

—Pero el circuito no es toda mi vida. No estoy siempre montando en moto. Tengo mi propio negocio.

—¿Ah, sí? ¿Qué negocio? —preguntó Donna, irónica.

—Diseño motocicletas para otras personas... gente que tiene más dinero que buen gusto, en general.

Donna no sabía eso. Probablemente debería haberse enterado, pero había dejado de leer cosas sobre él en cuanto llegó a aquel artículo.

—Eso está muy bien, Jake, pero...

—Y he fundado un albergue para personas sin hogar en Long Beach.

—¿Ah, sí?

Jake asintió con la cabeza.

—Además, estoy en el Consejo de Administración de varias empresas en las que tengo acciones.

—En el Consejo de Administración...

Donna estaba absolutamente sorprendida. A la luz de la luna, con esa coleta, parecía un pirata moderno, no el miembro de un serio Consejo de Administración.

—Mi empresa organiza un concurso anual para ingenieros... para darles la oportunidad de ver sus diseños convertidos en realidad.

—No tenía ni idea —murmuró ella, que no sabía qué hacer con la nueva información. ¿Cambiaba eso algo? ¿Cambiaba quién era Jake en realidad? No. Sólo había que ver cómo vestía. Seguía siendo un rebelde. Y acababa de admitir que le seguía gustando competir en carreras peligrosas.

—Podrías haber preguntado —dijo Jake.

—Muy bien, lo admito. Hay cosas de ti que no sabía. Pero siguen estando las carreras. O lo que un periodista llama tu deseo de «perseguir a la muerte».

—Venga, hombre... —Jake se pasó las dos manos por la cara—. ¿Tú crees eso? ¿Crees que quiero morir en un circuito?

—No lo sé, pero ese periodista parecía saber bien de lo que hablaba. Y no quiero que Eric quiera emularte.

—No voy a llevarlo a las carreras, Donna.

—No, eso desde luego.

—Pero tampoco pienso alejarme de él. Es un chico estupendo.

—Sí, desde luego que lo es.

—No quiero hacerle daño, Donna. Espero que me creas.

Ella asintió con la cabeza.

—Lo sé, Jake. Te creo.

—¿Pero?

—Pero eso no significa que no vayas a hacerle daño de todas formas... aunque no sea tu intención.

—¡Mamá! —la llamó Eric entonces—. La bici no cabe en el capó.

—Ponla en la furgoneta de Coop —dijo Jake entonces—. Ahí cabe hasta un barco.

—¡Genial! ¿Puedo conducir yo? —gritó el niño.

—No —contestó Donna.

—Jolín...

Jake soltó una carcajada.

—El pobre hace lo que puede.

—Desde luego —sonrió Donna.

—Yo le llevaré a casa. Y tú y yo podemos terminar nuestra discusión mañana.

—No creo que sea buena idea.

—Podríamos cenar juntos...

—¿Jake va a venir a cenar? —preguntó Eric, cargando con la bicicleta para llevarla a la furgoneta de Cooper—. Genial. ¿Podemos comer espagueti?

—A mí me suena bien —dijo Jake.

Donna miró de uno a otro. No podía ponerse a discutir delante de su hijo.

—Muy bien, de acuerdo. Cenaremos espagueti.

–¡Genial! –gritó Eric.

–Yo llevaré el vino –sonrió Jake, inclinándose para darle un beso en los labios antes de seguir al niño.

Donna se quedó mirándolos durante unos segundos, intentando adivinar en qué momento había perdido el control de la situación.

Al día siguiente, Jake se sentía como un crío preparándose para su primera cita. Una tontería, desde luego, pero no podía quitarse de encima esa sensación. Lo había pasado muy bien la noche anterior con Eric y Donna en la barbacoa.

Hasta que se dio cuenta de que cada vez que alguien mencionaba el nombre de Mac, Donna hacía una mueca. Casi imperceptible, pero una mueca de pena... o de dolor. Y el sentimiento de culpa que Jake había sentido siempre por la muerte de su primo lo agarraba de nuevo...

Sacudiendo la cabeza, dejó la botella de vino en la alforja de la moto. Se estaba poniendo el casco cuando vio a Cooper en la puerta.

–¿Qué pasa?

–Siempre tan simpático –sonrió su primo, entrando en el establo.

–¿No te da miedo ensuciarte esos zapatitos negros tan limpios? –bromeó Jake.

Cooper no se molestó en contestar.

–Tienes una cita con Donna, ¿verdad?

–No es una cita, sólo vamos a cenar los tres juntos.

–Ya –sonrió Cooper–. O sea, que no sigues loco por ella.

Jake miró a su primo, sorprendido.

–¿Cómo?

–Venga, hombre, que no soy tonto. Y tampoco era tonto hace quince años. Mac nunca se dio cuenta, pero yo sí. Bueno, Mac nunca se enteraba de nada salvo de los motores en los que os pasabais el día trabajando. Siempre me sorprendió que Donna y tú no acabarais juntos.

Jake dejó el casco sobre el asiento de la moto.

–No te metas en esto, Coop.

–Me fijé en ti anoche, Jake. No podías dejar de mirarla. La verdad, por tu forma de mirarla casi esperaba que la pobre comenzase a arder por combustión espontánea.

–¿No te acabo de decir que no te metas en esto?

–Sí, bueno...

–Ya está bien. No quiero seguir hablando del asunto.

–Sé lo que sientes, Jake.

–¿Ah, sí?

–Te sigues sintiendo culpable por la muerte de Mac –siguió Cooper–. Por eso no te atreves a estar con Donna. Reconozco la culpa en tus ojos. La he visto en los míos muchas veces.

Jake tragó saliva. Quería discutírselo, pero ¿qué podía decir? Le pasaba lo mismo cada vez que miraba a Eric. Pero no podía hacer nada para compensar lo que *no había hecho* quince años antes y siempre llevaría con él ese remordimiento.

—¿Adónde quieres llegar?

—No tienes por qué sentirte culpable, Jake. Sólo éramos niños. No sabíamos que Mac se había dado un golpe bajo el agua. Además, tú querías que nos tirásemos para ver qué pasaba... no fue culpa tuya. Deberías dejar de castigarte a ti mismo por lo que pasó.

—Sí, ya. No fue culpa de nadie. Pasó lo que pasó porque así es la vida. Mac murió y nosotros seguimos viviendo. Muy sencillo.

—Nada es sencillo, pero no tienes por qué sentir que es culpa tuya —insistió Cooper—. Si te sigue gustando Donna, inténtalo. No le debes nada a Mac.

Pero Jake sabía que no era así. Él sabía la verdad, la que le había escondido a todo el mundo. Cooper tenía razón al decir que había sido él quien quiso que se tirasen al agua para ver por qué Mac no salía a la superficie. Pero no porque estuviese preocupado por su primo.

No. Sólo estaba pensando en sí mismo. Quería tirarse al agua y sacar a Mac para que no pudiese batir su récord, para que no pudiese ganarle. No era preocupación lo que le hacía pensar en tirarse al lago, sino puro egoísmo.

Como aquella noche, cuando Donna y él habían estado a punto de hacer el amor. Nunca había sido sincero con Mac sobre sus sentimientos por Donna. Nunca había sido hombre suficiente para admitir que estaba enamorado de su novia.

Y eso era algo que no podía contarle a nadie.

–Déjalo, Coop. ¿De acuerdo?

–Yo sólo digo...

–Ya, lo entiendo. Y ahora, déjalo.

–Muy bien –murmuró Cooper, dirigiéndose a la puerta del establo–. Pero deberías saber que anoche también me di cuenta de que Donna te miraba a ti. Y si esta vez la dejas escapar, es que eres idiota.

–La cena ha estado bien.

Donna, que estaba secando los platos, levantó la mirada.

–Sí, bueno, un plato de espagueti no lo puede estropear nadie.

–Yo sí –sonrió Jake.

Donna sonrió también. Lo habían pasado es-

73

tupendamente esa noche. Como su madre estaba fuera habían cenado los tres solos y, en algunos momentos, casi parecían una familia. Con
Eric hablando del colegio, de su amigo Jason y
del parque al que solían ir a patinar y Jake hablando de los países que había recorrido, de las
cosas que había visto...

Una parte de ella lo envidiaba por sus aventuras. Aunque no cambiaría su vida con Eric por
nada del mundo, había tantos sitios a los que le
habría gustado ir, tantas cosas que siempre había
planeado hacer.

–Estás pensando –dijo Jake, detrás de ella.

–Suelo hacerlo –intentó bromear Donna–.
Estaba pensando si Eric se habrá acordado de
llevar el cepillo de dientes a casa de Jason.

Y, por supuesto, estaba pensando que debería haberle dicho que no a su hijo cuando Jason llamó para invitarlo a dormir en su casa. Si
lo hubiera hecho, no estaría a solas con Jake.

Una pena querer usar a su hijo para controlar sus hormonas, pensó.

–Se lo ha llevado todo. ¿Y de verdad era eso
en lo que estabas pensando?

–No –admitió Donna con un suspiro–. Estaba pensando en los sitios a los que no he podido ir todavía: España, Italia, Francia. Siempre
he querido ver el mundo.

–No hay nada que te detenga, ¿no?

Donna levantó una ceja.

–Ya, seguro. Tengo a Eric, mi trabajo, mi madre...

–Sí, bueno, ya sé que no sería fácil, pero cuando uno quiere algo de verdad debe hacer todo lo posible por conseguirlo.

Su tono, más que sus palabras, le llegaron muy dentro. No sabía por qué.

–Jake...

Al ver el brillo de deseo en sus ojos, Jake se apresuró a tomarla por la cintura.

–Donna, hay algo entre nosotros. Siempre lo ha habido.

–No digo que no sea así –reconoció ella. Pero no podía ser. Era imposible–. Sólo digo que no deberíamos...

–¿Por qué no?

–Por Eric y...

–Eric no está aquí.

–No, no está aquí. Pero estará aquí mañana. Y el día siguiente... y el día después.

–¿Y no puedes tener una vida normal hasta que Eric se haya ido a la universidad? ¿Es eso?

Sonaba absurdo, claro. Aunque era así como había vivido hasta que Jake llegó al pueblo. Llevaba tanto tiempo concentrada sólo en Eric que apenas recordaba los sueños que había tenido cuando era una adolescente. Su hijo era la persona más importante del mundo para ella, pero sabía que si no disfrutaba de la vida, al final, cuando Eric se hiciera mayor no tendría nada. Y aun así...

–Sí, bueno. Pero todo lo que haga afecta a mi hijo y...

–Sí, eso es verdad. Pero en este momento estamos tú y yo solos.

–Jake... –Donna cerró los ojos al sentir el roce de sus dedos–. Por favor, no hagas eso.

Él levantó una mano y acarició sus pechos por encima de la camiseta. Donna contuvo el aliento.

–¿De verdad quieres que me vaya?

–No –admitió ella, mordiéndose frenéticamente los labios–. Pero deberías irte.

–Bueno, si eso es lo que quieres de verdad... me iré con una condición.

–No puedes aceptar una negativa, ¿verdad?

–No –sonrió Jake.

–Muy bien. ¿Cuál es la condición?

–Ven a dar una vuelta conmigo a la luz de la luna.

Donna no había esperado eso ni por asomo.

–¿En tu moto?

–Sí. Ahora mismo.

–No sé... Le he dicho a Eric que no podía montar en tu moto y no creo que yo deba...

–No llevaré a Eric, te lo prometo. Pero quiero llevarte a ti.

Ella lo pensó un momento. Estaba siendo

una tonta, pero... por fin asintió con la cabeza y contuvo el aliento cuando Jake le sonrió. Seguramente lo lamentaría por la mañana, pero en aquel momento no había nada que deseara más que subir a la moto con Jake Lonergan y perderse en la noche.

Capítulo Siete

La oscuridad los envolvía mientras recorrían la solitaria carretera. Jake iba concentrado en conducir, pero una parte de su cerebro no dejaba de pensar en la mujer que iba con él. Sentía sus brazos en la cintura, el calor de su cara en la espalda...

La carretera del pueblo, tan familiar, le parecía extraña esa noche, con Donna a su lado. La brisa del verano estaba cargada del aroma a jazmín y era como si aquel camino tan solitario sólo les perteneciera a los dos.

Durante toda su vida, Jake había amado la velocidad. Los coches rápidos, las motos de competición... Se ganaba la vida diseñando motocicletas para aquéllos que podían pagarse cualquier capricho, pero vivía para las carreras, para el peligro. No había nada como sentir que el mundo pasaba a toda velocidad. La adrenalina de una carrera era incomparable.

Hasta aquella noche.

El roce de los brazos de Donna lo hacía contener el aliento, saber que ella estaba allí, a su lado... no había nada que pudiera compararse con eso.

Curiosamente, esa noche no estaba interesado en la velocidad. Quería ir despacio. Por primera vez en su vida, Jake quería contener el poderoso motor de su motocicleta. Pero sabía que aunque deseara tener más tiempo, los pocos momentos que disfrutaría con ella empezaban a escapársele de las manos.

–¿Dónde vamos? –preguntó Donna.

–¿Eso importa?

–No –contestó ella.

Jake apretó los dientes. Sólo había un sitio al que quisiera llevarla. Al que tenía que llevarla.

No necesitaba farolas que lo iluminasen, conocía el camino de memoria. Recordaba esa carretera tan bien que habría encontrado el camino hasta con los ojos cerrados. Aunque era casi igual porque la luna en cuarto menguante no ayudaba en absoluto.

Jake detuvo la moto en el sitio en el que la había encontrado esa noche y Donna no dijo nada. Aquel pequeño escondite rodeado de robles era un sitio especial para él. Era el lugar con el que soñaba, lleno de sonidos y aromas de aquel verano, de aquella noche en la que Donna y él casi...

Jake dejó los faros encendidos y se quedó callado un momento, con los pies apoyados en la hierba, sujetando la moto.

Oía los grillos y el sonido del viento entre las ramas de los árboles, casi como si fueran los susurros de una multitud asombrada. Donna bajó de la moto y se dirigió hacia un árbol, un viejo roble. Puso la mano en el tronco, pero la apartó enseguida, como si se hubiera quemado. Luego se volvió para mirarlo.

—¿Por qué me has traído aquí?

Jake bajó de la moto y, con las manos en los bolsillos del pantalón, se dirigió hacia ella, sus botas aplastando la hierba al borde de la carretera. Ahora que estaba allí, en el sitio que había recordado tantas veces, no sabía qué decir.

¿Cómo iba a admitir que el momento que habían pasado juntos en aquel sitio era el mejor de su vida? Eso sonaría patético. Un hombre adulto agarrándose a un sueño de adolescencia, a su amor de los diecisiete años.

No. No podía decirle eso. No podía decirle que ninguna otra mujer había significado nada para él. Ni siquiera podía admitir que el deseo jamás había sido tan poderoso como cuando estuvo con ella.

—Me pareció buena idea.

—No lo es —dijo Donna sencillamente—. Es... doloroso.

—¿Por qué? ¿Por lo que estuvimos a punto de hacer o porque no lo hicimos?

—Por las dos cosas.

Jake, respirando profundamente, dio un paso adelante y la tomó del brazo.

—No había dolor entre nosotros esa noche, Donna.

—Pero fue un error —insistió ella—. Y sería un error ahora.

—El único error esa noche fue que huyeras de mí.

—Ya te he dicho por qué salí huyendo. Tenía quince años y estaba asustada. Tú me dabas miedo.

—¿Yo?

—Lo que tú me hacías sentir.

—¿Y crees que yo no tenía miedo? —rió Jake suavemente—. No era mucho mayor que tú y nunca había sentido lo que sentí esa noche.

Donna cerró los ojos un momento.

—¿Por qué haces esto? Han pasado quince años. ¿Por qué ahora?

—Porque estar contigo me hace recordarlo todo otra vez. He pensado mucho en ti, Donna —admitió Jake—. He pensado en ti durante todos estos años... siempre recordando lo que podría haber habido entre nosotros. Lo que estuvimos a punto de ser el uno para el otro.

—Jake...

—Dime que tú no lo has pensado —la interrumpió él—. Dime que no has lamentado una sola vez haber salido huyendo de mí... y te llevaré a casa ahora mismo y jamás volveré a mencionarlo.

Donna tragó saliva.

—Eso no cambiaría nada.

—Ésa no es una respuesta.

—Tú sabes cuál es la respuesta —murmuró ella, mirándolo a los ojos—. Pero sigue sin cambiar nada.

—Nosotros podemos cambiarlo.

—¿Tú crees? ¿Deberíamos hacerlo?

—Ya no somos niños, Donna. No hay razón para salir corriendo. No hay razón para no hacer lo que queremos hacer.

—Claro que hay razones —protestó ella—. Demasiadas razones...

—Eso no importa —la interrumpió Jake.

—¿No? ¿Por qué?

—Entonces te deseaba. Y sigo deseándote. Eso es lo único que importa esta noche.

Donna apoyó la cabeza en su pecho.

—Incluso entonces, cuando tenías diecisiete años, era imposible resistirse.

—Pues lo conseguiste.

—No fue fácil. Tenía miedo y...

—Sí, eso ya me lo has dicho. Te daba tanto miedo que saliste corriendo para encontrarte con Mac.

—Mac era un chico muy dulce. Encantador, cariñoso...

–¿Todo lo que yo no era? –preguntó Jake. Le dolía, pero no quería que ella lo supiese.

–No, Jake. No digas eso...

–Tú me deseabas a mí, no a Mac.

–Te deseaba, sí. Pero *quería* desear a Mac.

–¿Y fue así? –preguntó Jake–. Cuando estabas con Mac, ¿lo veías a él o me veías a mí, Donna? ¿Me sentías a mí?

Ella levantó la mirada.

–¿Tienes que oírlo? ¿Tengo que ponerlo en palabras para que te sientas satisfecho?

–Después de quince años, creo que merezco eso por lo menos.

–Muy bien. Era a ti a quien veía, Jake. Siempre eras tú... siempre has sido tú.

–Entonces, ¿recuerdas lo que sentimos?

–¿Cómo iba a olvidarlo?

Eso era todo lo que Jake necesitaba saber. La tomó entre sus brazos y buscó su boca, con ansia. Ella abrió los labios, dándole la bienvenida a esa dulce invasión. Tenía el pulso acelerado, su corazón latiendo a un ritmo frenético. Nunca, después de aquella noche con Jake Lonergan en medio de la carretera, había sentido algo parecido.

Él apretaba su trasero con esas manos enormes, levantándola un poco, apretándola contra su entrepierna, haciéndola sentir una humedad que no podía contener. Donna enredó las piernas alrededor de su cintura y empezó a mover las caderas sin dejar de besarlo.

Habían pasado años desde que sintió aquel deseo abrumador. Años desde que se dejó llevar por esa magia que había sentido sólo una vez en los brazos de Jake. Sólo en sus sueños, cuando no podía controlar su férrea voluntad, esos recuerdos volvían a la vida. Sólo entonces, en medio de la solitaria noche, se permitía a sí misma recordar.

Había pasado quince años intentando enterrar esos recuerdos a favor de su hijo. Eric era lo único que importaba. Pero ahora, sintiendo cómo las manos de Jake la devolvían a la vida... ¿no podía permitirse una sola noche de pasión? ¿Unas cuantas horas en las que sólo fuera ella misma y sus propios deseos?

Cuando era una cría, había tenido pánico de sus sentimientos. Ahora, lo único que la asustaba era no experimentar el deseo de Jake.

Jake, que estaba bajando la cremallera de sus vaqueros. Donna echó la cabeza hacia atrás y miró el cielo mientras él metía la mano dentro de sus braguitas.

–No puedo tocarte... no llego –murmuró Jake con voz ronca.

Donna había dejado de fingir. Lo necesitaba. Necesitaba que la acariciase. Siempre había deseado hacer el amor con Jake Lonergan y aquella noche lo haría. Por fin.

–Tócame –suspiró–. Tienes que tocarme... ahora.

Con un gemido ronco, Jake la dejó en el suelo y la apoyó contra el tronco de un árbol. La corteza se clavaba en su piel a través de la delgada camiseta, pero le daba igual. Sólo le importaba el brillo de sus ojos, el calor de sus manos mientras le bajaba los pantalones. Ella misma se quitó las sandalias y dejó que la desnudara, disfrutando de la caricia del viento sobre su piel.

Le temblaban las rodillas, pero en los ojos de Jake había tal calor que eso le daba igual...

Sin embargo, en un instante la expresión de Jake cambió por completo. Se hizo más oscura.

–¿Qué?

–No llevo preservativos.

Donna soltó una risita.

–¿Jake Lonergan, el amante del peligro, el chico rebelde, no lleva preservativos en el bolsillo del pantalón?

Él se pasó una mano por la cara.

–Ya no soy un adolescente excitado, rezando para tener suerte una noche.

Donna suspiró. Aquélla era su oportunidad para decir que no, para volver a casa sin que hubiera pasado nada.

–Estás a punto de tener mucha suerte –dijo, sin embargo.

–¿Ah, sí?

–Sí. Si me dices que estás sano, que no tienes nada malo...

–Estoy perfectamente, te lo juro –contestó Jake, afrentado. ¿Cómo podía pensar que la tocaría de no ser así?

–Yo también. Además, tomo la píldora.

–Puede que ésa sea la mejor noticia que me han dado en toda mi vida –sonrió Jake.

–Yo pienso lo mismo –murmuró Donna, pasándose la lengua por los labios.

–Eres preciosa –dijo Jake entonces–. Incluso más guapa que entonces.

Donna se sentía preciosa. Medio desnuda a la luz de la luna, veía el ansia en sus ojos oscuros y disfrutaba al saber cuánto la deseaba.

Contuvo el aliento mientras Jake se quitaba la camiseta, mostrando un torso ancho, musculoso. Sin poder evitarlo, alargó una mano y acarició su piel, disfrutando al notar que temblaba. Luego él le quitó la camiseta y la tiró al suelo, al lado de la suya. Donna estaba completamente desnuda y sentía el placer de lo prohibido recorriéndola de arriba abajo.

Jake empezó entonces a desabrochar la cremallera de sus vaqueros y ella dio un paso adelante para echarse en sus brazos, como si fuera allí donde tenía que estar. Él la levantó y le susurró que enredase las piernas en su cintura mientras se bajaba los pantalones.

Sus ojos se encontraron mientras Jake la acariciaba sabiamente con los dedos. Una, dos veces, acarició su zona más sensible y luego, por fin, metió los dedos dentro de ella. Donna tragó aire y empezó a moverse sobre esa mano con una urgencia que no había experimentado nunca. Mantenía los ojos abiertos, mirándolo mientras él no dejaba de acariciarla.

Estremecida, se agarró a sus hombros cuando notó que empezaban las primeras convulsiones internas. Murmurando su nombre, echó la cabeza hacia atrás...

–Jake, Jake...

–Déjate llevar, cariño –musitó él–. No te preocupes, yo te sujeto.

Incapaz de controlarse más, Donna obedeció y se entregó a aquel momento, su cuerpo temblando con un placer increíble mientras Jake la apretaba fuertemente entre sus brazos para que se sintiera segura. Se relajó y fue lo que siempre había querido ser.

Salvaje.

Con Jake.

Y antes de que terminasen las sacudidas, Jake apartó la mano y colocó su duro miembro dentro de ella. Donna emitió un gemido de placer. Era más de lo que había imaginado. Más de lo que había esperado.

–Me encanta –murmuró él, enterrando la cara en la curva de su cuello.

–Y a mí... me gusta tanto.

Jake sonrió, pero la sonrisa se convirtió en una mueca de puro deseo mientras empujaba hacia arriba una y otra vez. Era tan fuerte... la levantaba con las dos manos para dejarla caer después sobre su rígido miembro. Donna se excitaba de nuevo viendo los músculos de sus brazos, las venas marcadas de su cuello...

No había nada para ninguno de los dos más allá de la carretera, de los robles, de aquella exquisita sensación de estar juntos. Estaban en un mundo aparte. Un mundo que era sólo de los dos. No quería ni pensar que ese mundo terminaría cuando saliera el sol.

A la luz de la luna, escondidos entre las ramas de los viejos robles, encontraron la magia que habían perdido quince años atrás.

Y cuando Jake dejó escapar un ronco gemido de placer, Donna cerró los ojos y se dejó llevar de nuevo. La explosión los sorprendió a los dos, dejándolos abrazados el uno al otro, como víctimas de un naufragio... sin saber qué iban a hacer después.

Dos horas más tarde, Jake estaba tumbado sobre la hierba con Donna encima de él. Habían hecho el amor una y otra vez, como si quisieran recuperar el tiempo perdido, hasta que ninguno de los dos podía más. Jake no recordaba una noche mejor que aquélla.

Pasó una mano por su espalda y sonrió al oírla gemir. Era mucho más de lo que había imaginado, de lo que había soñado. Pero era suya. Podía sentirlo. Y él era de Donna. Sabía que ella había compartido su pasión por completo. Pero cuando terminase la noche, saldría huyendo otra vez.

No hacia Mac.

Pero huiría de todas formas.

—¿En qué estás pensando?

—¿Por qué crees que estoy pensando? —sonrió Jake.

—Porque tienes el ceño fruncido.

—¿Ah, sí?

—¿Vas a contármelo o no?

—No —contestó él.

—¡Jake!

No quería contárselo. No quería decirle que temía que saliera corriendo. No quería que aquella noche terminase nunca.

—Bueno, entonces te contaré lo que *yo* estoy pensando —dijo Donna.

—Muy bien.

—Estoy pensando que ha sido maravilloso. Pero no puede volver a pasar —Jake soltó una carcajada—. ¿Qué? ¿De qué te ríes?

–Eso era lo que yo estaba pensando, que ibas a salir corriendo en cuanto tuvieras oportunidad.

–No voy a salir corriendo, sólo digo...

–¿Que sigo sin ser suficientemente bueno para ti?

–No es eso y tú lo sabes.

Jake se apoyó en un codo para mirarla a los ojos.

–Entonces, ¿por qué?

–Porque no puedo hacer lo que me apetece. Tengo un hijo, Jake. Y tengo que pensar en él.

–Esto no tiene nada que ver con Eric.

–Claro que sí. Soy su madre. Debería centrarme en él y no...

–¿En el sexo? –terminó Jake la frase por ella, metiendo la mano entre sus piernas.

–Eso no es justo –rió Donna, intentando apartarse–. No juegas limpio.

–¿Quién está interesado en jugar limpio?

–Por favor, Jake... esto no resuelve nada.

–A lo mejor no tiene por qué resolver nada –sonrió él, abriendo sus piernas para penetrarla de nuevo–. Donna...

Ella se colocó encima, aplastando sus pechos contra el torso masculino. Se movía con él, echando la cabeza hacia atrás, montándolo con abandono, entregándose a las sensaciones que la recorrían con cada embestida.

Jake no podía dejar de mirarla. La luz de la luna la iluminaba haciendo que pareciera un sueño.

Pero mientras lo llevaba hasta el borde del precipicio y se lanzaba al abismo con él, Jake supo que Donna era suya de verdad. Y que si ella se lo permitía, la amaría de nuevo.

Pero perderla lo mataría.

Capítulo Ocho

–¿Qué estás haciendo aquí? –preguntó Jake tres días más tarde, cuando Eric entró en el establo.

El chico se encogió de hombros, un movimiento que sacudió todo su cuerpo.

–Nada –contestó–. Sólo había venido a decir hola.

–¿Tu madre lo sabe?

–Le he dejado una nota.

Jake asintió con la cabeza.

–Una nota que no verá hasta que vuelva de trabajar, claro.

–Sí, bueno –Eric le regaló una media sonrisa tan parecida a la de su padre que Jake se quedó sin aliento–. No quiere que te vea a solas –admitió luego–. Le preocupa que seas una mala influencia para mí.

–¿Tu madre ha dicho eso?

–No. Bueno... oí que se lo decía a mi abuela.

Perfecto.

Una mala influencia.

Aparentemente, nada se había solucionado entre los dos. Incluso después de hacer el amor. Habían pasado tres días desde que Donna y él habían tenido su largamente prometida noche. Tres días y no había vuelto a tener noticias de ella. Había llamado a su casa varias veces, había dejado mensajes, había hablado con su madre... y nada.

Era como si la mujer con la que había pasado esa noche hubiera desaparecido... como desapareció quince años antes.

Mirando a su primo pequeño, Jake intentó contener su frustración. Pero no era fácil. Entendía por qué Donna se comportaba así. Si él tuviera un hijo de quince años seguramente tampoco querría que emulase su forma de vida.

Pero Jake nunca había tenido una razón para vivir de otra manera. Además de su abuelo y sus primos, no tenía más familia. Nadie lo esperaba en casa, nadie dependía de él para nada. ¿Por qué no iba a participar en carreras? ¿Por qué no iba a aceptar riesgos que hombres con hijos no aceptarían nunca?

Con el ceño arrugado, apartó a un lado esos pensamientos y se concentró en el chico, que lo miraba como esperando algo.

–¿Te gustan las motos?

Eric volvió a sonreír. Iba a costarle un poco acostumbrarse a ver de nuevo la sonrisa de Mac, pensó Jake.

–Sí, pero no sé nada de motores.

93

—Yo podría enseñarte.

Aunque a Donna no le haría ninguna gracia, por supuesto.

—¿De verdad? —el chico se iluminó como una bombilla—. Eso me gustaría mucho. Seguramente mi madre no me dejaría, pero...

—Yo hablaré con ella —lo interrumpió Jake. Palabras valientes, pensó luego.

—¿En serio?

Jake asintió.

—Pero antes ve a la cocina y llama a tu madre para decirle que estás aquí.

Eric metió las manos en los bolsillos del pantalón vaquero... cinco tallas más ancho de lo normal.

—Me dirá que vuelva a casa.

—Yo hablaré con ella.

—Bueno.

—Son dos dólares por tres días de alquiler —estaba diciendo Donna, mientras guardaba el DVD en una bolsa.

Cuando la cliente salía de la tienda sonó el teléfono.

—Dígame.

—Hola, mamá. Sólo quería decirte que estoy en casa del abuelo y que Jake me deja que lo ayude a arreglar una moto...

—Eric...

—Jake quiere hablar contigo, mamá —la interrumpió el chico.

—Hola.

—Hola —Donna cerró los ojos, olvidándose de los chavales que estaban en la sección de Terror... con toda la pinta de estar haciendo algo malo.

No quería pensar en esa noche... aunque no había dejado de pensar en ella durante esos tres días. Pero había hecho lo que debía hacer: mantener las distancias con Jake. Porque estar a solas con él otra vez sólo haría que la inevitable despedida fuese más dolorosa.

No había futuro con Jake Lonergan.

Ella no quería un futuro con Jake Lonergan.

Jake era todo lo que había evitado durante toda su vida: vivir al borde del peligro, sin compromisos, sin reglas, sin obligaciones.

Incluso de niña había sabido lo que quería: una familia, un hogar.

Y Jake no era un hombre interesado en ese tipo de cosas.

De modo que lo mejor era alejarse de él, se repitió mentalmente... por enésima vez. Aunque echaba de menos sus besos. ¡Cómo los echaba de menos!

—¿Donna?

–Sí, estoy aquí. Pero ahora mismo no puedo hablar.

–Muy bien. Eric va a estar aquí un par de horas. ¿Por qué no vienes después de cerrar la tienda?

Los chavales se dirigían a la puerta sin pasar por el mostrador y eso despertó sus sospechas.

–Muy bien. Pero vamos a tener que hablar de esto seriamente, Jake.

Colgó después, enfadada con él y con ella misma.

–¿Dónde vais?

Los chicos no se atrevían a mirarla.

–Dadme la película –dijo Donna, alargando la mano.

Uno de los chicos, el más alto, la miró entonces.

–¿Va a llamar a la policía?

–No –contestó ella–. Voy a llamar a vuestras madres.

–Oh, no...

–Tú eres idiota –lo acusó el otro, dándole el DVD a Donna–. Ya te dije que no lo hicieras.

Ella sacudió la cabeza. Eran un poco más jóvenes que Eric, de modo que no pensaba llamar a la policía. Sin duda estaban intentando ver hasta dónde podían llegar y ahora sabían que las acciones tienen consecuencias. Algo que ella había aprendido a los quince años.

–¿Y el abuelo los castigó?

Donna entró en el establo entonces.

–Tu padre y Jake tuvieron que limpiar la casa de arriba abajo. Y luego tuvieron que ayudar a Jeremiah a instalar una lavadora nueva. Durante el resto del verano, ellos fueron los encargados de hacer la colada de todo el mundo.

–Hola, Donna –la saludó Sam.

–Hola –dijo Cooper–. Estás más guapa cada día.

–Ya –sonrió ella, volviéndose hacia Jake.

Jake la saludó con la cabeza y ella tuvo que hacer un esfuerzo para no abrazarlo. Tarea nada fácil.

–Bueno, ¿qué estáis haciendo?

–Contando historias de Mac mientras Eric ayuda a Jake con su moto –contestó Cooper.

–Como en los viejos tiempos –suspiró Sam–. Jake y Mac siempre estaban trabajando en algo... o destrozando algo.

–A mi padre se le daban bien estas cosas, ¿verdad?

–Se le daban estupendamente. Iba a estudiar en el Instituto de Tecnología de Massachusetts... es el mejor del mundo para estudiar Ingeniería, en Harvard –dijo Jake–. Tenía una ilusión...

Los tres primos se miraron, tragando saliva.

–Era muy inteligente –asintió Donna para romper el silencio–. Como tú.

–Sí, pero yo no quiero ir a la universidad –dijo el niño.

–Sí, pero vas a ir –replicó su madre.

–Desde luego que sí –asintió Jake.

–Tienes que ir a la universidad, chaval –intervino Cooper.

–Tu padre habría querido que fueras –dijo Sam.

Eric miró de uno a otro, sorprendido y aparentemente enfadado.

–Eso lo decidiré yo. Si no quiero ir, no tengo por qué ir.

–Eric...

–No, mamá, ya te lo he dicho. No tengo por qué ir a la universidad. Puedo hacer otras cosas.

–Bueno, vamos a dejarlo por el momento –contemporizó su madre.

Había estado ahorrando para la educación de su hijo desde que nació. No tenía mucho, pero siempre se podía pedir una beca o un préstamo estudiantil. Haría lo que tuviera que hacer, pero su hijo iba a ir a la universidad. Ella no había ido, pero Eric tendría todas las oportunidades.

Desgraciadamente, Eric sabía que no tenían mucho dinero y había decidido el año anterior que no iba a hacer una carrera. Era una discusión que llevaban meses manteniendo y una que

Donna tenía la intención de ganar. Pero no pensaba hablar del asunto delante de los Lonergan.

–Jake no fue a la universidad y mira qué bien le va –dijo su hijo entonces.

–No me uses como ejemplo, chaval –protestó él.

–No vamos a seguir hablando de esto ahora, Eric –le advirtió su madre, mirándolo con esa severa expresión que solía dejarlo con la boca cerrada.

–Donna –intervino Sam entonces–. Maggie está haciendo pollo para cenar. ¿Por qué no os quedáis?

Donna abrió la boca para decir que no, pero Eric se volvió hacia ella mirándola con cara de pena... Tenía que aceptar, pensó.

–De acuerdo.

No había dicho que sí sólo por Eric, debía reconocer. También lo había hecho para estar un rato más con Jake. Era absurdo mentirse a sí misma. Y como no podía estar a solas con él porque no confiaba en sí misma, cenar con toda la familia era la mejor solución.

–Voy a llamar a mi madre para decirle que no haga cena.

–¡Yo llamo a la abuela! –gritó Eric, corriendo hacia la casa.

–Donna, sobre lo de la universidad... –empezó a decir Jake.

–Eso no tiene por qué preocuparte –lo interrumpió ella–. A ninguno de vosotros. Agradezco que os pongáis de mi lado, pero es mi hijo y yo me encargaré de convencerlo.

–También es hijo de Mac –se atrevió a decir Sam.

–Y hemos pensado que, de alguna forma, representamos los intereses de su padre –dijo Cooper entonces.

–Pues habéis pensado mal –replicó Donna, furiosa–. Yo tomo las decisiones que conciernen a mi hijo. Yo, sólo yo. Como siempre.

–Pero ya no estás sola, Donna –objetó Jake.

–Mirad, de verdad os agradezco que queráis ayudar, pero no necesito vuestra ayuda. Admito que es bueno para mi hijo que haya algún hombre en su vida, una figura masculina. Y tiene que saber cosas sobre su padre... pero no le debéis nada a Eric. Nada más que afecto, quiero decir.

–Te equivocas –protestó Jake–. Se le debe lo que habría sido de Mac.

–¿Qué quieres decir?

–Ese último verano... a Mac y a mí se nos ocurrió una idea para un motor. No hace falta ser específico...

–Ah, no sabes cuánto te agradecemos que no seas específico sobre un motor... por una vez en la vida –bromeó Cooper.

–Cállate, idiota –lo regañó Jake–. El caso es que inventamos un artefacto para los motores de las motos de carreras. Mejora el funcionamiento y gasta menos gasolina. Luego, con la ayuda de Jeremiah y de nuestros padres, vendimos la idea a una compañía...

–Lo que intenta decir –lo interrumpió Sam– es que el dinero que ganan por ese artilugio que inventaron... es una cantidad muy seria.

–¿Y qué? –preguntó Donna.

–Pues que una parte de ese dinero era de Mac –respondió Jake–. Hasta ahora donábamos los beneficios anuales a alguna organización benéfica como Cruz Roja o Unicef. Pero ahora que sabemos de la existencia de Eric... queremos que ese dinero sea para él.

Capítulo Nueve

Donna se quedó helada. No podía creer que unos minutos antes hubiera estado dispuesta a dejar que su hijo mantuviese una relación familiar con los Lonergan. Los tres estaban mirándola, esperando una reacción.

Y no pensaba defraudarlos.

—A ver si lo entiendo... cada año, le das la parte del dinero que correspondería a Mac a alguna organización benéfica.

—Eso es —sonrió Jake.

—¿Y ahora *nosotros* somos tu nueva organización benéfica?

La sonrisa de Jake desapareció de repente.

—Yo no he dicho eso.

—Claro que lo has dicho. Hasta ahora ese dinero iba a parar a alguna organización benéfica y ahora que conoces la existencia de Eric, quieres darle el dinero a mi hijo...

—Sabía que meterías la pata —murmuró Cooper.

—¿Yo? —exclamó Jake, furioso—. Yo sólo he dicho... ¿qué he hecho mal? No entiendo nada.

–Pues deja que yo te lo explique –se ofreció Donna, intentando contener su ira–. Nosotros no somos una causa benéfica, Jake Lonergan. Mi hijo y yo no necesitamos tu dinero, nos va perfectamente. Siempre nos ha ido perfectamente sin vosotros.

–Yo no he dicho que estuvierais necesitados. Sólo he dicho...

–Mejor que no vuelvas a decirlo –lo interrumpió ella.

–Esto no está yendo como habíamos planeado –murmuró Cooper.

–¿Tú crees? –murmuró Jake, irónico.

–Bueno, Coop, creo que sería mejor que tú y yo nos fuéramos –sugirió Sam–. Jake y tú podéis hablarlo a solas... os vemos en casa cuando hayáis terminado.

Ella ni siquiera se molestó en mirarlos. No dejaba de mirar a Jake, echando chispas por los ojos.

–¿Cómo has podido decir eso? –le espetó cuando estuvieron solos–. ¿Creías que yo diría que sí?

–Donna, por favor... lo has entendido mal. O yo me he explicado mal...

–No, no, tú has sido muy claro.

–Aparentemente, no.

–Sí lo has sido. Ahora que conoces la existencia de Eric, vas a convertirlo en tu proyecto benéfico privado...

–¿Qué?

–Pues no, gracias. No es eso lo que mi hijo necesita de su familia.

–No es un proyecto benéfico, por favor –exclamó Jake–. Es lo justo, lo que le corresponde.

–¿Crees que Eric vino a veros porque quería dinero?

–¿Quién ha dicho eso? Yo no, desde luego. ¿Por qué te pones así? Yo sólo estoy diciendo que el chico tiene derecho al dinero que genera la venta de ese producto... Desde que nos enteramos de la existencia del hijo de Mac, Sam, Cooper y yo decidimos que Eric tendría ese dinero porque le corresponde, sencillamente. Mac ya no está con nosotros, pero su hijo sí.

–Sí, pero...

–Por favor, escúchame –la interrumpió Jake, tomándola del brazo.

–Muy bien –suspiró Donna.

–Eso es lo que Mac habría querido. Querría que su hijo heredase su dinero, como cualquier padre. ¿Eso es lo que habría querido Mac o no, Donna?

–Sí, bueno...

Era cierto, pero no resultaba más fácil aceptarlo.

–Así que queremos que Eric sea uno más de los socios... en nombre de Mac.

–Entiendo –dijo Donna por fin–. Pero, ¿cómo puedo aceptar eso cuando me he pasado catorce años enseñando a Eric que cada uno debe defenderse por sí solo en la vida?

—De todas formas tendrá que defenderse solo en la vida, Donna. El dinero sólo es una ayuda por si te pasa algo.

—No sé...

—Al menos, deja que pongamos ese dinero en una cuenta a su nombre. Estará ahí cuando tenga que ir a la universidad... o para cualquier cosa que necesite más adelante.

La idea de enviar a Eric a una buena universidad sin tener que preocuparse por el dinero era demasiado tentadora. Y si estaba en una cuenta a nombre de su hijo, ella no tendría que tocarlo en absoluto. Los Lonergan no la mantendrían.

—Muy bien, de acuerdo. Pero... con una condición.

—¿Cuál? —suspiró Jake.

—El dinero se usará sólo para la universidad. El resto irá a un fideicomiso a su nombre y sólo podrá utilizarlo cuando cumpla treinta años.

—Muy bien. Pero Donna... mira, sé que lo haces por su bien, pero deberías tener cuidado.

—¿Qué quieres decir?

—No te pongas así, aún no he dicho nada. Sólo es un consejo, acéptalo o no, es cosa tuya.

—Dime —suspiró Donna.

–Es que... tras la muerte de mi padre, mi madre intentó protegerme a toda costa y eso se volvió contra ella. Yo me rebelaba siempre que podía. Me alisté en los Marines cuando terminé el instituto sólo para poder vivir mi vida.

–Me acuerdo.

–Pues eso es lo que digo. A veces, cuando uno intenta proteger a alguien demasiado... le sale el tiro por la culata. Si mi madre me hubiera dado un poco más de libertad, yo no me habría rebelado. Y no me gustaría que eso le pasara a Eric... o a ti.

Donna asintió con la cabeza.

–Sé que lo dices con la mejor intención, pero tú no eres el padre de Eric.

–Estuve a punto de serlo –le recordó Jake.

–Nunca vas a olvidar esa noche, ¿verdad?

–No puedo olvidarla, Donna. Aunque admito que la noche que pasamos juntos hace poco es un recuerdo mucho mejor –Jake hizo una pausa–. Te he echado de menos.

–Jake... –Donna cerró los ojos y los abrió inmediatamente. Sabía lo que pasaba cada vez que cerraba los ojos. Cosas que no debían pasar–. No deberías decir eso.

–No, es verdad, deberíamos dejar de hablar tanto –asintió él.

–No me refería a eso...

–Lo sé, lo sé –rió Jake.

–No pensaba volver a verte –dijo Donna entonces–. A solas, quiero decir.

–Ya me lo imaginaba –murmuró él, tirando de su mano para aplastarla contra su pecho.

–Pero tenía que volver a verte.

–Eso esperaba yo.

–Pero esto no puede ser, Jake.

–Somos adultos, Donna. ¿Por qué no puede ser?

–Hablas como si fuera absolutamente razonable...

–Porque lo es. Además, veo que estamos haciendo progresos. Hace un par de días era un peligro, ahora soy razonable.

–¿Cómo es posible que siempre le des la vuelta a todo? Te lo juro, Jake, a veces no sé qué pensar.

–Porque siempre complicas las cosas. Todo debería ser más sencillo.

–No, Jake. Lo que pasa es que yo sé cuáles son las consecuencias cuando uno hace algo sin pensar... y tú no quieres ver más allá del presente.

–La gente cambia.

Su madre le había dicho eso mismo unos días antes. Y ella contestó de la misma forma:

–No, en realidad nadie cambia.

–Donna...

Ella apoyó la cara en su torso, sintiendo los latidos de su corazón.

–Da igual. Por el momento esto es lo único que importa. Me preocuparé de las consecuencias más tarde.

–Me conmueves –murmuró él, besando su cuello–. Me conmueves hasta lo más hondo.

–Cállate, Jake –musitó ella, buscando sus labios.

–¡Mamá! –oyeron un grito entonces. Los dos se apartaron a toda velocidad mientras se abría la puerta del establo–. ¡La abuela ha dicho que va a salir con Mike, así que podemos quedarnos y pasarlo bien!

Donna tuvo que contener una risita. Para Eric, la jefa era su abuela, evidentemente.

–Muy bien, hijo.

Eric salió corriendo de nuevo y Donna se volvió hacia Jake.

–¿Lo estás pasando bien? –le preguntó él.

–Sí, muy bien.

Al infierno con las consecuencias, pensó, buscando sus labios de nuevo.

Durante la semana siguiente, Jake y Donna estuvieron haciendo una especie de baile de cortejo que los mantenía a los dos al borde de la locura. Pero nunca parecían encontrar el momento para estar a solas. Las familias no dejaban de molestar. Cuando no eran los Lonergan, era su madre. Algún beso robado era todo lo que podían darse... y Jake no dejaba de pensar en lo que harían en cuanto pudieran estar solos.

Mientras tanto, Eric y él pasaban mucho tiempo juntos. Y cuanto más tiempo estaba con él, más veía al chico por lo que era y no sólo como un reflejo de su padre.

Pero la sensación de culpa no desaparecía. Cada momento que pasaba con él era un momento que le robaba a Mac.

Morir a los dieciséis años había evitado que viviera su propia vida, que se convirtiera en un gran ingeniero, que viese crecer a su hijo...

–Mi madre me ha dicho que estuviste en los Marines.

–¿Qué? –Jake parpadeó, perdido en sus pensamientos.

–Que mi madre me ha dicho que estuviste en los Marines.

–Ah, sí, es verdad. Seis años.

–¿Y te gustaba?

–Sí, mucho.

–¿Tú crees que yo podría ser un marine?

Jake miró al chico, pensativo. Con el flequillo cayendo sobre la frente parecía un niño.

–Sí, creo que sí. Pero si te apuntas después de haber ido a la universidad, podrías entrar como oficial.

Eric apartó la mirada.

–No quiero ir a la universidad.

–¿Por qué? A tu padre le habría gustado.

–Pero mi padre no está aquí, ¿no?

–No, desde luego que no –murmuró Jake. ¿Durante cuánto tiempo iba a pagar por aquel verano? ¿Cuánto tiempo iba a vivir con aquella sensación de culpa?

–Mi padre era listo, ¿verdad?

–Desde luego que lo era.

–Mi madre siempre habla de él.

–¿Y qué te dice?

–Que era muy inteligente. Más que los demás.

–Es cierto –asintió Jake.

–Bueno, pues yo no lo soy –dijo Eric entonces, metiendo las manos en los bolsillos del pantalón–. Yo no soy tan listo como él y por eso no voy a ir nunca a la universidad.

Jake miró al chico y vio un gran dolor reflejado en sus facciones. Era como si Mac hubiera dejado una marca en todos los Lonergan. Incluso en Eric, que no lo había conocido.

–No tienes que ser como tu padre. Si él estuviera aquí, te diría lo mismo.

–¿Tú crees?

–Claro.

–Entonces, no quiero ir a la universidad.

Jake suspiró. Discutir con aquel chico era como caminar en círculos. No se llegaba a ninguna parte.

–Puede que cambies de opinión con el tiempo.

–Eso es lo que dice mi madre, pero no voy a cambiar de opinión.

–Eric, tienes mucho tiempo para decidirte. No tienes por qué pensar en ello ahora.

–Tú no fuiste a la universidad.

–No, es verdad.

–Y te va bien.

–Sí, pero fue más difícil de lo que debería haber sido. De hecho, lamento mucho no haber estudiado.

–¿Por qué?

Jake suspiró. Sam o Cooper deberían tener esa conversación con Eric, pero sabía que no había escape.

–Me habría gustado estudiar con otros chicos de mi edad, por ejemplo. Y si hubiera estudiado ingeniería no habría tardado tanto en aprender a hacer las cosas. No tiene sentido hacer que la vida sea más dura de lo que debería. La universidad es algo que todo el mundo necesita... sobre todo ahora, cuando la mayoría de la gente tiene una carrera.

–Le habéis dado dinero a mi madre para pagar la universidad, ¿verdad?

Era una acusación, no una pregunta.

–Así es. El dinero era de Mac y ahora es tuyo.

–No lo quiero –dijo Eric entonces, levantando la cabeza con gesto de desafío–. Antes no quería ir a la universidad y no voy a ir sólo porque tenga el dinero. Además, pensaba que a lo mejor convencía a mi madre...

Jake soltó una risita.

–¿Convencer a tu madre? Habría que ser un genio para eso, chico.

–Yo no soy mi padre. A él le gustaba el colegio, a mí no. Y no soy tan listo como él.

–Eso no lo sabes.

–Sí lo sé. No quiero ir a la universidad y suspender.

–¿Suspendes en el colegio? –preguntó Jake.

–No, pero...

–¿Entonces? ¿Por qué crees que suspenderías en la universidad?

Eric apartó la mirada.

–Es que no quiero que los demás decidan por mí.

–No vamos a decidir por ti, Eric. Sólo vamos a darte una oportunidad, para que puedas elegir por ti mismo más adelante. Para hacer lo que Mac habría querido que hicieras.

–Mi padre está muerto –insistió el chico, con los ojos llenos de lágrimas–. Yo no soy como él.

–Nadie piensa eso, Eric. Nosotros sólo queremos...

–¡Yo no soy listo como él! No puedo ser él y no puedo ser lo que vosotros queréis que sea.

Antes de que Jake pudiera decir algo más, Eric se levantó, tomó su bicicleta y salió pedaleando del establo.

–Perfecto –murmuró Jake. Lo estaba haciendo estupendamente, desde luego. No sólo mantenía una aventura con la antigua novia de Mac, sino que había encontrado la manera de contrariar a su hijo.

Jake se pasó una mano por el pecho, como si pudiera físicamente aliviar el dolor que sentía dentro.

Seguramente lo mejor para todos sería que se fuera de allí y no volviese nunca.

Capítulo Diez

Cuando la moto de Jake se detuvo delante de la casa, el rugido del motor la hizo sentir un escalofrío.

Su pulso se aceleró, su corazón se aceleró, su respiración se aceleró...

Apartando la cortina de encaje blanco, Donna se llevó una mano al corazón para intentar tranquilizarse. Pero al verlo bajando de la moto y quitándose el casco, su pulso se aceleró aún más.

–Ay, por Dios –murmuró al ver que se acercaba al porche.

No estaba allí para cenar, no era una cita. Había ido porque ella lo había llamado cuando Eric llegó a casa. Su hijo estaba muy disgustado y no quiso contarle lo que había pasado. Pero tenía que haber pasado algo.

Había llamado a Jake en cuanto Eric se marchó a casa de su amigo Jason. Era irritante admitir que necesitaba ayuda para descubrir qué pasaba con su hijo, pero si alguien lo sabía sería el hombre con el que pasaba más tiempo últimamente. Y Jake no había tardado más de quince minutos en llegar allí.

Donna abrió la puerta y se quedó callada, mirándolo. Probablemente no había sido buena idea ya que estaban solos. Su madre había salido con Mike y con Eric durmiendo en casa de Jason... no habría nadie que pudiese detenerlos.

—Entra, por favor.

—¿Dónde está tu madre?

—Ha salido con su novio.

—¿En serio? ¿Son novios?

—Eso parece.

—Me alegro por ella —sonrió Jake—. ¿Y Eric?

—En casa de Jason.

—En ese caso, me alegro de que hayas llamado.

—Pero no he llamado para... bueno, ya sabes.

—Muy bien —sonrió Jake, acariciando sus brazos—. Entonces, ¿para qué me has llamado?

—Quiero saber qué ha pasado con Eric —contestó Donna—. Cuando llegó a casa estaba muy disgustado, pero no quiso decirme por qué.

Jake bajó las manos, suspirando.

—Me parece que la idea de ir a la universidad lo asusta.

—Pero si todavía está en el instituto.

—Lo sé, pero igual que su madre, es un chico que siempre tiene el futuro muy presente.

Donna dejó escapar un largo suspiro.

–Yo no quiero que tenga miedo. Quiero que esté emocionado, entusiasmado... por fin puede ir a la universidad que quiera, el dinero ya no es un problema...

–Le da miedo fracasar –dijo Jake entonces.

–¿Por qué? Pero si es un niño listísimo.

–Debe ser culpa nuestra –respondió Jake–. Le hemos dicho mil veces lo listo que era Mac... y ahora el pobre cree que no podrá estar a la altura de su padre.

–Oh, no...

–Lo siento. Pensábamos que se alegraría de saber que su padre era un chico tan inteligente, pero al final hemos metido la pata.

–Yo sólo quiero que sea feliz –murmuró Donna.

–Y él lo sabe. Lo que pasa es que está confuso, raro... tiene catorce años. Es una edad muy mala, ya sabes. Pero todo saldrá bien, seguro.

–Eso espero. Gracias por decirlo, de todas formas.

–Me alegro de haber podido ayudar –sonrió Jake, apretando descaradamente su trasero–. ¿Puedo decir... o hacer algo más por usted, señora?

No debería.

Donna sabía bien que hacer el amor con Jake sólo añadía gasolina a una hoguera imposible. Pero cada vez que la tocaba, cada vez que lo

118

tenía cerca, sencillamente no podía apartarse. Necesitaba sentirlo dentro de ella, perder la cabeza durante unas horas.

–Puede que haya una o dos cositas –sonrió, poniéndose de puntillas para besarlo.

Un beso. Dos. Tres. Cada uno más apasionado que el anterior.

–Te he echado de menos –dijo Jake con voz ronca.

–Yo también a ti.

Jake tomó su boca con fiereza, como para demostrar cuánto la había echado de menos.

–Vamos a tu habitación. Ahora mismo.

–Ahora –asintió ella, tirando de su mano para llevarlo hacia la escalera. Una vez dentro de la habitación, Jake cerró la puerta y, sin esperar un segundo, empezó a quitarle la camiseta.

–Llevas demasiada ropa.

Mientras ella se quitaba el pantalón, Jake se libraba de las botas y la camisa. Cuando quedó desnudo del todo, se acercó a ella, sonriendo. Donna tembló al ver aquel cuerpo tan masculino, tan musculoso, tan *preparado*. Lo deseaba como no había deseado nada en la vida. Y una parte de ella se preguntaba, mientras Jake la tumbaba en la cama, por qué ese deseo parecía crecer cada día.

Luego dejó de pensar y se concentró en sentir.

La luz de la luna entraba por la ventana de su habitación de niña, brillando en los ojos de Jake y en su piel bronceada. El aroma a jazmines llenaba la habitación.

Jake se puso de rodillas sobre ella y empezó a acariciarla, metiendo la cabeza entre sus muslos.

—Espera...

—Calla... sólo quiero saborearte.

—Pero...

Donna observó, atónita, cómo levantaba sus caderas con las dos manos y enterraba la cara entre sus piernas. Tuvo que agarrarse al cabecero para no desmayarse de placer al sentir el roce de su lengua en su parte más íntima...

Pero no podía dejar de mirarlo, no podía apartar los ojos mientras sentía el roce de su lengua.

—Jake...

Él sonrió, lamiéndola de nuevo. Sus labios, su lengua, incluso sus dientes se dedicaron a darle placer hasta que tuvo que restregarse contra el edredón mientras él la atormentaba, mientras la llevaba al borde del orgasmo con su boca. Por fin, Jake la llevó hasta el abismo y ella se dejó caer con un grito ahogado mientras los espasmos se apoderaban de su cuerpo.

Cuando la dejó de nuevo sobre el edredón, estaba agotada. No podía respirar del todo y en parte le daba igual. ¿Quién necesitaba respirar cuando se podía tener *eso*?

Luego Jake se tumbó sobre ella, sujetándose con los brazos para no aplastarla. Le encantaba sentir el peso de su cuerpo, le encantaba cómo se deslizaba arriba y abajo, el roce del vello de su torso contra su piel, el calor de su aliento...

Oh, no.

Estaba enamorada de él.

Donna apretó los labios mientras Jake la penetraba. Miró sus ojos oscuros y en ellos vio una sencilla verdad: siempre había querido a Jake Lonergan.

Había intentado no hacerlo.

Había querido a Mac, pero de otra manera.

Pero era Jake quien tocaba su alma.

Jake quien la hacía sentir viva con un solo roce.

Jake el que la hacía reír un minuto y la ponía furiosa al siguiente.

–¿Donna? –la llamó él, quedándose quieto, hundido dentro de ella hasta el fondo–. ¿Pasa algo?

–No –contestó Donna–. No pasa nada, estoy bien.

–Me alegro. Porque aún no hemos terminado.

–Haz que lo sienta todo, Jake –susurró ella, acariciando su cara–. Lléname hasta arriba para que no pueda hablar.

Jake arrugó el ceño.

—¿Seguro que no pasa nada?

—Seguro —mintió Donna, empujándolo para colocarse encima.

—¿Qué haces?

—Controlarte —rió ella. Se colocó sobre Jake, como había hecho esa primera noche, concentrándose en sentirlo dentro. Jake levantó las manos y acarició sus pechos, apretando sus pezones con dos dedos. Ella lo miraba a los ojos mientras se movía, levantando y bajando las caderas, creando una fricción que amenazaba con hacerlos explotar a los dos.

Y cuando Jake no pudo soportar más ese tormento, bajó una mano hasta el punto en el que sus cuerpos se juntaban. Usando los dedos, la acarició mientras se movía arriba y abajo hasta que la oyó jadear...

Donna se inclinó sobre él para besarlo mientras se dejaba ir, sin aliento, respirando de su boca. Jake pronunció su nombre mientras juntos caían al otro lado del mundo...

Cuando Jake volvió al rancho, faltaba una hora para el amanecer y el cielo empezaba a iluminarse. Debería estar agotado, pero no lo estaba en absoluto.

Donna y él habían pasado horas haciendo

el amor... de todas las maneras posibles. Pero en lugar de estar cansado, se sentía más vivo que nunca. Y eso lo preocupaba.

Apagó el motor para no despertar a nadie y bajó de la moto. Se quedó un momento parado en medio del establo mientras dejaba el casco sobre el asiento, pensativo...

—¿Llegas ahora?

Jake se volvió al oír la voz de Sam.

—Ah, hola. ¿Qué haces levantado tan temprano?

—Jenny Fowler se ha puesto de parto.

—¿Jenny, la chica de las pecas?

—Ahora tiene veinticinco años —rió Sam—. Y aún tiene pecas, pero ya es toda una mujer.

—Dios, qué viejos somos.

—Y eso me devuelve a mi pregunta. ¿Llegas ahora?

—No creo que sea asunto tuyo.

—No, pero te lo pregunto de todas formas.

—Déjame en paz, Sam.

—Relájate, hombre. Me alegro por ti. Donna y tú hacéis buena pareja.

Sí, eso era cierto. Pero no hacía las cosas más fáciles, al contrario.

—No estamos juntos.

—¿Ah, no?

—No de la forma que tú crees.

No como a él le gustaría.

–¿Por qué no? –preguntó Sam.

–¿No tenías que ir a un parto? –le espetó Jake.

Su primo hizo un gesto con la mano.

–Es el primero. Le he dicho que se vaya al hospital porque su marido está sufriendo un ataque de nervios, pero aún tengo mucho tiempo.

–¿Y eso?

–Sólo tiene dolor de contracciones cada veinte minutos.

–Ya, bueno. En fin, yo me voy a la cama.

–¿Sigues huyendo?

–¿Cómo?

–Te pregunto si sigues huyendo.

–No sé qué quieres decir.

–Sí lo sabes, Jake. Huiste de tus sentimientos por Donna hace quince años y sigues haciéndolo.

–¿Tú quién eres, la señora Francis?

Sam soltó una carcajada, jugando con una botella de agua que llevaba en la mano.

–No, pero reconozco los síntomas. Yo tardé algún tiempo en darme cuenta de que estaba enamorado de Maggie y estuve a punto de perderla. Porque era demasiado idiota como para admitir la verdad.

–¿Y cuál era esa verdad?

–Que estaba enamorado de ella –sonrió Sam–. Pensé que no merecía ser feliz. Estaba tan ocupado sintiéndome culpable por lo que le pasó a

Mac que no me daba cuenta de que mi propia vida se me estaba escapando entre las manos.

—No fue culpa tuya —suspiró Jake.

—Ni tuya —dijo su primo—. Eras tú el que quería que nos tirásemos para sacarlo del agua.

Jake sacudió la cabeza, la vieja culpa clavándose un poco más en su alma. Durante años había dejado que todos pensaran que había querido tirarse a buscar a Mac por miedo a que le hubiese ocurrido algo. Nunca le había dicho a nadie la verdad, pero tenía que hacerlo. Tenía que hacerlo antes de que la culpa se lo comiera vivo.

—No porque estuviera preocupado por él —dijo de repente—. Sólo quería tirarme por Mac para que no me ganase. No quería que batiera mi récord.

Sam se quedó mirándolo, en silencio. Y, por fin, después de tantos años, Jake sintió que las palabras fluían de él como si las hubiera guardado dentro demasiado tiempo y quisieran abrirse paso a toda costa...

—Estaba tan celoso de Mac que no podía ver nada —admitió, con amargura—. Él lo tenía todo. Vivía en Coleville todo el año, tenía a su padre y a su madre. Tenía cerebro. Y tenía a Donna.

—Jake...

—¡No! —él levantó una mano para hacerlo callar—. Sé que era una estupidez, pero le tenía envidia. Y ese día, cuando pensé que iba a batir mi récord... algo que yo creía mío y nada más que mío... no quería que lo hiciera. Y mientras estaba en el risco pensando en mi estúpido récord, Mac se estaba muriendo.

–Pero nosotros no lo sabíamos. No podríamos haber hecho nada.

–Eso da igual. Mac murió y yo paso tiempo con su hijo, me acuesto con su ex novia... No puedo hacerle eso, Sam. Tengo que irme de aquí. Esta misma noche.

–Le dimos la palabra al abuelo de que estaríamos aquí todo el verano.

–Lo sé, pero...

–Jake, ¿de verdad crees que eres el único que tiene problemas para lidiar con lo que pasó aquel día? ¿Crees que eres el único que se siente culpable?

–No, pero...

–Huir de lo que sientes por Donna no servirá de nada. Estarás huyendo siempre, pero seguirás en el mismo sitio –lo interrumpió Sam, poniendo una mano en su hombro–. Tienes que hablar con Mac.

–¿Qué?

–Ya me has oído. Tienes que hablar con Mac.

–¿De qué estás hablando? Mac ha muerto.

–Pero sigue allí, porque ninguno de nosotros lo ha dejado ir.

Quizá tenía razón. ¿No había sentido él mismo la presencia de Mac en el rancho? ¿No había estado todo el tiempo casi esperando que su primo apareciera de repente? Pero... ¿hablar con él?

—No puedo hacer eso.

—Voy a decirte lo que Maggie me dijo a mí: no tienes que huir del fantasma de Mac, Jake. Mac te quería. Nos quería a todos. ¿De verdad crees que querría verte solo toda la vida?

—No, seguro que no —suspiró él—. ¿Qué puedo hacer, Sam?

—Tienes que vivir, Jake, tienes que vivir. Yo ahora tengo que irme para traer un niño al mundo... ¿por qué no vas al lago para hablar con Mac?

Capítulo Once

—¿Cómo está Jake?

Donna levantó la cabeza al oír la pregunta de su madre. Era demasiado temprano para tener aquella discusión otra vez. Pero no se le ocurría ninguna manera de escapar.

Su madre siempre se había levantado al amanecer... y como Donna no era capaz de pegar ojo desde que Jake se había marchado, había seguido el aroma de café hasta la cocina. Ahora pensaba que, seguramente, no había sido tan buena idea.

—Supongo que está bien. ¿Por qué?

—No, por nada —contestó su madre, sacando el azucarero del armario—. Sólo preguntaba por preguntar.

—Sí, claro. Déjalo estar, mamá.

—No pienso hacerlo, cariño —respondió su madre—. Si crees que estoy ciega, te equivocas.

—Y si tú crees que pienso hablar contigo del asunto, te equivocas también.

—Cielo, tú sabes lo importante que Eric y tú sois para mí, ¿verdad?

–Claro que lo sé.

–Quiero que los dos seáis felices.

–Por supuesto.

Donna se preparó para lo que llegaría después.

–Pero, ¿sabes lo bien que lo estás pasando?

–Mamá, por favor...

–Cariño, estás enamorada de Jake.

Oh, no. Ella acababa de descubrir eso esa misma noche. ¿Cómo podía saberlo su madre? Debía tener un radar. Sí, siempre lo había tenido.

–Mamá, no puedo estar enamorada de Jake.

–Aaaaaah. Veo que no lo niegas –dijo la astuta Catherine–. ¿Se puede saber por qué no puedes estar enamorada de él?

–Porque a él le gustan las carreras de motos y a mí me gusta tener una casa en un sitio fijo –contestó ella. Era la verdad. La había aceptado a las cinco de la mañana. Estaba enamorada de Jake Lonergan, pero no había nada que hacer. No podía funcionar–. Da igual lo que sienta por él. Somos demasiado diferentes.

–¿Ah, sí?

–Queremos diferentes cosas en la vida.

Catherine le dio un manotazo en el brazo.

–¡Ay! ¿Por qué has hecho eso?

–En serio, Donna, ¿da igual lo que sientas por él? Eso es lo único que importa, hija.

–¿Cómo puedes decir eso? Tengo que pensar

129

en Eric. Tengo que pensar en su futuro, debo protegerlo...

—¿Protegerlo de qué exactamente? ¿Del amor?

—Mamá...

—Cariño, sé de qué tienes miedo. También lo tuve yo cuando me casé con tu padre. Pero si pudieras verte como te he visto yo estas últimas semanas... has vuelto a la vida desde que Jake regresó al pueblo.

Donna saltó de la silla y empezó a pasear por la cocina. Aparentemente, iban a tener aquella charla le gustase o no.

—Cuando veo a Jake, todo despierta dentro de mí, es verdad —admitió—. Pero yo no lo esperaba. No quería esto, mamá. Yo quería a Mac, ¿sabes? Sé que sólo tenía quince años, pero lo quería. Y murió.

—Fue un horrible accidente, cariño. Pero no puedes vivir tu vida pensando siempre en esa tragedia.

—¿Cómo no voy a hacerlo? Era el padre de mi hijo...

—Pero ya no está.

—Y Jake... es un hombre tan arriesgado. Siempre poniendo su vida en peligro. ¡Se dedica a competir en carreras de motos, mamá! Le encanta vivir a tope, el riesgo, el peligro. Si me dejara llevar... si lo quisiera y luego lo perdiese... ¿cómo iba a soportarlo?

130

Catherine se levantó y puso las manos sobre los hombros de su hija.

–Cariño, si no te permites a ti misma quererlo, ya lo has perdido.

Una hora después, Jake estaba en el risco al que solían ir de pequeños, mirando las aguas tranquilas del lago. Un suave viento parecía susurrar sobre la superficie, haciendo olas.

–Habla con Mac –Jake tuvo que contener una carcajada.

¿Cómo iba a hablar con él? Jake volvió a mirar el agua. ¿Podía hacerlo? ¿Tendría Sam razón? ¿Estaría allí el espíritu de Mac, atrapado por lo que sus primos hicieron tantos años atrás? ¿Habría estado esperando allí quince años para que los tres se reuniesen por fin? ¿Para que, finalmente, se enfrentaran con aquel día de verano y pudiesen dejar atrás el pasado?

Jake se pasó una mano por los ojos. Se sentía como un idiota. Pero al mismo tiempo tenía una sensación... Aunque Mac no estuviera allí. Aunque se hubiera ido... donde fuera que tenía que irse, donde irían ellos tarde o temprano, se dio cuenta de que había tenido que ir al lago.

Para decirle a su primo lo que sentía. Para admitir por fin todo lo que había llevado a cuestas durante esos años.

–Sam dice que hable contigo –murmuró–. Que así me sentiré mejor.

Dejándose caer sobre la hierba, Jake apoyó la cabeza sobre una rodilla, suspirando.

–No tiene mucho sentido, pero... estoy tan cansado, Mac. Estoy tan cansado de sentirme mal. De recordarte y sentir dolor –entonces arrugó el ceño–. Ni siquiera sé qué decirte. «Lo siento» no parece suficiente, ¿no? Pero, ¿qué otra cosa puedo decir?

Una brisa fresca se levantó entonces, acariciando su cara. Jake sonrió, imaginando que Mac estaba allí. Casi podía sentir su presencia. ¿Sería su imaginación? Claro, por supuesto. Pero era consolador de todas formas.

–Eric es un chico estupendo, Mac. Te sentirías muy orgulloso de él. Pero bueno... supongo que lo vigilas, ¿no? Y si lo haces, si estás pendiente de tu hijo, supongo que sabrás... lo que está pasando entre Donna y yo.

Jake arrugó el ceño mientras cortaba un puñado de hierba.

–La quiero, Mac. La quiero más de lo que nunca he querido a nadie.

Decir eso en voz alta le pareció tan real, tan verdad. Amaba a Donna.

Un estremecimiento de puro terror masculino lo recorrió entonces y tuvo que respirar profundamente para calmarse.

—No sé qué significa eso... para los dos. No sabía que la amase hasta hace un minuto, la verdad. Pero no debería sorprenderme. Incluso cuando éramos niños estaba loco por ella. Tú no lo sabías, pero... bueno, yo no quería que lo supieras, claro. Pero ahora tienes que saberlo. Intenté robártela esa noche, Mac. Esa noche, hace quince años. Pero Donna salió corriendo para reunirse contigo.

Jake tragó saliva, obligándose a sí mismo a pronunciar unas palabras que temía pronunciar:

—Te odié por ello. Te odiaba por estar con Donna. Te odiaba por tener lo que yo tanto deseaba. Pero nunca dejé de quererte. Por muy celoso que estuviera, siempre te quise —Jake volvió a tragar saliva para contener la emoción—. Dios, Mac, cómo te he echado de menos todos estos años. Todos te hemos echado tanto de menos...

Le daba el sol en los ojos, nublando su visión y haciendo que el mundo pareciese un poco borroso, menos claro. Y en un segundo Jake volvió a ver a los cuatro chicos Lonergan como habían sido ese verano: jóvenes, alegres, sin miedo a nada. Los cuatro habían pensado que estarían juntos para siempre.

—Y en cierto modo... siempre estaremos juntos. Tú eres una parte de nosotros, Mac. Ninguno de nosotros te olvidará jamás. Nunca volveremos a alejarnos... a intentar olvidar para no sufrir.

El suspiro del viento le llevó los recuerdos de tantas risas y Jake tuvo que sonreír mientras el pasado se alejaba y el futuro, un futuro nuevo, brillante, le abría los brazos.

Dos días más tarde, Eric entró como una tromba en la cocina.

—Jake se marcha.

Donna soltó la cacerola que estaba secando y el estruendo que hizo al caer en el fregadero hizo eco por toda la habitación. ¿Se iba? ¿Sin decirle adiós?

—¿Se va?

—Cuando termine el verano —contestó Eric, abriendo la puerta de la nevera—. Jeremiah dice que volverá a Long Beach.

Donna dejó escapar un largo suspiro. Luego volvió a tomar la cacerola y terminó de secarla. Entonces estaría allí otra semana más, pensó, recordando que los Lonergan le habían prometido a Jeremiah pasar allí todo el verano.

Una semana. Siete días y Jake se habría ido otra vez. ¿Cómo iba a volver a su vida? ¿Cómo iba a seguir haciendo lo que hacía antes de reencontrarse con Jake?

¿Cómo iba a enfrentarse a un futuro del que Jake no formaría parte?

Donna se obligó a sí misma a sonreír para que Eric no se diera cuenta de su angustia.

–Sabías que Cooper y Sam se irían después del verano, ¿no? Bueno, ahora Sam se queda, pero ésa es otra cuestión.

–Pero Jake no tiene que irse –protestó su hijo apasionadamente. Tanto que había lágrimas brillando en sus ojos–. Tú podrías pedirle que se quedara.

–¿Qué?

–Yo sé que le gustas, mamá. Me lo ha dicho. Pídele que se quede.

A Donna se le rompió el corazón. Su hijo crecía muy rápido y en poco tiempo también él se habría ido para hacer su vida. Ya estaba dejándola atrás poco a poco, paso a paso. Incluso su madre se alejaba de ella. La noche anterior había aceptado la proposición de Mike y pronto se casaría con él... y se iría a vivir con su nuevo marido.

Todo el mundo salvo ella parecía caminar hacia delante.

Pronto todo el mundo tendría una vida que vivir. Y ella se quedaría allí. En la casa en la que había crecido.

Sola.

Eso no le gustaba nada. No habría más risas

en medio de la noche. No habría más besos robados ni suspiros, ni el aliento de Jake en su cuello mientras dormía. No más discusiones seguidas de besos apasionados...

Qué vacío sonaba el futuro para Donna.

Una parte de ella quería hacer lo que Eric le había pedido. Quería ir al rancho de los Lonergan y suplicarle a Jake que se quedara.

Pero, ¿cómo iba a hacer eso? ¿Cómo iba a arriesgarse a perderlo otra vez? A los quince años había estado enamorada como sólo podía estarlo una adolescente y la muerte de Mac casi le había destrozado la vida. Ahora, lo que sentía por Jake era mucho más poderoso, más profundo... si Jake moría, ¿cómo sobreviviría ella?

No.

Mejor permanecer a salvo.

Mejor sola que destrozada.

—No puedo, Eric —dijo por fin, dando un paso hacia él mientras su hijo daba un paso atrás. Se le encogió el corazón al ver el brillo de furia y desilusión en sus ojos oscuros.

—Querrás decir que no quieres.

—No espero que lo entiendas, Eric —murmuró Donna—. Pero tengo que hacer lo que creo que es mejor para los dos.

—Pues te equivocas.

—Es posible —admitió ella, sintiendo un dolor en el corazón que se extendía por todo su cuerpo—. Pero ése es el riesgo que se corre cuando se toma una decisión.

Jake respiró profundamente el aire fresco de la noche. El verano estaba a punto de terminar. Y si su vida no hubiera cambiado completamente en las últimas semanas, estaría pensando en marcharse. Pero la sola idea de dejar Coleville hacía que se le encogiera el estómago. Metiendo las manos en los bolsillos del pantalón y levantando los hombros para protegerse contra el frío, se volvió para ver las luces de la casa.

Era tarde, de modo que todo estaba en silencio, pero estaba allí, en medio de la oscuridad, como un faro en medio de la tormenta. Eso era lo que esa casa... su casa, había sido siempre para Jake. Y cómo había echado de menos volver a Coleville, ser capaz de llamar a esa casa su hogar.

Sonriendo, empezó a caminar, sin prestar atención adónde iba. Le gustaba pasear bajo aquel cielo cuajado de estrellas. Había dejado atrás la casa porque necesitaba pensar. Necesitaba decirle adiós a su viejo mundo y hola a lo que esperaba que fuera el próximo capítulo de su vida.

Había pasado los dos últimos días atando los cabos sueltos de su pasado. Horas al teléfono con agentes inmobiliarios y directores de banco, intentando cerrar su negocio en Long Beach para reabrirlo allí, en Coleville. Sonriendo, se dijo a sí mismo que podía crear motocicletas a medida del cliente en cualquier parte. Y en cuanto al refugio y todo lo demás, contrataría a un gerente para que se encargase del trabajo diario e iría a Long Beach de vez en cuando para comprobar que todo funcionaba bien.

Pero, a partir de aquel momento, Coleville sería su hogar.

Había hecho un círculo completo y le gustaba. Se sentía bien.

Sabía que debería hablar con Donna, pero quería tenerlo todo solucionado antes. Quería poder decirle que iba a dejar atrás su antigua vida para construir una nueva. Con ella. Y con Eric.

Y esperaba que ella dijera que sí, claro.

–Un gran riesgo, Jake –murmuró para sí mismo–. Puede que te mande al infierno. ¿Y entonces qué?

Jake se detuvo, arrugando el ceño. Quizá Donna no estaba interesada en estar con él. Una aventura de verano era una cosa... el día a día otra muy diferente. Incluso a él lo asustaba un poco. ¿Y si había metido la pata? ¿Y si ella le decía que no? ¿Y si la defraudaba a los dos meses? ¿Y si no era capaz de vivir una vida normal, como todos los demás? No quería defraudarla a ella ni a Eric por nada del mundo. Pero... ¿y si él no estaba hecho para esa vida?

¿Y si Donna no lo quería?

Sacudiendo la cabeza, Jake se pasó una mano por la cara, sonrió y volvió a caminar. Había vivido siempre arriesgándose... arriesgando su vida por nada más que un trofeo que llevarse a casa.

Esta vez arriesgaba algo más que el cuello. Era su corazón lo que estaba en peligro. Pero la recompensa era mucho mayor que cualquier premio, que cualquier cheque.

Tampoco le había hablado de sus planes a su familia. Aquello era demasiado importante. Demasiado grande. Tenía que hablar con Donna antes de hacerlo con nadie más.

Desde aquella mañana en el lago, cuando por fin aclaró las cosas con Mac, veía el mundo con otros ojos. Quizá lo veía por primera vez en mucho tiempo.

Cada aliento era una bendición porque no estaba cargado de culpa, de remordimiento. Cada beso del viento era la promesa de un futuro que no habría visto de no haber vuelto a casa otra vez.

En la distancia oyó entonces el ruido de una motocicleta... Jake se detuvo e inclinó a un lado la cabeza para escuchar mejor. El ruido se alejaba, de modo que siguió paseando. Antes de Donna se le habría acelerado la sangre al recordar la velocidad, la emoción. Pero ya no.

Sonriendo, alargó la zancada.

—Mañana le pediré que se case conmigo. Y ésa es emoción suficiente para un hombre.

Donna paseaba por la cocina con el teléfono en la mano, intentando controlar los nervios. Mientras escuchaba la señal de llamada al otro lado, apartó la cortina y miró hacia la calle, dejando escapar un gemido.

¿Dónde estaba Eric?

No lo había visto desde aquella tarde, cuando discutieron sobre Jake. Había querido dejarlo solo para que pudiese reflexionar. Pero era casi medianoche y no sabía nada de él. Y le entró pánico. Ahora solo podía rezar para que su hijo estuviera a salvo en casa de su amigo Jason...

—¿Dígame? —oyó la voz de una mujer.

—¿Vickie? Soy Donna. Perdona que llame tan tarde, pero... ¿está mi hijo ahí?

—¿Qué? —la otra mujer parecía estar medio dormida—. ¿Eric? No, Eric no está aquí.

Donna apretó los labios, intentando contener los latidos de su corazón.

—¿Estás segura?

—Sí, claro que estoy segura.

—Por favor, ¿podrías mirar en la habitación de Jason? Eric no ha vuelto a casa y estoy muy preocupada.

–No está aquí, en serio. Jason está en casa de mi madre esta noche.

–Dios mío... –Donna se apartó el pelo de la cara, intentando contener el deseo de ponerse a gritar. ¿Dónde podía estar su hijo? ¿Con Jake? ¿Habría ido hasta el rancho Lonergan solo, en su bicicleta en medio de la noche? Pero si estuviera allí, Jake la habría llamado, ¿no?

Y si no estaba allí, ¿dónde podía estar?

–Donna, no te preocupes –intentó consolarla Vickie, aunque el temblor en su voz le decía claramente que acababa de ponerse en su lugar–. Seguro que está perfectamente. Ya sabes cómo son los chicos. ¿Qué podría pasarle en Coleville?

–Sí, es verdad, es verdad –asintió ella, decidida a no perder los nervios. Eso no serviría de nada–. Estará bien. Seguro que estaba jugando y no se ha dado cuenta de la hora que es...

Eric jamás llegaba tarde a casa sin avisar. Eric jamás hacía que se preocupase tontamente.

«Dios mío, ¿dónde estará?».

Entonces oyó una señal de llamada.

–Tengo que colgar, Vickie. Me están llamando por la otra línea. Seguramente será él...

–Sí, sí, tú tranquila.

Donna pulsó el botón de llamada en espera, con el corazón en la garganta.

–¿Eric?

—¿Señora Barrett? —oyó entonces una voz masculina.

—Sí, soy yo.

—Llamo de la Patrulla de Tráfico.

Sin soltar el auricular, Donna fue deslizándose por la pared hasta llegar al suelo.

Capítulo Doce

El hospital de St. Charles estaba entre Coleville y San José. Con el corazón acelerado, los nervios a flor de piel, Jake hizo un recorrido de quince minutos en siete. Pero, por primera vez en su vida, no era la velocidad lo que lo entusiasmaba. Ni siquiera iba pensando en ello.

Dejó la furgoneta de Sam en el aparcamiento del hospital y corrió hacia la puerta de Urgencias, mirando las caras de la gente que estaba en la sala de espera. Las paredes estaban pintadas de verde y había una televisión en una esquina... que nadie miraba. El aire olía a desinfectante y a pánico.

Cómo odiaba los hospitales.

La madre de Donna se levantó de la silla al verlo.

—¡Jake! Cuánto me alegro de que hayas venido.

—Gracias por llamarme. ¿Cómo está?

—Bien, bien —contestó Catherine—. Bueno, se pondrá bien.

—Gracias a Dios —suspiró Jake—. ¿Y Donna?

–Está con él. No dejan que entre nadie más.

–A mí me dejarán entrar –dijo él, convencido.

–Ella no sabe que te he llamado.

Jake se obligó a sí mismo a sonreír. Le habría gustado que fuese Donna quien lo llamara para estar con él en aquel momento. Le habría gustado llegar el primero para compartir su angustia por Eric. Le habría gustado... muchas cosas, pero la vida era lo que era. Además, lo único importante era que Eric estaba bien y que él estaba allí para acompañar a Donna.

–No pasa nada. Me alegro de que me haya llamado.

Catherine sonrió y apretó la mano del hombre que iba con ella mientras Jake entraba en la consulta de Urgencias sin prestar atención a los gritos de una enfermera. La mujer echó un vistazo a su expresión decidida y le hizo un gesto con la mano... evidentemente, no serviría de nada detenerlo, parecía pensar.

Sus botas aporreaban el suelo de linóleo del pasillo mientras miraba a un lado y a otro hasta que por fin la encontró. Donna estaba sola, doblada sobre una silla.

–¿Donna?

Ella levantó la mirada y corrió hacia él. Jake abrió los brazos para recibirla y la envolvió en ellos.

–Tranquila, tranquila –le dijo al oído, pasándole las manos por la espalda–. Todo está bien, se va a poner bien.

Ella asintió con la cabeza, sin levantar la mirada, sin apartarse, como si necesitara protección. Y Jake sentía lo mismo.

–¿Dónde está?

–En rayos X –contestó ella con voz ronca–. Pero el médico ha dicho que sólo es una costilla magullada y una pierna rota.

Jake dejó escapar un suspiro de alivio.

–Menos mal. Ésa es una noticia estupenda.

–Gracias a Dios te robó el casco junto con la moto.

Jake apretó los labios. Se sentía culpable. Estaba acostumbrado a ese sentimiento, pero aquella vez era mucho peor. Si no hubiera dejado las llaves puestas en la moto... Eric jamás habría podido arrancarla. Y si no hubiera ido a dar un largo paseo lo habría oído sacarla del establo. Y si no hubiera ido a Coleville en absoluto, aquello no habría ocurrido.

–Jake, qué miedo he pasado.

–Lo sé –murmuró él–. Yo también estaba asustado.

Respirando profundamente, Donna lo apretó con fuerza. Llevaba veinte minutos allí, sola, sentada en aquella silla con el corazón encogido...

Cuando supo por la policía que Eric había robado la moto de Jake se quedó helada. Él nunca había hecho algo así en toda su vida. Y pensar en lo que podría haber pasado... si no hubiera llevado el casco de Jake, si hubiera chocado contra un coche... si hubiera muerto.

–Iba en tu moto –dijo entonces, con los ojos llenos de lágrimas.

–Lo sé, me lo dijo tu madre. Debió sacarla del establo cuando yo estaba dando un paseo.

–Si no le hubieras dejado trabajar contigo en esa estúpida moto... si no le hubieras hablado de esas carreras en las que participas... –Donna apretó los puños y lo golpeó en el pecho. Pero se dio cuenta de que Jake no cambiaba de expresión. Había preocupación en sus ojos y algo más, algo más profundo, más cálido.

Pero el miedo, la angustia, la impedían actuar con cordura.

–¡Maldita sea, Jake, sólo es un niño! No debería haberse acercado a esa moto. No debería haber intentado conducirla. Podría haberse...

No terminó la frase, demasiado angustiada como para decirlo en voz alta.

–Tiene catorce años, Donna –murmuró Jake–. Tú sabes cómo son los chicos a esa edad. Hacen tonterías, se arriesgan absurdamente... es parte de hacerse mayor.

–¿Robar motos es parte de hacerse mayor?

—No he dicho que esté bien, he dicho que es lo que pasa —contestó él—. Pero lo entiendo. Y lo importante es que está bien, cariño.

—No, lo importante es que podría haberlo perdido esta noche.

—Pero no ha sido así. No lo hemos perdido.

—No puedo soportar esto, Jake —dijo Donna en voz baja—. Si algo le pasara a mi hijo...

—Pero está bien. Está vivo, no tiene más que una pierna rota —insistió él, tomando su cara entre las manos—. Y yo estoy aquí, contigo. No estás sola. No estamos solos.

—He estado sola tanto tiempo...

—Lo sé, cariño —susurró Jake—. Y lo has hecho muy bien. Pero ya no estás sola. Siento mucho haber dejado la llave en la moto. Te juro que lo siento con toda el alma. Si no hubiera...

Donna vio el dolor en sus ojos y se sintió como una miserable. Y supo que, por primera vez en su vida, otra persona sentía lo mismo que sentía ella. Pero le llegaba su fuerza, su consuelo. Sintió el amor en el roce de sus manos y supo que no podría vivir sin él.

Llevaba tanto tiempo sola que era maravilloso tenerlo a su lado. Saber que quería a Eric, que compartía su miedo y su alivio...

Y entonces, de pronto, la furia desapareció.

—Lo siento, Jake. Lo siento, no ha sido culpa tuya en absoluto. Lo sé, pero es que...

–No sigas, Donna –la interrumpió él, besando su frente–. Yo también lo siento. Me siento responsable por Eric...

–Abrázame, por favor. No me sueltes.

–No pienso hacerlo.

Se quedaron así mucho tiempo, apartados del resto del hospital, del resto del mundo. Juntos esperaron y cuando volvió el médico se volvieron a la vez para escuchar las noticias.

–¿Señora Barrett?

–Sí, soy yo.

–Eric está bastante bien –sonrió el cansado doctor–. Pero quiero que se quede aquí esta noche como precaución. A pesar del casco que llevaba tiene una ligera conmoción...

–Pero está bien –insistió Jake.

–Sí, sí, podrán llevárselo a casa mañana.

–Gracias –susurró Donna.

–¿Podemos ver al chico?

–Sí, claro –contestó el doctor–. Hablen con la enfermera de la puerta. Estamos buscándole una habitación en planta, pero ella les dirá dónde lo han llevado.

Eric parecía un niño tumbado en la cama del hospital. Su pelo oscuro estaba apartado de la frente y una venda cubría su ceja derecha. Llevaba una escayola en la pierna izquierda, casi hasta el muslo, y le habían colocado una manta eléctrica de color verde sobre la sábana.

Donna se apartó de Jake y se inclinó para besar a su hijo de la cabeza a los pies.

—Estaba tan preocupada, cariño mío...

—Lo siento mucho, mamá —se disculpó Eric, avergonzado—. Y siento mucho lo de tu moto, Jake.

—No te preocupes por eso. La moto no importa. Lo único importante es que tú estás bien. Aunque tendremos una larga charla sobre el asunto cuando salgas del hospital.

—Lo sé —murmuró el chico, medio dormido por la medicación—. Lo siento mucho.

Eric cerró los ojos y, poco a poco, se quedó dormido. Donna miró a Jake, con una sonrisa en los labios.

—No quiero dejarle solo.

—Hay montones de médicos y enfermeras cuidando de él.

—Sí, pero...

—Venga —dijo Jake, tirando de su mano—. Eric no despertará hasta mañana y tú necesitas un poco de aire fresco. Volveremos a verlo dentro de un rato.

Donna asintió con la cabeza, pero alargó la mano para acariciar el pelo de su hijo una última vez antes de salir de la habitación.

Luego tendrían que hablar con su madre

para darle la noticia, pero Jake quería estar un momento a solas con ella.

La luz de la luna se colaba entre los árboles mientras la guiaba hacia un banco de piedra en el solitario aparcamiento. Donna había salido de casa sin chaqueta, de modo que se quitó la suya y se la pasó por los hombros.

Y luego la miró. Miró a la mujer que había cambiado su vida y se sintió... bendecido. Esa noche había estado a punto de perder lo que más le importaba en el mundo. El miedo por Eric, la angustia por Donna... si no hubiera tomado una decisión antes del accidente, lo habría hecho en ese momento.

Nunca podría dejarla. Aunque tuviese que ir al otro lado del mundo, siempre pensaría en ella. Y en Eric. Permanecería despierto por las noches, preguntándose si estaban bien, si lo necesitaban, si lo echaban de menos.

Y sabía que no conocería la paz en su vida sin tener a los dos a su lado.

—Jake...

—Donna...

—Dime —sonrió él.

—Sólo quería darte las gracias por estar aquí, conmigo. De verdad necesitaba a alguien... no, eso no es verdad. Te necesitaba a ti.

—Me alegro de oírlo —dijo Jake, clavando una rodilla en el suelo.

–¿Qué haces?

–Me alegro de oírlo porque eso es lo que yo siento por ti.

–¿Qué quieres decir? –preguntó Donna.

–Que te quiero –contestó él, mirándola a los ojos–. Que te he querido siempre.

Ella tragó aire, como si no le llegase del todo a los pulmones.

–Si lo dices por el accidente...

–No, no es por eso –la interrumpió Jake–. He vivido con sentimiento de culpa durante quince años y sé lo que es. Aunque he logrado librarme de él, por fin. Pero no me imagino la vida sin ti y sin Eric.

–Jake...

–Deja que diga esto, por favor. Luego podrás decidir.

Ella asintió con la cabeza.

–Muy bien.

–Quiero que te cases conmigo.

Donna abrió la boca, atónita.

–¿Qué?

Jake enredó los dedos entre los suyos, tragando saliva.

–Quiero ayudarte a criar a Eric. Quiero que tengamos más hijos y que los veamos crecer... juntos.

Sabía que aquél era el mayor riesgo de su vida. Pero nunca había deseado algo con tal pasión. Tenía que hacerle ver lo importante que era para él. Lo felices que podrían ser juntos.

—Quiero abrazarte en medio de la noche. Quiero estar ahí para enjugar tus lágrimas cuando estés triste. Quiero verte reír, quiero ser yo al primero que llames cuando te pase algo. Quiero ser el amor de tu vida.

Donna se echó un poco hacia atrás por el impacto de esa declaración. Pero no era sólo por sus palabras, sino por lo que veía en sus ojos. Sentía ese amor dándole fuerzas y supo entonces que todo iba a salir bien. Que no iba a vivir sola el resto de su vida porque tenía el amor de aquel hombre.

Qué tonta había sido al decirle a su madre que no quería arriesgarse. Pero aquella noche había aprendido la lección.

Había tenido catorce años de amor con su hijo y si lo hubiera perdido esa noche, aunque Dios había querido que no fuera así, seguiría teniendo esos catorce años. Y no los habría cambiado por nada del mundo. Si no hubiese tenido a Eric, no habría sabido lo que era el terror, el angustioso, inexplicable terror de perderlo. Pero se habría perdido el amor de su hijo. La seguridad no era algo tan fundamental en la vida de una persona. No valía nada comparado con el amor.

Amar era un riesgo, desde luego. Pero era el único riesgo que merecía la pena.

—Donna, di algo, por favor.

Ella sonrió.

—¿Qué pasa con Don Peligroso? ¿Con el hombre que viaja por todo el mundo? ¿Con las carreras de motos?

Jake negó con la cabeza.

—Eso se ha terminado. A partir de ahora cuando viaje por el mundo lo haré con mi esposa y mi familia. En cuanto a Don Peligroso... cariño, la adrenalina de vivir contigo será suficiente.

El corazón de Donna dio un salto dentro de su pecho.

—¿Y tu negocio? ¿Tu vida en Long Beach?

—Todo está solucionado —contestó él—. Voy a traer el negocio aquí.

—¿Aquí, a Coleville?

—Sí, hoy he terminado de solventar los últimos detalles.

Donna levantó una ceja.

—Veo que estabas muy seguro de ti mismo.

—No —sonrió Jake—. Pero tenía esperanzas.

—Yo también tengo esperanzas —murmuró ella, apretando su mano—. Te quiero, Jake. Te quiero muchísimo.

—¿Eso es un sí?

—Claro que es un sí —respondió Donna—. Sí, me casaré contigo. Y tendré hijos contigo. Y te querré durante el resto de mi vida.

Jake la abrazó, apretándola como si fuera un

tesoro, el más preciado del mundo para él. Y cuando por fin se apartó lo suficiente como para mirarla a los ojos, le dijo:

—Te quiero, Donna Barrett. Y te juro que vamos a tener una vida maravillosa juntos.

Luego la besó, para empezar el futuro con buen pie.

Epílogo

El aire contenía los últimos suspiros del verano. El cielo, a pesar de estar cubierto de nubes, dejaba pasar algunos rayos de sol, que iluminaban las tumbas del pequeño cementerio.

Sam, Cooper y Jake Lonergan estaban frente a una lápida, los tres en silencio leyendo las palabras inscritas en el mármol.

Mac Lonergan.
Se nos fue demasiado pronto
El dolor llegó rápido, afilado... pero tardó en irse.

–No puedo creer que hayamos tardado quince años en venir –murmuró Jake, mirando a sus primos.

Cooper se pasó una mano por el pelo, movido por el viento.

–A lo mejor teníamos que venir juntos.

Sam se inclinó para apartar unas hojas de la

155

lápida, acariciando la piedra con los dedos durante unos segundos.

–No creo que a Mac le haya importado los años que hemos tardado en venir –dijo en voz baja–. Lo que importa es que estamos aquí.

–Juntos –murmuró Jake, mirando el cielo–. Sam tiene razón. A Mac sólo le importará que hayamos venido. Que por fin hayamos venido para decirle adiós. Y para prometer que nunca más tardaremos tanto tiempo en reunirnos.

El viento movía las ramas de los cipreses mientras los tres primos, en un semicírculo alrededor de la lápida bajo la que yacía su pasado, asentían con la cabeza. Y en el silencio, cada uno, a su manera, por fin se despidió de Mac.

Secretos de verano
Maureen Child

Esperando un hijo tuyo

El cirujano Sam Lonergan tenía una vida sin ningún tipo de ataduras... hasta que conoció a Maggie Collins, la joven y atractiva ama de llaves del rancho de su familia. Tuvieron un encuentro increíblemente apasionado, tras el cual Maggie descubrió que estaba embarazada.

Aunque se estaba enamorando, Maggie sabía que él no era de los que se casaban...

Seducida por el jefe

Harta de que el hombre del que llevaba años enamorada ni siquiera la viera, Kara Sloan decidió hacer las maletas y marcharse. Pero justo cuando estaba a punto de irse, Cooper Lonergan, su adorado jefe, la sorprendió con una noche de pasión.

No podía dejar que se le escapara la única mujer que ponía orden en su caos. El plan de Cooper era hacer todo lo que estuviera en sus manos para que Kara no saliera de su vida... incluyendo llevársela a la cama.

Ahora y siempre

No se habían vuelto a rozar desde aquella noche de hacía quince años, pero Donna Barreto aún reconocía el deseo en los ojos de Jake Lonergan. El deseo y la culpa. Tenía remordimientos por haber tratado de hacerla suya mientras ella era la novia de su primo. Aquel había sido su secreto... hasta que ella se había marchado de la ciudad con un secreto aún mayor.

Ahora Jake pretendía darle al hijo de Donna el apellido que merecía por derecho, el honor le obligaba a hacerlo. Pero era la pasión la que lo impulsaba a luchar por la mujer con la que solo había estado una vez.

MATRIMONIO DE CONVENIENCIA

SHARON KENDRICK

Luna de miel griega

Finn Delaney era un tipo muy guapo; un irlandés alto y moreno que la londinense Catherine Walker encontraba irresistible. Entre ellos había surgido una pasión irrefrenable... y semanas después Catherine había descubierto que estaba embarazada. No se imaginó que el millonario Finn le hiciera una proposición de matrimonio, pero no se hacía la menor ilusión de que fuera por amor; no, aquello no era más que el típico matrimonio de conveniencia. Sin embargo, no les disgustaba lo más mínimo tener que compartir el lecho...

LINDSAY ARMSTRONG

Perlas de amor

Alex Constantin aceptó aquel matrimonio de conveniencia con Tatiana Beaufort porque se sentía intrigado por aquella mujer bella e ingenua. Pero la noche de bodas Tatiana le pidió un año antes de consumar su unión... Hasta entonces dormirían en camas separadas.

Un año después, el deseo estaba haciéndose irresistible y Tattie se sintió tentada cuando su guapísimo y enigmático marido le sugirió que se convirtieran en amantes de una vez por todas. Pero ella estaba empeñada en no convertirse en una verdadera esposa hasta que él no estuviera locamente enamorado de ella.

N.º 88

DESEO

*¿Conseguiría una apuesta de fin de semana
domar el corazón de la Bestia?*

APUESTA
DE UNA NOCHE

KATHERINE GARBERA

N.º 2185

Indy Belmont se había propuesto revitalizar el pueblo de
Gilbert Corners. Para conseguir publicidad, desafió al céle-
bre chef Conrad Gilbert, también conocido como la Bestia, a
un concurso de cocina en su famoso programa de televisión.
Él se negaba a regresar a su pueblo natal, hasta que conoció
a su bella contrincante. Aceptaría con una condición: si ella
perdía, le debería una noche de pasión… Pero esa noche
se convirtió en un tórrido fin de semana e Indy tenía que
convencer a Conrad de que olvidara la maldición que atormentaba su pasado. Para ello solo debía jugárselo todo…

DESEO

Era complicado

LA ESPOSA
DE SU HERMANO

JENNIFER LEWIS

N.° 226

Solo hizo falta un beso de la viuda de su hermano para despertar la llama en el corazón de A.J. Rahia y convencerlo para aceptar el trono. La tradición obligaba a que el príncipe convertido en productor de Hollywood se casara con la esposa de su hermano, pero… ¿podría aceptar como suyo el hijo que estaba en camino?

Lani Rahia estaba atrapada entre dos hombres: su difunto esposo y el futuro rey. Si contaba la verdad sobre uno, ¿perdería al otro? Ya se había visto antes apresada en un matrimonio de conveniencia. Esta vez no aceptaría una farsa por su hijo. En vez de eso, quería el amor eterno de A.J…. o nada.

BIANCA.

BIANCA

ABBY GREEN

LOS SECRETOS DEL OASIS

Cuando Jamilah Moreau se había entregado al jeque Salman en París, cinco años antes, había soñado con vestidos de novia y finales felices, mientras que él sólo había actuado movido por el deseo…

Ahora, Salman podía tener todo lo que deseara, y tal y como descubrió Jamilah cuando se la llevó a un oasis, ¡la seguía deseando a ella! No obstante, el tiempo los había cambiado y hacer el amor ya no era suficiente. Lo ocurrido en París había tenido consecuencias duraderas para ambos…

LA ELECCIÓN DEL SULTÁN

Elegida como esposa para el sultán, Samia no tenía otra opción que aceptar el matrimonio. Y, en contra de sus mejores intenciones, mientras su nuevo esposo la liberaba lentamente de sus galas de novia descubrió que sus inhibiciones desaparecían. A Sadiq le sorprendió la naturaleza apasionada de su esposa. La había elegido por ser tímida y apropiada. Pero descubrió que Samia no lo era en absoluto… ¡Era decidida, exigente y desafiante!

N.º 479

¡YA EN TU PUNTO DE VENTA!

DESEO

SARA ORWIG
EL HIJO DE OTRO

David Sorrenson había sido militar, por lo que sabía mucho sobre el peligro y la seguridad, pero nada sobre niños. Marissa Wilder era su única solución. Aquella muchacha sensata y familiar sabía muy bien cómo cuidar a un niño y aceptó el trabajo de niñera… que la obligaría a vivir en el rancho de David.

LAURA WRIGHT
ENCERRADOS CON EL DESEO

Cuando Tara empezó a recibir amenazas, Clint supo que debía protegerla, pero ella parecía empeñada en no hacer caso de sus advertencias… y en hacerle hervir la sangre de deseo. Tara era una mujer independiente e irresponsable que no dejaba que nadie se acercara demasiado a ella. ¿Qué podía hacer un texano como él?

N.º 543

KATHIE DeNOSKY
EL RECUERDO DE UNA NOCHE

El día de Nochebuena, Travis Whelan llegó a Royal y se encontró frente a frente con Natalie Pérez, la única mujer a la que no había podido olvidar… y con un bebé cuya existencia desconocía. Había pasado casi un año desde aquella noche que Travis había pasado junto a Natalie, un año desde el día en que su orgullo había quedado herido para siempre. Sin embargo, el recuerdo de aquella noche seguía vivo.

DESEO
PEGGY MORELAND

CINCO HERMANOS Y UN PROBLEMA

Al ver a aquella mujer con un pequeño en sus brazos, Ace comenzó a preguntarse qué iban a hacer sus cuatro hermanos y él con una niña tan pequeña.

Lo único que había hecho Maggie había sido entregar una niña huérfana a la familia a la que pertenecía por derecho. Pero Ace le había pedido que viviera con ellos..., así que poco tiempo después el atractivo ranchero y ella comenzaron a compartir algo más que los biberones a media noche.

N.º 544

TÚ SERÁS MÍA

La familia Tanner estaba a punto de adoptar a una pequeña, solo quedaba que Woodrow Tanner se lo comunicara a la doctora Elizabeth Montgomery, la única familiar que podía reclamar también la custodia del bebé. Pero él sabía perfectamente cómo conseguir lo que deseaba de una mujer. Claro que no había contado con que desearía tanto de aquella mujer...

Elizabeth siempre había querido tener una verdadera familia y cuando aquel atractivo cowboy le dio noticias de la pequeña, pensó que aquello era más de lo que habría podido soñar.